Mein Haus auf der anderen Seite

Für Hellmut

MIRA SALSKA-BÜNSCH

Mein Haus auf der anderen Seite

Umschlagillustration: Anna Wiśniakowska

Bibliografische Information der Deutschen Nationalbibliothek:
Die Deutsche Nationalbibliothek verzeichnet diese Publikation
in der Deutschen Nationalbibliografie; detaillierte bibliografische
Daten sind im Internet über http://dnb.dnb.de abrufbar.

© 2017 Mira Salska-Bünsch

Satz, Umschlaggestaltung, Herstellung und Verlag:
BoD – Books on Demand

ISBN: 978-3-7431-4834-5

Inhalt

I. Die andere Welt

Die Grenze	8
Das Amt	17
Eine Frau aus dem Imbiss	23
Seltsamer Vogel	34
Das Erstaunen	39
Das Labyrinth der Stadt	45
Alltägliche Orte	48
Inka	52
Der Vagabund	61
Das Konzert	66
Der Wandel	69
Alles auf einmal	81

II. Die Feder

Eine dokumentarische Fiktion	94
Alles und nichts	99
Ein blauer Elefant	101
Kamerablitz	106
Auf der Spitze	114
Die Feder	118
Die wiederkehrende Welle	127
Die Ente auf der Alster	130
Chaos und Ruhe	138
Die Brise vom See	144
Die Stimme aus der Ferne	149
Die Angst	153
Das Wochenende	156

III. Erkundung des Steins
    Die Bilder   160
    Die Ausstellung   168
    Ballett   174
    Die Schirmmütze   176
    Der Himmel über der Stadt   180
    Die Fensterscheiben   185
    Vogel und Pierrot   188

IV. Ansiedlung
    Die Sprache   192
    Die Phantasie   199
    Die Oase   201
    Sich die Stadt vertraut machen.   204
    Verschollene Häuser   211
    Das Kino   214
    Ein gut geschnittener Anzug   219
    Ausrutschen   223
    Der Obdachlose   226
    Zusammennähen   229
    Der Keller   234
    Die Wanderung   238
    Zitate   244

I. Die andere Welt

Die Grenze

Mit großer Mühe versuchte sie aufzuwachen, langsam öffnete sie die Augen. Durch die heruntergelassenen Rollos schimmerte ein sanftes, grünliches Licht. Sie schaute sich in dem unbekannten Schlafzimmer um. Alles war ihr hier fremd. Die schräge Decke sollte in dem Raum eine kuschelige Ecke erschaffen, für sie war sie aber wie ein Sarkophag, dessen Wände auf sie zu kippen drohten. Es war offensichtlich, sie wachte in einem ihr unbekannten Haus auf – konnte ja weder die Straßenbahnen oder Autos noch Gelächter, das Schieben der Stühle und das Klirren des Geschirrs bei den Nachbarn hören – den gewöhnlichen Lärm des Hochhauses von früher.

Dieser hatte sie schon immer begleitet.

Dafür aber drangen das Rauschen der Bäume und das Donnern des Flugzeugs hinein. Langsam kehrte die Erinnerung an das Rattern des Zuges zurück, mit dem sie viele Stunden gefahren war, bis sie die Grenze erreicht hatte.

Das ist mein erster Tag in dem fremden Land – dachte sie langsam. Gestern bin ich hier angekommen. Sie zog die Vorhänge zurück und schaute aus dem Fenster. Bäume, Büsche, Blumen, wie ein grünes Meer, wo alles zusammenwuchs – der Wald mit dem Garten. Das hatte einen anderen Charakter als in ihrem Land – da waren entweder Wälder oder Gärten. Hier war alles vermischt und bildete eine andere grüne Konfiguration. Einige Gärten gingen flüssig in andere über und breiteten sich aus.

Ein seltsamer Anblick, alles miteinander vermischt, wie mein eigener Weg, auf dem zwei verschiedene Welten existieren, so als ob ich zweimal lebte. Sie schaute auf die Rabatte vor dem Haus. Es gibt Vögel, Bäume, sie sind so wie bei uns, oder ich kann keinen Unterschied sehen … Aber man sieht keine Spatzen.

Es ist so, als ob ich in einer anderen Welt aufgetaucht wäre.

Indem ich mein Land verlassen hatte, trennte ich mich von allem, was ich da gemacht hatte, wer ich da geworden war.

Anna erinnerte sich an ein Fragment aus »Durch den Spiegel und was Alice dort fand«, ihrem Lieblingsbuch aus der Kindheit.

»Im nächsten Augenblick war Alice durch und leichtfüßig in den Spiegelsalon hinab gesprungen. (...) Dann fing sie an sich umzusehen und stellte fest, dass, was vom alten Raum aus gesehen werden konnte, ganz gewöhnlich und uninteressant war, aber dass alles andere so verschieden wie möglich davon war.«[1]

Ich bin auf die andere Seite des Spiegels geraten. Ich bin hier, aber wo? Die Stadt kannte sie nicht. Was werde ich jetzt tun?

Sie ist zum Spiegel gegangen. Die Frau mit den Gesichtsfalten, dem durchschnittlichen Aussehen und mit ihrer Welt, die ist hier nicht präsent; sie eignet sich nicht gut für die Rolle in einem Roman, die Heldinnen sind meistens junge Mädchen. Frau Bovary war über dreißig Jahre alt und man konnte sie nicht mehr glaubwürdig für eine Liebesgeschichte besetzen.

Anna wandte sich von dem Spiegel ab, sie konnte im Moment nicht zu viel Selbstanalyse gebrauchen. Sie fühlte sich dieser Alice von der anderen Spiegelseite näher als Frau Bovary.

Alice wollte nicht nur in einer anderen Welt sein, sondern auch wissen, wie diese funktionierte und wie sie selbst sich dort verhielte. Sie beschäftigte sich mit dem Rätsel von »Schebberroch«, spielte Krocket mit Flamingos, vertieft in die Geheimnisse kultureller Organisation der Welt oder in die Regeln des Schachbretts. Es drohte ihr, dass die Königin sie köpfen würde, wenn sie nicht die richtige Antwort gefunden hätte. Alice wusste, wie sie sein sollte:

»Königinnen haben auf ihre Würde zu achten, nicht wahr! Deshalb stand sie auf und ging umher – anfangs noch ziemlich ungelenk, da sie befürchtete, die Krone könnte herab fallen: aber sie beruhigte sich mit der Überlegung, dass niemand sie sehen konnte, ›und wenn ich wirklich Königin bin‹, sprach sie, indem sie sich wieder setzte, ›werde ich schon zur rechten Zeit im Stande sein, ganz richtig damit fertig zu werden.‹« [2]

Bisher bin ich wie aufgedreht herumgelaufen, jede Sekunde musste verplant sein, dachte Anna, und jetzt ist es, als ob die Zeit stehen geblieben sei. Irgendwo in der Tiefe des Hauses hörte sie das Ticken der Uhr. Es war wie in einem leeren Ballon, sie hatte Angst, lauter zu treten.

Die einfachen Dinge schienen ihr fremd zu sein. Wollte sie sie als etwas Bekanntes betrachten, wandten sie sich von ihr ab. Der Tisch war zu hoch, und die Stuhllehne neigte sich zu weit nach hinten. Sie stolperte über unbekannte Bücherschrankfüße, die Kommode wollte sich nicht schließen lassen, und Anna brach sich die Fingernägel ab. Die Sachen ließen ständig an sich erinnern.

Ich bin wie Gulliver, der in einem fremden Land gelandet ist und sich ständig wundert, dass er seinen eigenen Platz nicht finden kann.

Wie kann man die Erfahrung aus der alten Welt in dieser »fremden Welt« anwenden? In der »eigenen Welt« lebt man intuitiv, fast automatisch, weil wir das Wissen darüber von der Kindheit an sammeln. Damals wusste ich, wer ich war, weil ich das in Augen aller, die mich seit der Kindheit gekannt hatten, sah. Hier kenne ich niemanden, außer Michael, ihn aber auch nicht gut.

»Jetzt bist du mit mir zusammen, Anna«, sagte Michael, und es gab keinen Zweifel daran, die Vögel sangen berauschend in den letzten Sonnenstrahlen des Abends. Er war jetzt die einzige Person, in deren Augen sie sich finden konnte. Am Morgen, als er wegging und sie noch in im Halbschlaf war, sagte er:

»Auf Wiedersehen, erinnerst du dich daran, dass ich heute nicht zurückkomme? Ich fahre für eine Woche nach München.«

Sie war noch nicht wach, aber überrascht, dass er das in

einer fremden Sprache sagte, er war ihr so nahe, sprach aber fremd, irgendwie existiert man in eigener Sprache anders als in fremder Sprache.

Sie schaltete das Radio ein. Die Geräusche, die aus dem Hörer dröhnten, erinnerten an diejenigen, die sie aus den Kriegswochenschauen kannte. Sie zappte durch die Kanäle und lauschte dem Radio, es redete etwas die ganze Zeit, aber sie verstand nur wenige Worte dieser Sprache, die ihr einst beigebracht worden war, um sie als Feindsprache erkennen zu können. So hatte es sich ergeben, nachdem sie so viele Kriegsfilme geschaut hatte. Das steckte noch im Gedächtnis vieler Leute aus ihrem Land. Keiner von ihnen – auch Anna und Michael nicht – hatten Schuld daran, dass sie aus verschiedenen Kulturen stammten und dass das, was zunächst das Gleiche zu sein schien, sich als etwas ganz Anderes erweisen konnte.

Sie schaltete das Radio aus, und die Stille dröhnte in ihren Ohren. Sie öffnete die Terrassentür. Der Garten bildete für sie eine grüne, sichere Höhle. Zwei Drosseln liefen ihr entgegen, als ob sie ihnen schon lange bekannt wäre. Die Kinderstimmen aus der Nachbarschaft waren auch fremd, aber auf eine sanfte, angenehme Art. Das beruhigte sie. Nichts begrenzt mich mehr, dachte sie, und ich kann alles von Neuem anfangen. Aber »alles« – das war zu viel, sie wusste nicht, wo anfangen, und was hier überhaupt für sie möglich war.

Im Garten stand der Rasenmäher, an der Wand fand sie eine Steckdose. Ich fahre ein wenig durch das Gras, ich mag den Duft des gemähten Rasens, es wird wie auf der Wiese sein. Langsam bewegte sie das Gerät, und unter ihren Füßen zeichnete sich ein Streifen des gemähten Grases ab, die erste selbstständige Arbeit hier. Hinter den Bäumen zeigte sich plötzlich eine Nachbarin.

»Guten Tag«, fing Anna an, und versuchte zaghaft, sich in der Sprache der Nachbarin vorzustellen. Die Frau sah sie sehr aufmerksam an. In ihren Augen wuchs Verwunderung an. Anfangs noch aufgeschlossen, wurde sie langsam misstrauisch.

Sie hat gerade entdeckt, dass ich Ausländerin bin, dachte Anna. Ich spreche so wie Kinder oder ungebildete Menschen. Ich mache Fehler, die ungehobelt klingen.

»Sind Sie Michaels Frau? Gefällt es Ihnen hier?«

»Ja, doch, der Garten braucht aber viel Arbeit. Überall das Unkraut …«, redete sie in einer Sprache, die nicht ihre eigene war, die sie bloß in der Schule gelernt hatte. Sie sprach und kontrollierte sich ständig. Konzentriert auf die Worterkennung, konnte sie kaum die Intention verstehen. Sie ahnte nur, dass etwas nicht in Ordnung war, und ihr war, als ob sie gleich enttarnt werden sollte.

»Woher stammen Sie?«, horchte die Nachbarin sie aus.

Anna sagte den Namen ihres Landes und der Stadt. Die Nachbarin wurde für eine Weile still, als ob sie andere Themen suchte, schließlich erwiderte sie:

»Wissen Sie, dass um diese Zeit kein Rasen gemäht werden darf?«

»Entschuldigung, aber ich mag den Duft des gemähten Rasens so sehr, und deswegen …«

»Also ich möchte Sie auf jeden Fall informieren, dass Ihre Bäume und Büsche außerhalb zugelassener Grenzen wachsen.«

»Über welche Grenze sprechen Sie?«

»Ich weiß ganz genau, wovon ich spreche!«

Die Nachbarin wandte sich ab und ging weg, vielleicht hatte sie übel genommen, dass Anna das alles nicht wusste.

Anna ging zurück ins Haus. Das war mein erstes Gespräch hier, dachte sie, als die Tür zuschlug. Nun, man kann mit ihr nicht reden. Das Ganze ging aber ins Leere, weil wenn sie sich in der fremden und nicht in der eigenen Sprache äußerte, war alles nicht wirklich.

Anna fühlte sich unbehaglich, als ob sie in der Schule wäre, als ob sie Theater spielte oder löge. Das war nicht ernst, irgendeiner (hochnäsigen, überheblichen, selbstherrlichen) Nachbarin konnte sie sich mit ihrer ganzen Vergangenheit nicht einfach so vorstellen. Dass sie auch jemand ist! Die Andere musste das überhaupt nicht tun. Sie war hier jemand, sie wohnte hier seit Jahren und wusste alles, was jeder hier wissen sollte.

Mein Land verbinden sie mit Diebstahl und Chaos, dachte Anna weiter. Ich bin von vornherein angeklagt. Sie weiß damit schon alles über mich, und sie denkt vielleicht sogar, dass sie mich meiden sollte – eine gefährliche Person als Nachbarin.

All diese Vorwürfe konnten ihre Erfindung sein – oder es waren nur die Vorurteile gegenüber ihrem Land, die in der Luft schwebten und in solcher Situation wie diese ganz real wurden. Eigentlich wusste die Nachbarin nichts über sie und wollte auch nichts wissen, und Anna konnte sich ihr nicht aufdrängen, und das auf Grund eines anderen Stereotyps. In dieser nördlichen Stadt war es wichtig, Distanz zu halten, nicht zudringlich zu sein, nicht zu stören, vornehm zu sein. Hier war es üblich, dem Eindringling zu sagen: Geh einen Schritt zur Seite, weil es frisch gestrichen ist. Ein Quälgeist kann jemand aus einer anderen Stadt sein, und sie stammt aus einem anderen Land, das außerdem keinen guten Ruf hat.

Anna fühlte sich damit wie im Fangnetz. Ich komme aus diesem Land, wo die Leute sich nicht waschen, wo sie klauen, sind chaotisch und zu emotionell. Ich weiß ja, dass es nur ein Klischee ist und nicht alle hier so denken. Es war für sie aber sehr schwer zu verstehen, was sie eigentlich dachten.

Sie ging zurück ins Haus. Hier fühlte sie sich wohler.

Ich muss planen, was ich heute machen werde. Was werde ich machen? Die Frage klang hier verkehrt. Was konnte sie nämlich hier machen? Sie hatte eine Pritsche und ihr Essen, aber sie existierte in einer Leere, voller Angst, nach draußen zu gehen.

In ihrer Heimat war sie immer sehr beschäftigt, hatte nie frei.

Manchmal legte sie die Aktivitäten zusammen – zum Beispiel in einer langen Warteschlange im Laden analysierte sie die zu ihrem Vortrag benötigten Lektüren für die Studenten und machte sich auf der Einkaufsliste ein paar Notizen dazu. Ihre Zeit war völlig verplant. Nun träumte sie davon, sich für eine Weile zu setzen und dem Ticken der Uhr zuzuhören und so, wie in der Kindheit, kurz nichts zu machen und einfach nur zu sein. Jetzt lag die Zeit vor ihr wie ein Ozean, bewegte sich, ohne voranzukommen, der Tag hatte keine Form. Es bestand keine Notwendigkeit, etwas zu tun.

Ticktack, ticktack, die Uhr erinnerte sie lästig daran, dass sie nicht wusste, was sie mit sich selbst anfangen sollte.

Ich könnte die Sprache lernen oder die Zeitung lesen – oder ich schalte den Fernseher ein. Aber das würde bedeuten, dass wieder das Fremde sich öffnet und mich überschwemmt. In der Kindheit hatte sie einen fantastischen Roman über einen Mann gelesen, der nach vielen Jahrzehnten aufgetaut worden war. Das musste ein Schock für ihn gewesen sein. Er hatte weder moderne Gegenstände noch die Sitten oder Regeln gekannt. Er konnte nicht so denken, wie die »Anderen«. Es ist so, wie in der Kindheit, wenn ein Mensch seine Umgebung langsam erforscht, die Bekanntschaft seiner Verwandten macht, die Gefahren zu erkennen lernt und Menschen sucht, die ihm nahe stehen. Ein Kind ist jedoch offen, besitzt kein besonderes Vorwissen und verfügt über keine Klischees. Aus Neugier beobachtet es gerne, ist aber nicht argwöhnisch. Neigt nicht zu übertriebenen Analysen, weil diese es nur am Laufen hindern würden. Es ist völlig dabei und die Neugier treibt es weiter an. Es gibt kein Nachdenken, auch wenn die Nase dabei bluten könnte.

Ein Ersatz für eine Begegnung mit dem Unbekannten sind für die Erwachsenen Reisen. Früher bin ich viel gereist, dachte Anna. Das war aber etwas anderes. Eine Reise bedeutet meistens nur einen Wechsel der Landschaft, der Umgebung. Wir sind innerlich weiterhin mit unserer Welt unterwegs. Wir möchten uns nicht ändern, weil – wofür auch? Wir kehren ja wieder zurück.

Von hier, wo sie nun war, konnte Anna nicht plötzlich aussteigen und wieder in die bekannten Landschaften zurückkehren, wo keine unbequemen Fragen gestellt werden.

Für »diesen Ort« findest du in dir kein Vorbild, und alles von hier, was du mit dort vergleichen wirst, wird dich nur an das Verlorene erinnern, und du wirst dich danach sehnen und dann vielleicht weglaufen wollen und dorthin zurückkehren, warnte sie eine Bekannte, die auch emigriert war.

Ich möchte hier leben, also muss ich für das Neue Platz machen, für die Orte, Menschen, auch für mich selbst, weil ich hier auch ganz anders als in meinem Land reagiere.

Hier scheint mich alles zu attackieren, so wie diese Nachbarin, dachte sie, während sie Armstrongs »On the sunny side of the street« hörte. Von welchen Grenzen hat die Nachbarin gesprochen, warum sollten wir unsere Bäume schneiden, warum kann man um diese Zeit keinen Rasen mähen? Weil er austrocknet, oder? Vielleicht ist diese Nachbarin doch nicht so schlimm.

Zuerst muss ich in Ruhe auf die Straße gehen und mich mit der Gegend vertraut machen.

Rote Pflastersteine führten zwischen Backsteinhäusern, alle waren in ähnlichem Stil, weiter hinten fing die Region weißer Villen an, noch weiter kamen die Backsteinhäuser zurück – alle in Gärten. Der Bürgersteig wurde in jeweilige Zonen für Fußgänger und Fahrradfahrer aufgeteilt, die Einfahrten zu den Häusern hatten einen anderen Belag.

Sie sprang schnell auf den Bürgersteig, weil die Fahrräder ihr hinterher bimmelten. Alles war so rational und vernünftig geplant, die Pflastersteine farblich ausgewählt, aber keine

Kinder spielten Himmel-und-Hölle auf der Straße, wie es in ihrem Land üblich war, malten nicht mit Kreide darauf – dafür waren die Gärten und Parks gedacht. Es waren überhaupt sehr wenige Kinder, sie wurden nur manchmal gesehen, wenn sie in den Autos zur Schule oder zu ihren Freunden gefahren wurden.

Als sie auf der Straße lief, reagierte niemand auf sie. Keiner zeigte sich erstaunt, sie zu sehen, obwohl man sie ja als eine Neue in dieser kurzen Familienhäuser-Straße durchaus hätte bemerken müssen.

Das Amt

Ich muss jemanden ansprechen, sonst werde ich wahnsinnig. Ich kann nicht wie eine Pflanze vegetieren. An der Haltestelle traf sie einen schwarzen jungen Mann, den sie direkt fragte, obwohl sie wusste, dass es hier nicht üblich war:
»Woher stammen sie?«
»Ich bin aus Ghana.«
Er redete in gebrochenem Deutsch, aber wie ein Wasserfall, auch er vermisste wohl ein Gespräch.
»Accra? Die ist wunderschön, und du bist auf der Straße nicht gefährdet, obwohl du die Straßenregeln nicht so befolgen musst, wie hier. Die Leute schleichen zwischen den Autos, aber es gibt keine Unfälle, weil alle das locker nehmen.«
»Ich fühle mich hier nicht frei«, wiederholte er immer wieder.
Sie versuchte wirklich, ihn in dieser kurzen Zeit zu verstehen, konnte aber nicht, sie sah nur sein schwarzes Gesicht und dass er sie überzeugen wollte, ein gleicher Mensch zu sein.
Er merkt überhaupt nicht, dass ich auch nicht von hier bin. Sie fürchtete, dass er ihr gleich ein Angebot macht, ihr Drogen zu verkaufen. Sie lächelte ihn an, aber heimlich dachte sie, dass sie sich Ghana nicht vorstellen konnte, auch nicht deren Sonne, Autos, das Gebrüll in den Straßen. Sie schaute sich im Bus unruhig um, während alle gleichgültig nach vorne blickten. Nur sie und der junge Mann sprachen miteinander, in dieser schrecklichen deutschen Sprache und so laut, dass wahrscheinlich alle mithören mussten, aber zu gut erzogen waren, um das zu zeigen. Sie beruhigte sich, als er plötzlich aufgesprungen war, ohne sich zu verabschieden.

Anna ging zur Ausländerbehörde, um sich eine Aufenthaltserlaubnis zu holen. Sie hat früher nie gedacht, dass man ohne ein Recht zu bleiben sein kann. Das Haus, in dem sie geboren wurde, gehörte ihrer Familie, und sie brauchte sich sonst keine

Gedanken darüber zu machen. Das Amt hier sollte ihr eine Aufenthaltsgenehmigung erteilen.

Die Ausländerbehörde befand sich in einem großen Gebäude – an einer lebhaften Kreuzung. Ein enger Eingang und auf dem Betonpodest ein Sicherheitsposten. Man musste der uniformierten Wache mit selbstsicherer Stimme »Guten Tag« sagen, sonst konnten sie einen anhalten und Fragen stellen. Schließlich zeigten sie das gesuchte Zimmer, setzten aber auch ein Signal, dass du nicht zu Hause bist und die Regeln lernen musst, zum Beispiel darfst du dich nicht herumtreiben, und vor dem Zimmer solltest du in der Schlange warten.

Das Gebäude war wie ein vierstöckiges Labyrinth. Die Betonkorridore verzweigten sich aus seinem Inneren heraus, aus einer Senkrechten mit dem Treppenhaus und dem Fahrstuhl. Sie führten im Halbrund durch das Gebäude, und an keiner Stelle konnte man ihr Ende sehen. An manchen Türen gab es Schilder mit einer Nummer und dem Namen des Beamten oder der Beamtin.

Sie suchte das ihr zugewiesene Zimmer auf eigene Faust, ohne die Wache zu fragen. Ein Flur war mit Metallstäben verriegelt. Sie hielt an, wollte nicht riskieren, sich nachher bei den Beamten entschuldigen zu müssen. Sie fuhr ein Stockwerk weiter, suchte ein Fenster, aber es war nur ein Korridor. Noch einen Stock höher, und sie fand die entsprechende Tür. Überall drängten sich die ethnisch gemischten Petenten. In der Luft hing der Geruch von Ausländern, eine Mischung aus Alkohol, Angst und verborgener Hoffnung, dass vielleicht diesmal etwas gelingt, weil es ohne diese Hoffnung kein Leben gab. Die Männer rauchten, junge Mütter wickelten ihre Kinder. Mit den Nummern in der Hand warteten alle daran, an die Reihe zu kommen. Nur wenige redeten, man spürte die nervöse Atmosphäre und eine versteckte Feindseligkeit. Anna begab sich in die Menge, und als die Tür sich öffnete, wurde sie zusammen mit anderen Frauen an die Wand gepresst, aber dann fischte der Beamte sie als die einzige Weiße aus der Menge der Frauen heraus. Sie überlegte, ob sie dankbar sein oder sich all diesen Frauen gegenüber schämen sollte, die müde mit ihren heulenden Bündeln warteten. Für ihren Platz waren sie zu viele, also zeigte sie keine mutige Geste.

Anna ging in das Zimmer und hielt vor dem Arbeitstisch des Beamten an. Ein junger, sportlicher Mann blätterte in den Dokumenten, die Formulare stapelten sich auch in den Schränken. Er zeigte ihr den Stuhl und schaute sie unwillig an. Sie fühlte sich ihm gegenüber so dankbar, dass sie nicht mehr aufmerksam war, was auf einem Amt doch notwendig ist.

»Zuerst bekommen Sie die Aufenthaltserlaubnis für ein Jahr ...«

»Warum, ich bin doch mit einem Deutschen verheiratet?«

»Es gibt viele Scheinehen, wir versuchen, diese Machenschaften einzuschränken.«

»Aber das nötigt ja zu einem provisorischen Leben! Die Leute müssen sich einbürgern, arbeiten ...«

»Liebe Frau, wir zwingen niemanden, hierherzukommen. Vorläufig dürfen Sie nicht arbeiten. Wenn Sie die Daueraufenthaltserlaubnis bekommen, können Sie sich um die Arbeitserlaubnis kümmern.«

»Aber ich arbeite sowieso zu Hause.«

»Was machen Sie?«

»Ich schreibe verschiedene Artikel und ein Buch über die Migration.«

»Das dürfen Sie nicht machen. Sie dürfen keine Artikel und kein Buch schreiben, bis Sie eine Arbeitsgenehmigung bekommen!«

»›Ich weiß nicht, was Sie meinen‹ , sprach Alice (...). ›Wenn *ich* ein Wort gebrauche‹ , sprach Humpti Dumpti in ziemlich

höhnischem Ton, ›bedeutet es genau, was es nach meinem Belieben bedeutet soll – nicht mehr und nicht weniger.‹ (…)
›Die Frage ist‹ , sprach Humpti Dumpti, ›wer Herr im Haus ist – das ist alles‹‹.³

Anna schaute auf den gut gebildeten Beamten, einen jungen Mann, der mit der Macht seines Amtes ihr zu schreiben verbot. Wieso sprach ich mit ihm so offen, machte sie sich Vorwürfe. Hatte mir das Leben in meinem Land nichts beigebracht? Oder vielleicht hat sie von dort die Illusion mitgeschleppt, dass es im Westen anders sei, dass man mit der Ausländerbehörde ganz normal sprechen könne.

Es hatte keinen Sinn, das Gespräch fortzuführen, er wusste genau, was er sagte und wozu. Ich bin nicht daheim, und jeder hat das Recht, mir etwas zu sagen, und ich kenne ihre Sprache zu wenig, um treffend zu kontern. Sie fühlte sich hundsmiserabel. In dem Flur waren immer noch sehr viele Leute. Sie fühlte sich solidarisch mit ihnen.

Sie setzte sich für eine Weile hin und sah ihnen zu. Entweder schrumpfte die Zahl der Wartenden, oder echte Kerle spielten plötzlich Spaßvögel, und die Frauen versuchten entzückend zu sein, aber ihr Eifer verglühte vor der geöffneten Tür, hinter welcher ein sportlicher Beamter saß, der sie wie gebrauchte Socken ansah. Ihre Gesichter wurden schnell blass und resigniert. Man sollte viel Geduld haben, wenn man auf einen neuen Termin wartet, der die Sache vielleicht vorwärtsbringt.

In der S-Bahn-Station verkaufte ein Obdachloser das Straßenmagazin »Hinz & Kunzt«. Sie gab ihm zwei Euro, um sich besser zu fühlen. Er war noch tiefer gefallen, weil er seinen Platz bereits akzeptiert hatte.

»Schönes Wetter heute, nicht wahr?«, sagte sie mit starkem Akzent.

»In der Nacht war es heute besonders schön«, antwortete der Obdachlose. »Wissen Sie, ich möchte nicht mehr in einem

Haus wohnen. Ich würde ersticken, in der Nacht muss ich immer aufstehen und in die Sterne schauen.«

»Ihnen muss ich keine Einheimische vorspielen.«

Er schaute sie an, aber er verstand sie nicht.

Sie war von der Ausländerbehörde noch nicht weit entfernt. Hier fingen die engen Gassen mit alten, dicht nebeneinander geparkten Autos an. Mit diesen Autos waren viele von denen gekommen, die in den Fluren des Gebäude-Labyrinths saßen. Sie lebten in diesem Land schon so lange, dass sie sich ein Auto leisten konnten, aber zitterten noch weiter, ob sie doch nicht abgeschoben werden.

Eine kleine Döner-Kebab-Kneipe. Im Fenster nicht nur Verkauf vom Essen, sondern auch eine Info, dass es drinnen einen Kopierer gibt, dass man dort Türkisch und Arabisch spricht, und auch ein Plakat: »Alle Leute sind auf der Erde als Ausländer geboren«.

Sie ging dort hinein und blieb neben einem Tisch stehen. Ein junger Kellner kam zu ihr.

»Ich hätte gern einen Kaffee.«

»Heute gibt es keinen Kaffee, wir haben Feiertag.«

»Aber die Anderen trinken ...«

»Andere sind was Anderes ...«, sagte er und wusch energisch die Tischplatte ab.

»Warum sagen Sie das?«

»Gehen Sie in das Lokal gegenüber, da bekommen sie etwas zu trinken«, antwortete der Bursche.

Er zeigte ihr ein kleines Geschäft am Ende der Straße, rot angestrichen. Sie ging geistesabwesend dahin, traurig, dass man sie auch hier nicht haben wollte. Sie ging in das Lokal hinein, ohne den komisch aussehenden, dunklen Saal näher zu betrachten. Erst als sie pornografische Bilder sah, überkam sie ein Unbehagen. Nachdem sie sich schon an die Dunkelheit gewöhnt hatte, kam ein widerlicher Kerl auf sie zu und fragte sie:

»Junge Dame, suchst du einen geilen Kerl? Wir haben hier viele – und mit Gummi!«

Wie verscheucht sprang sie auf und lief die kleine Straße hinab. Sie atmete auf, als sie das Gebäude des Hauptbahnhofs wieder erkannte. Das graue Betongebäude wirkte diesmal sehr gemütlich. Sie fand ihren Bahnsteig und wurde langsam ruhiger.

Eine Frau aus dem Imbiss

Zu Hause fand sie auf dem Anrufbeantworter eine Nachricht von Michael vor, dass er in München gut gelandet sei, und dass er dort noch bis zum Wochenende bleiben müsse.

Das Abendbrot aß sie vor dem Fernseher, sich durch die Kanäle durchzappend. Es waren ein paar hundert, manche verschlüsselt. Sie hoffte danach auf Schlaf, aber ihr Traum wiederholte erschreckend die Realität.

Sie kletterte in der Dämmerung schnell auf ein Baugerüst. Aber die da unten sahen sie, drohten ihr mit den Händen, grinsten und verspotteten sie, versammelten sich in den Ecken, um miteinander zu flüstern ...

Ihre Hände wurden von Metallkälte durchdrungen. Sie hatte Angst. Sie wusste, dass sie noch schneller und noch höher klettern musste. Sie war außer Atem und die ganze Zeit in Panik, sie versuchte, Stützen für Hände und Füße zu finden, sie rückte nach oben vor, ohne ihr Ziel zu kennen, immer müder werdend. Obwohl sie sich so viel Mühe gab, schaffte sie es nicht, sich zu entfernen.

Sie stieg noch schneller hinauf, aber sie hörte noch ihre Stimmen. Das Gerüst wackelte immer mehr. Sie konnte nicht mehr nach unten schauen.

Und schließlich stürzte das Baugerüst zusammen. Es fielen Bücher, Enzyklopädien, Notizzettel, irgendwelche Dissertationen, Berge von Karteikarten auf sie herunter ... Plötzlich stürzte sie auf eine grüne Wiese, und vor ihr öffnete sich ein weiter Raum. Endlich konnte sie aufatmen.

Michael war nicht zu Hause, also musste sie sich den ganzen Tag selbst einrichten. Sie hatte noch niemanden von hier kennen gelernt, konnte nicht einfach irgendwohin gehen und sich zwischen den Leuten erwärmen. Sie schaute in die Zeitung, um einen Kinobesuch zu planen. In großen Städten gehen viele Leute alleine ins Kino, dort dürfte sie sich wohl fühlen.

Sie hatte sich für »Montag Morgen« von Otar Iosseliani entschieden. Auch er kannte die Emigration. Die Hauptperson, Vincent, flieht vor seinem täglichen Leben in Reisen und Abenteuer. Er fährt nach Venedig. Das ist nur eine Spritztour, die meistens etwas Wunderbares ist. Er gerät zufällig an eine Migrantengruppe aus seinem Land: Verkleidet in alte Uniformen, stellen sie sich selbst in der Vergangenheit dar. Der falsche Marquis zeigt dabei sein »Vorfahren-Portrait«, das er bei einem Straßenverkäufer erworben hat. Iosselianis Film demonstrierte verschiedene Posen, keine passte aber zu ihr.

Nach dem Kino ging Anna zum türkischen Imbiss, Kebab zu kaufen. Dort lernte sie Yeter kennen, die dort Verkäuferin war. Yeter sprach sehr wenig Deutsch, aber sie konnten sich dennoch verständigen. Yeter war in Annas Alter, sie trug kein Kopftuch, aber sie versuchte auch niemanden zu überzeugen, dass sie in diese Welt hineingehörte.

Das Lokal wurde zu Annas erstem Orientierungspunkt in der Stadt. Sie besuchte den Imbiss meistens nach dem Kino, welches das beste Filmprogramm in der Stadt hatte, aber sich in einem verrufenen Stadtviertel befand. Anna empfand es als gemütlich, weil dieses Stadtviertel sie an die Gegend erinnerte, in der sie früher gewohnt hatte. Die Frau aus dem Imbiss begrüßte sie bald wie eine gute Bekannte und versuchte oft mit ihr ein paar Worte zu wechseln, weil sie mittlerweile gemerkt hatte, dass auch Anna eine Ausländerin war.

Anna beschäftigte sie später als Putzfrau. Sie konnte sich das leisten. Michael war es wichtig, dass sie sich nicht als »Putzfrau« in seinem Haus fühlte. Es war schön hier, aber sie empfand das Haus nicht als ihr eigenes. Das war der Grund, Yeter zu beschäftigen. Seit Anna Yeter beschäftigte, musste sie genau überlegen, was zu Hause in Ordnung gebracht, was renoviert und aufgeräumt werden sollte. Auf die Weise lernte sie das Haus besser kennen, und langsam wurde es zu ihrem Haus. Eine Putzfrau zu haben, gab ihr auch ein gutes Gefühl. Die Nachbarin, die sie am Anfang so angemacht hatte und später ignorierte, merkte schnell, dass eine Türkin zum Putzen kam, während sie selbst keine solche »Perle« hatte.

Yeter hatte sich selbst als Putzfrau angeboten. Sie brauchte Geld, also würde sie gerne Anna helfen. Auf die Weise glich sich ihr Verhältnis aus. Anna wurde Frau »so und so«, bei der Yeter putzte, aber sie trafen sich manchmal auch privat.

Einmal hatte Yeter Anna sogar zum Kaffee eingeladen.

»Ich habe Kinder und einen zweiten Mann.«

»Wie ist es bei euch möglich?«, fragte Anna.

»Weißt du, hier ist alles anders. Ich werde sowieso nicht in die Türkei zurückkehren«, lachte Yeter.

Sie sprachen über dieses und jenes.

»Weißt du was, mein echter Vorname ist anders als der im Ausweis. Mein wahrer Name ist Ayten. Im Ausländeramt haben sie ihn geändert, weil sie nicht verstehen konnten, wie man ihn schreibt, und so steht es in allen meinen Papieren – Yeter! Ayten – ist ein sehr schöner Name, bedeutet Haut, wie im Mondlicht, und Yeter nur so lala.«

Anna fühlte sich sehr wohl mit ihr, weil sie schon sehr lange in dieser fremden Welt wohnte, und obwohl Yeter die einheimische Sprache nicht gut beherrschte, konnte man mit ihr sehr gut kommunizieren – mit Worten, Gesten, manchmal auch Zeichnungen. In der hiesigen Welt ertrug sie mit Geduld viele Demütigungen, aber in ihrer Umgebung, unter ihren kurdischen Landsleuten, hatte sie ihren Wert. Sie wusste Geld zu verdienen, sich um ihre drei Kinder und auch um ihren zweiten Mann zu kümmern. Aber nach der Einwanderung ist sowieso alles anders, und einige sind da fanatisch.

Anna beobachtete Yeter beim Putzen, weil diese seit langem

in dieser Branche arbeitete und die neuesten Putzmittel zu kaufen wusste, sie kannte spezielle Lappen für Fenster und Spiegel, und sie kannte sich mit solchen Staubwedeln aus, die mit Perfektion den Staub abwischten, ohne sie ständig abklopfen zu müssen. Das war eine ganze Wissenschaft. Yeter ließ Anna spezielle Chemikalien kaufen, besondere Mittel fürs Glas und für die Dusche, andere für die Spüle und wieder andere für den Herd.

Für Yeter-Ayten war Anna wiederum eine Fremde wie sie selbst, aber auch eine Dame »von hier«, und weil sie sich auch irgendwie angenähert hatten, machte es ihr Mut, dass man mit »denen von hier« doch zusammen leben konnte.

Sie saßen in dem Kebab-Lokal zusammen und unterhielten sich. Für Yeter war es wichtig, dass die Anderen es hören konnten – dass sie mit der Frau, bei der sie putzt, Deutsch spricht, und dass sie ebenbürtig sind. In dem Lokal saßen überwiegend Männer. Es zeigte sich, dass es nicht nur Türken, sondern auch Kurden waren, und das störte niemanden. Sie tranken Kaffee zusammen und wahrscheinlich redeten sie über ihre Geschäfte. Hier musste man sich gegenseitig helfen, um zu überleben, eine alte Feindschaft war nicht sinnvoll. Anna konnte sie nicht voneinander unterscheiden. Sie wollte aber niemanden danach fragen, um nichts kaputt zu machen. Zu lange vermisste sie eine gemütliche Höhle in der Stadt. Hier musste sie niemandem beweisen, dass sie den anderen gleichwertig war.

Am Anfang wollten die türkischen Einwanderer sich den Einheimischen annähern, wünschten sich, Anerkennung in dem fremdem Land zu bekommen, obwohl sie manchmal solche Arbeiten ausführten, die niemand hier übernehmen wollte. Aber es war ihnen nicht gegeben, die Wärme zu spüren, die sie vermissten. Sie hörten auf, danach zu verlangen. Ihre Frauen zogen Kopftücher über, fingen an, andere Sitten zu demonstrieren, und wollten sich nicht mehr integrieren.

Eines Tages ging Yeter Anna beim Verlassen des Kebabs hinterher, schaute sich unruhig um, fasste Anna am Ellbogen und hielt sie an der Tür an.

»Hast du diesen älteren Mann im Lokal gesehen? Das ist Ali, ein Türke. Seine Nichte ist mit einem Jungen aus ihrer Klasse, einem Jungen, der von hier ist, in die Disco gegangen. Als sie nach Hause zurückgekommen war, brach der Onkel ihr einen Finger, um sie zu bestrafen. So ist es bei ihnen. Das Mädchen lief von zu Hause weg, wahrscheinlich wohnt sie in so einem »Haus für Frauen in Not«, oder versteckt sie sich anderswo.«

Danach verabschiedete sich Yeter herzlich von Anna. Diese fragte sich, ob Yeter ihr spontan Vertrauen zeigte, oder ob es eine Warnung war, dass sie trotz aller Freundlichkeit in Gesprächen nicht zu weit gehen dürften. Türkische Mädchen, obwohl hier geboren, werden nur dann rechtlich geschützt, wenn sie von zu Hause fliehen. Sehr oft es ist dann zu spät. Es ist vorgekommen, dass ihre Väter, Brüder oder Cousins sie mit Gewalt dazu zwangen, nach Hause zurückzukommen. Wenn ein Mädchen vor einer arrangierten Ehe flüchtete, war es dann die Sache der Ehre, es zurück zu bringen, auch mit Gewalt, mit Schlägen, mit der Bereitschaft, es zu töten. Manchmal passierte sogar das Schlimmste.

Yeter war eine Kurdin, geschieden, ohne familiäre Beziehungen, sie war auf sich selbst angewiesen. Sie baute eigene schützende Fassade. Offiziell, für andere, hatte sie ihren Mann in der Türkei, der irgendwann nachkommen würde. In Wirklichkeit war ihr Mann irgendwo in Europa, aber hatte seit langem keinen Kontakt mehr zu ihr oder zu seinen Kindern. Viele Einwanderer verbargen etwas. Die alten Beziehungen lasteten sehr oft auf der neuen Lebenssituation, was auch ein Zeichen der Entwurzelung war.

Anna wollte sich nicht verstecken, so wie ihre andere Bekannte es machte. Maria, eine Ukrainerin mit deutschem Pass, hatte die Sprache, all die Ausdrücke und grammatischen Formen perfekt gelernt, aber die östliche Melodik der Stimme verriet sie stets. Maria war Annas nächster Anhaltspunkt in der Stadt. Sie hatte einmal laut »Hallo« zu Anna gerufen, als sie Einkäufe am Gemüsestand gemacht hatte. Wahrscheinlich hatte sie gemerkt, dass Anna manche Bezeichnungen nicht bekannt waren und sie sich mit den Händen behelfen musste. Sie hatte auf Anna gewartet und sich ihr vorgestellt. Sie hatten darüber geredet, was sie machten, wo sie wohnten und über ihre erwachsenen Kinder. Sie waren sich schnell nahe gekommen.

Einmal hatten sich beide in der Nische eines Cafés versteckt und kommentierten die neuesten Ereignisse: Synagogen waren überfallen worden, ein schwarzhäutiger junger Mann auf dem Weg nach Hause war getötet worden – er hatte zwei Kinder hinterlassen. Ganz diskret riet Maria ihr ab, in diesem Land zu bleiben, wo ein Mensch heimlich eine Null war, nur weil in seinen Adern nicht das deutsche Blut floss und er deshalb nie als gleich anerkannt würde.

»Und das ist paradox, weil meine Familie rein deutsch ist, aber seit vielen Jahren in den ›Sowjets‹ lebt, was man an meiner Sprache leider merken kann.«

Maria hatte einen echten deutschen, wenn auch verarmten, Freiherrn geheiratet, der Sonnenbatterien verkaufte, dessen Manieren aber sehr vornehm waren. Maria, die aus einem kommunistischen Land stammte, war von seiner unbeabsichtigten, natürlichen Kultiviertheit fasziniert. Sie fühlte sich manchmal verloren, weil sie, der Meinung ihres Mannes nach, gelegentlich leider kein Gespür dafür hatte. Also stand sie zu Hause öfter auf verlorenem Posten. Sie versagte in sehr einfachen Momenten: Mal holte sie für den Kuchen Essbesteck heraus, mal legte sie die Servietten auf die rechte Seite, und zwischen den Gläsern für Bordeaux und für Burgunder konnte sie auch nicht unterscheiden. Der Baron machte kein Problem daraus, er pflegte zu sagen: »Maria macht schon wieder Revolution, aber sie bessert sich«. Es war für ihn sehr wichtig, dass seine Frau äußerlich immer klassisch wirkte. Das erforderte jahrelang gemeinsame Einkäufe, damit sie nicht schon wieder intuitiv Klamotten wie vom russischen Markt wählte. Am Ende gab Maria es auf, ihre Kleidung selbstständig zusammenstellen, weil das meistens »ohne Pfiff« war. Sie kaufte Kleidung nur in Blau, Beige und Weiß, und jede Farbe trug sie separat. Als sie eines Tages ihren Charme mit einer bunten, glitzernden Kette betonen wollte, war sie auch nicht erfolgreich. Auch das ging daneben.

»Maria trägt heute afrikanischen Flitterkram«, hatte er gesagt und sie zärtlich von ihrem Schmuck befreit.

Um ihr Familienleben zu vereinfachen, ließ er jede noch so geringe Ausgabe in den Computer eintragen, was vom Excel sofort addiert wurde. Maria war dafür sehr dankbar, weil sie die Zahlen nur mühsam behalten konnte.

Nach einem Glas Champagner sang Maria wehmütig, nahm Anna an die Hand, um zusammen »nemnoschko tancevat'«, ein bisschen tanzen … Anna verstand sie gut, aber es war ihr nicht danach, so wie dem Baron, der spontane Gesten überhaupt nicht mochte.

In dieser Welt der Einwanderer mit ihren vielen sozialen Unterschieden konnte man auf einer besseren oder schlechteren Position landen. Weit unten waren die Schwarzen, aber dazwischen waren die mit der helleren oder dunkleren Hautfarbe. Höher positioniert waren die Roten und die Gelben, am höchsten die Weißen. Die Migrantinnen waren generell ganz unten. Als Anna später auch die deutschen Frauen kennen gelernt hatte, entdeckte sie zu ihrer Verwunderung, dass sie viel emanzipierter waren, als in dem Stereotyp »Kirche, Kinder, Küche«. In der Familie waren sie gleichgestellt, auch wenn sie nur Hausfrauen waren – ihre Arbeit war weitgehend anerkannt. Sie waren sehr aktiv: in den Schulen, Kirchen, beim

Sport und in verschiedenen Kursen. Im Gegenteil dazu, hatten die Frauen aus dem Osten den Ruf, gehorsam zu sein, der Mann konnte machen, was er wollte. Die deutschen Frauen schauten sie mitleidsvoll an, im kollektiven Bewusstsein zirkulierten abschreckende Geschichten. Die Presse schrieb über ein neues Geschäft – aus dem Osten importierte Ehefrauen. Der Ehevertrag sollte vor allem die Interessen des Mannes schützen, die Frau machte er gefügig. Für sie war nicht nur schwere Arbeit bestimmt, sondern auch Erniedrigung und Schläge.

»Die Männer behandeln ihre ausländischen Frauen wie ein Spielzeug, von dem man sich schnell und jederzeit trennen kann. Die Frauen hüten und putzen das Haus, warten mit dem Abendessen und können in jedem Augenblick verlassen werden. Sie sind günstiger als qualifizierte Haushilfe … Weil es viele Scheinehen gibt, genügt es, dass der Mann meldet, seine Frau wohnte nicht mit ihm, und schon muss diese Frau das Land verlassen. Übrigens ist die Ehe in unserem Glauben kein Sakrament«, fügte Annas neue Bekannte aus dem Englischkurs hinzu, um ihre Reaktion zu sehen.

Auch die Anderen schlossen sich in der Unterrichtspause dem Thema an. Es waren überwiegend Rentnerinnen und Hausfrauen, die vormittags Zeit hatten. Plötzlich stand Anna im Zentrum des Gesprächs:

»Wie lange sind Sie schon hier?«

Sie antwortete ihnen und vermerkte: »Ich kenne Michael seit vielen Jahren.«

So etwas wunderte oder klang unglaubwürdig. Wie war das möglich? Vielleicht waren sie ein Paar, das jahrelang ihre Partner betrogen hatte …

»Vor Jahren lernte ich ein paar Hochschulen in Deutschland kennen. Und bei dieser Gelegenheit …«

»Ach, war das schon früher für Sie möglich?«

Jetzt halten sie mich wahrscheinlich für eine »Rote«, dachte Anna und ergänzte unbeholfen:
»Ich habe eine Putzfrau ...«
»Ach, was ...«
Und für eine Weile wussten sie nichts zu sagen, das war fast beleidigend. Dann erzählten sie aber von einer Putzfrau aus ihrem Land, die flink, sorgfältig und günstiger als eine deutsche »Perle« sei.
»Ihre Landsmännin ist sehr nett und vertrauenswürdig.«
»Hat Ihr Mann oft Außendienst, sind Sie häufig alleine?«
Ihre Kolleginnen und Kollegen vom Sprachkurs erwiesen sich im Gespräch als nicht besonders taktvoll, anders als der Ruf der Nordländer, vielleicht waren sie nur unter sich so.
Nach dem Kurs saß sie in der Stube, in dem leeren Haus, und konnte den unangenehmen Nachgeschmack des Gesprächs nicht loswerden. Vielleicht sollte ich nicht über mich reden ... Aber dann entsteht um mich herum eine soziale Leere. Die Anderen wissen viel voneinander, kennen sich noch aus der Schule oder aus der Nachbarschaft, aus dem Chor, aus der Kirche. Ich bin aber zurzeit überall fremd. Die Leere war auch in ihr, fühlte sich an, als ob sie einen Ballon im Mund hätte, sie biss ihn an und ließ ihn wieder zuwachsen. Diese Leere ist zum Kotzen, ich muss etwas unternehmen.
Was für ein Gedanke, wieder bin ich in einem depressiven Kreis ... Was macht Michael dort, während seiner Businessreisen? Sind sie nur beim Abendessen zusammen und schlafen dann artig, um für die Arbeit am nächsten Tag erholt zu sein? Die Presse berichtete über Sexpartys, Affären ...
Ich muss diese Gedanken, wie aus einem Schmierblatt entnommen, wieder stoppen, sonst stürzt meine Seele in einen Sumpf ...
Anna schaltete mit voller Lautstärke die Lieder von Bregović ein. Man sollte sich selbst überzeugen, dass diese Wirklichkeit,

obwohl anders, ihr gegenüber doch freundlich sein konnte. Sie zog die Schuhe aus und befühlte den dicken Teppich, spürte die zu einem orientalischen Muster zusammengeknüpfte Wolle. Langsam wurden die Füße, die Hände warm, und die düsteren Gedanken verflogen. Sie saß auf ihrem fliegenden Teppich, und ihr Blick schwebte durch die verglaste Wand auf die Terrasse und über den Garten in Richtung des Himmels. Er war blau und leicht bedeckt mit kleinen Wolken, von einem weißen Strich des Flugzeugs durchschnitten. Nur dessen Dröhnen blieb im Tal ihres Gartens. Sie kniete auf einem kleinen Bänkchen aus Taizé. Trockenes Gras zitterte zwischen den Tannenbäumen. Warme Luft schwebte im Himmelblau. Sie dachte nicht mehr über sich selbst nach, sie betete, und dann war nur die Freude in ihrem derzeitigen Moment wichtig. Sanfte Luft umgab sie, sie empfand den Einklang mit dem Himmelblau und dem Meer aus Vegetation. Es gab keine Formen und alles da draußen war einfach – reine Existenz. Oben waren ein Wolkenspektakel und die Vögel, die in Arabesken flogen.

Und für eine Weile war es Frieden zwischen ihr und dem Himmel. Sie war in keiner früheren Rolle. All das von vorher hatte keine Bedeutung mehr. Sie fühlte sich dankbar, ein Teil der Existenz zu sein, die einheitlich war. Die Existenz hat viele Formen, ständig erneuert sie sich, und das Dasein ist an sich wertvoll.

Sie ging über die Terrasse nach draußen, die Sonnenstrahlen und der Wind streiften sie zart. Sie war niemand Wichtiges, es gab keine Eile, sie war frei und brauchte sich nicht festzulegen. So kann man für nur eine glückliche Weile existieren. Anna war dankbar, dass sie nicht gestorben war, sondern bloß ihr früheres Leben abgelegt hatte.

Zu Hause fühlte sich hier noch nicht, es begleitete sie das Gefühl, dass sie anders war, und auch nicht sie selbst. Ständig fühlte sie sich bedroht und kannte auch nicht die Rollen, hinter denen sie sich verstecken könnte, um Ruhe zu gewinnen.

Ich möchte, dass die Anderen mich bedingungslos akzeptieren, ohne etwas über mich zu wissen – wie meine Nationalität. Aber selbst ziehe ich mich auch zurück, weil ich vor den Anderen Angst habe, weil sie mir nicht vertraut sind, weil sie eine andere Herkunft haben – und eine mir nicht bekannte Vergangenheit. Ist das möglich, die neue Wirklichkeit mit so vielen Formen, die einen zu jeder Zeit angreifen, zu akzeptieren?

Die alltägliche Metaphysik war zu schwierig. Schuldgefühle tauchten auf. Ich lebe wie ein Schmarotzer, ergebe mich willenlos zufälligem Geschehen oder Filmen und Leuten, die mir nichts bedeuten.

Sie konnte wieder nichts mit sich anfangen, obwohl die Uhrzeiger sich bewegten, aber die Zeit scheinbar nicht verstrich. Sie war nicht imstande, die Aktivitäten nacheinander zu planen. Sie nahm die Zeitung in die Hand und legte sie zurück, fegte die Kommode und legte den Lappen weg. Obwohl sie alle Möglichkeiten hatte, konnte sie keine wählen. Sie schaute in den Garten und kehrte zu ihren Erinnerungen, zu sich selbst zurück, dorthin, wo sie früher gewohnt hatte, hunderte Kilometer entfernt, zu diesem Ort hin, der nur in ihrem Gedächtnis existierte. Sie fiel in einen Halbschlaf, voll von Bildern. Sie erinnerte sich an das Haus der Großeltern.

Seltsamer Vogel

Ein kleiner Kirschbaum wuchs im Garten hinter der Scheune. Niemand hatte ihn dort eingepflanzt. Anna ging zu dem Bäumchen hin und versuchte, ihn mit ganzer Kraft aus dem Erdboden herauszureißen. Schließlich ließen die Wurzeln nach und Anna fiel auf dem heißen Boden fast um. Der Baum war unversehrt, obwohl die winzigen Wurzeln abgerissen waren. Das Bäumchen in den Armen haltend, ging sie in die Scheune und legte es auf der Tenne ab. Sie wischte sich den Schweiß von der Stirn ab. An einem Pfeiler angelehnt, stand das Fahrrad ihres Vaters. Sie schaute in den Fahrradspiegel und sah ein Gesicht einer alternden Frau, müde, aber mit dem Ausdruck von Entschlossenheit. Ich pflanze das Bäumchen im Garten, in der Stadt, in der ich jetzt wohne. Mal sehen, ob es wachsen wird, wenn nicht – auch kein Verlust.

Aber sie wünschte sich doch, dass das Bäumchen weiter wuchs. Für so ein Bäumchen ist es ja egal, ob es in Kleinpolen oder in Schleswig-Holstein wächst. Es zählt nur, dass der Boden ähnlich wird. In ihrem neuen Garten war die Erde sandig, aber nicht die schlechteste. Sorgfältig umhüllte sie die Wurzeln mit feuchten Kleiderstücken, die sie auf dem Dachboden gefunden hatte – das alte braun-karierte Hemd vom Opa und Omas Bluse mit bunten Blumen und großen Druckknöpfen.

Die Großmutter war in dieser Ortschaft auch keine »von hier« gewesen. Mit dem Großvater war sie direkt aus Russland zurückgekommen, wo er in der Armee des Zaren gedient hatte. Sie hatte den Opa kennen gelernt, als er noch in der Nähe von Lublin stationiert gewesen war. Sie war ihm nach Russland gefolgt, dort war ihre Tochter geboren worden, und dort hatten sie nachher geheiratet.

Die Oma hatte zusammen mit der Tochter in einem geräumigen Haus gewohnt, das von allen gemeinsam gebaut worden war. Sie hatte die Enkelinnen gerne auf den Schoß genommen. Ein weißer Beutel mit Waffelstückchen, die sie in einem kleinen Betrieb in der Nachbarschaft gekauft hatte, war immer parat gewesen. Anna konnte sich noch erinnern, wie sie bei der Oma auf dem Schoß gesessen hatte und wie sie es gemocht hatte, sich den Mund mit diesen Waffeln vollzustopfen. Gleichzeitig hatte sie versucht, die Druckknöpfe ihrer Bluse mit dem Blumenmuster aufzumachen. Oma hatte die Bluse wieder zugeknöpft, und ein trockener Knacks hatte ihre schnellen Finger dabei begleitet.

Die Großmutter war für die hiesigen Leute ein Sonderling gewesen, ein seltsamer Vogel, weil sie hatte russische Lieder singen und sich wie die Russen bekreuzigen können. Oma hatte über ihre abergläubische Angst, dass es Gott beleidigte, gelacht. Manchmal hatte sie Anna heimlich gezeigt, wie sie in Russisch-Orthodoxen beten.

Sie war von den Hiesigen als »Andere«, »Russin«, »Iwan« angesehen worden, obwohl sie nur aus der Gegend von Lublin gestammt hatte. Anna war als Kind stolz auf ihre Oma gewesen, darauf, dass sie so anders gewesen war. Jetzt konnte sie endlich begreifen, wie es die Oma geschmerzt haben muss, auch nach all den Jahren als Fremde empfunden worden zu sein. Sie hatte aber gelernt, damit zu leben – und sogar die Kraft daraus zu schöpfen.

Als ihre Nachbarin hinter dem Zaun hervor geflüstert hatte, dass der Bartosz von gegenüber pflegte, morgens mit einem Sack auf die Felder zu gehen und mit einer Schere die Ähren zu schneiden und dann die Hühner füttern würde, hatte die Oma geantwortet – »Ach, interessant!«– und danach hatte sie mit ihrer Enkelin gelacht, dass die Leute so geizig waren. Sie hatte aus der Stadt gestammt und die bäuerliche Mentalität nicht gekannt, aber sie hatte bereits gelernt, nicht alles offen zu sagen, weil sie für die Leute sowieso ein Sonderling gewesen war.

Anna drehte das Bäumchen in den Händen um und dachte,

dass es für die Oma auch spannend gewesen wäre zu sehen, ob es in neuem Boden wachsen würde. Als Anna schon eine erwachsene Frau war, auch schon mit Kindern, hatte die Oma mal gesagt:

»Erzähle den Leuten nicht, wie alt du bist, weil sie von vornherein wissen werden, was du in deinem Alter dürftest und was nicht. Denke nicht zu viel darüber nach. Besser überlege, was zu machen ist, oder denke über etwas anderes nach, aber nicht darüber, weil es sich nicht lohnt. Altern wirst du sowieso, aber es wird für dich dann nicht so schwierig sein.«

Die Großmutter war dafür bekannt gewesen, dass sie – schon alt – noch getanzt hatte, und ohne Not durch die Felder gerast war, wie eine Hexe. Sie hatte ihren Baum auch herausgerissen und lebte fern der Familie mit ihrem Mann zusammen, für den sie aus dem Elternhaus weggelaufen war. Der Großvater war ihre Wahl für immer gewesen. Sie waren sich überhaupt nicht ähnlich gewesen, er als »Hiesiger« hatte sie nicht verstanden, also hatte er ihr nicht helfen können. Aber die Oma hatte es gekonnt, alleine zurechtzukommen, sie hatte ihre Rolle als ein Sonderling akzeptiert. Das war ihre Emigration gewesen. Sie war so anders gewesen, dass sie nur mit wenigen von dort sich angefreundet hatte, aber die Leute hatten es gemocht, mit ihr zu schwatzen, weil sie so seltsame Geschichten erzählt hatte. Sie hatte nie jemanden verurteilt.

»Es ist so und basta«, sagte sie, als getratscht wurde, dass ein Mädchen schwanger war. »Was wird das sein – ein Junge oder ein Mädchen?«, hatte sie hinzugefügt.

Es war ihr nicht wichtig gewesen, sich bei Anderen beliebt zu machen.

Als Anna sie mal gefragt hatte, ob sie viele Freunde hätte, schien es, als ob sie das nicht verstanden hätte. Als Kind hatte sie viele Freundinnen gehabt, aber später war sie ständig umhergezogen. Es waren immer viele Leute um sie herum gewesen, sie hatte sich während der Typhusepidemie in Sankt Petersburg als Krankenschwester um Kranke gekümmert. Später hatte sie bei Geburten in Soldatenfamilien geholfen, als sie auf der Flucht vor den Bolschewiken gewesen waren. Die Oma hatte für Freundschaften wahrscheinlich keine Zeit gehabt. Dort, wo sie mit dem Opa sesshaft geworden war, hatte sie die Rolle der Außenseiterin angenommen, und sie hatte nicht anders sein mögen. Es war ihr nicht wichtig gewesen, Ähnlichkeiten mit anderen zu suchen, sie war mit sich selbst und mit ihren Enkeln befreundet gewesen.

Im Vorfrühling, als die Oma die Büsche und die Bäume geschnitten hatte, hatte sie der kleinen Anna erklärt:

»Das Alte muss man abschneiden. Nicht alles, weil das Bäumchen sonst sterben würde, aber so, dass die jungen Triebe genug Platz haben.«

Anna schaute im Gegenlicht auf ihr Kirschbäumchen, schnitt einige Zweige ab und rieb die Stellen mit Lehm ein.

Mal sehen, wird es neu sprießen? Es wird ein schlechtes Zeichen für mich sein, wenn es mit dem Umpflanzen schiefläuft. Aber ich darf nicht denken, dass dieses Bäumchen etwas mit mir zu tun hätte. Ich bin eine Frau mittleren Alters, und das ist ein Kirschbaum. Interessant, ob er irgendwann in unserem Garten erblüht?

Anna brauchte symbolisches Denken, um das Leben im Ausland als sinnvoll zu empfinden, trotz allem Chaos und ständiger Missverständnisse.

»Vor deiner vorherigen Existenz fliehend, möchtest du dich von der Vergangenheit befreien und führst eine Operation an deinem Leben durch. Das kann nicht gelingen«, hatte ihre Mutter mal gesagt.

Ihr Vater hatte aber gesagt:

»Nur ein Sturm kann alles umkippen und auch verändern. Es ist eine Zerstörung, aber auch eine Chance. Nur, bist du stark genug, Anna? Kannst du dem Mann vertrauen, zu dem du fährst und mit dem du zusammenleben möchtest? Weißt du, ich gehe bald fort, dahin, hinter die Scheunen, ich bin gesund, ich bin nur am Alter erkrankt. Mein Herz lässt mich nicht arbeiten, und das ist schwer für mich. Und ich sage dir, nur das Leben zählt, nur das ist wichtig. Lebe dort und mit wem du möchtest zusammen. Und erfreue dich an jedem Tag. Alles andere ist nicht so wichtig, deine Titel, deine Beschäftigung … Wenn du dich in all dem nicht wieder findest – gehe weg und fange neu an. Hab keine Angst …«

Anna war wieder wach. Ich sollte etwas Konkretes machen, ich darf nicht in der Vergangenheit stecken bleiben, nicht in Träumen oder in Vorstellungen anderer Leute über mich.

Das Erstaunen

Morgendliche Stunden sind dazu geeignet, fremde Sprachen zu lernen. Sie brauchte die hiesige Sprache. Sie wollte mit hiesigen Menschen sprechen und sich nicht in einem nationalen Ghetto einschließen.

Ihre Landsleute trafen sich am häufigsten vor der Kirche und verbarrikadierten sich in ihrer Andersartigkeit, sie überzeugten sich gegenseitig, dass sie besser als die Anderen waren. Es bildete sich eine Schützengrabenmentalität – wir sind hier, und sie sind dort. Die Helden waren diejenigen, die die Hiesigen reinlegen konnten, ihre Vorschriften ausnutzen, um sie um etwas zu prellen. Viele lebten hier jahrelang und konnten die Sprache nur in geringem Maß beherrschen. Die Realität von hier wurde mit Kategorien von dort interpretiert, meistens zu deren Ungunsten. Oft war für sie nicht nachvollziehbar, warum man hier etwas nicht machte. Nicht nur, dass man keine Schnipsel auf die Straße warf, man sammelte sie, wie auch andere Abfälle, und nutzte fürs Recycling. Wenn man die kaputten, elektronischen Geräte dahin transportierte, sollte man sie nicht den darauf wartenden Türken übergeben, weil sie davon keine Steuern zahlten, die sonst nachher Schulen oder Krankenhäusern zugutekämen. Das war für Emigranten aus ärmeren Ländern nicht verständlich. Gewisse Abläufe mussten sie neu lernen – zum Beispiel alte Klamotten, Geräte wegwerfen, um neue zu kaufen.

Ich möchte mich nicht mit meinen Landsleuten umgeben, dachte Anna, dafür bin ich nicht ausgewandert. Lieber lerne ich das neue Land kennen, finde neue Freunde, ich muss aus der sozialen Leere heraus. Dazu muss ich die Sprache des Landes lernen. Leicht zu sagen, schwer zu machen.

Ihre und Michaels gemeinsame Sprache war ihr emotionell nicht mehr fremd, aber auch noch nicht vertraut. Sie dachte und schrieb zu viel in ihrer eigenen Sprache. Aber anders wollte sie nicht. Bewusst strebte sie ein Doppelleben an – in eigener und Michaels Kultur, obwohl das mühsam war. Den Tag teilte sie sorgfältig in zwei Sprachen auf: Der Vormittag gehörte ihrer Sprache, der Vergangenheit und der Welt, wo sie hergekommen war. Sobald Michael nach Hause kam, dominierte seine Sprache. Er erzählte von seiner Arbeit, und obwohl sie manchmal nicht alles verstehen konnte, war es nicht möglich zu unterbrechen und sofort danach zu fragen, weil sie das Problem in der für sie fremden Sprache nicht umgehend formulieren konnte.

Sie wiederum berichtete sehr einfach – was sie gemacht hatte, was sie am Wochenende tun möchte, was sie einkaufen sollte. Mit ihrer bescheidenen Sprache konnte sie die eigenen Erlebnisse nicht genau schildern. Das war eine minderwertige Kommunikation, aber sie war noch nicht imstande, das zu ändern.

Was geschieht, wenn ich auch meine eigene Sprache zu vergessen beginne?

Ab und zu suchte sie mühsam einfache Ausdrücke aus ihrer Sprache, die immer korrekter und auch starr wurde. Also fing sie an, Familiengeschichten, Redewendungen und bekannte Sprüche aufzuschreiben.

Bald wird mir keine Sprache mehr nahe sein, dachte sie plötzlich.

Die Omi hatte manchmal auch russische oder ukrainische Ausdrücke beigemischt und war eine Wortakrobatin mit ganz und gar eigenen Phrasen gewesen. Sie hatte zum Opa » paschol won!«(was »geh weg!« bedeutete) gesagt, und es hatte keine Diskussionen mehr gegeben … Es war nicht nur um die Logik des Wortes gegangen, sondern auch um die Intonation und das Wort als Geste. Ein rhythmisches »Wot i wperjod« (»hier und zurück«) hatte fast gezeigt, wie man sich im Tanz bewegen sollte, und nach dem «kuschai, kuschai i ne prigai« (»iss, iss und zappele nicht herum!«) hatte man alles verputzen müssen.

Während des Gewitters, beim Donnern, hatte sie sich heftig bekreuzigt mit einem »Pomiloj bosche i ne pokarai nas« (»Gott erbarme dich unser und bestrafe uns nicht«) und sich vor Gott mit den Worten »Chwała Bogu Batuschke i Christu Sinowi i Swatomu Duchu« verbeugt, was eine gottesfürchtige Deklamation war. Dann hatte sie mit ihrer Enkelin vor dem Fenster gekniet – »potrebujem pokajatsa«, hatte die Oma gesagt – das war ein reuevolles Abbitteleisten. Bald war das Gewitter vorbei gewesen. Anna hatte auf das nächste Gewitter gewartet, weil sie das Mysterium mit ihrer Oma so gerne gemeinsam erleben wollte.

»Ti takaja barischna!«, hatte sie zu Anna, in einen neuen Rock gekleidet, am ersten Schultag gesagt, und das war für die Kleine wie ein Ritterschlag zum Erwachsensein gewesen.

Anna dachte oft an diejenige, die sie so sehr geliebt hatte, und obwohl die Oma schon seit Langem nicht mehr lebte, war sie ihr sehr nahe. Wenn man von den lebenden Verwandten weit weg ist, kann man mit ihnen am Telefon plaudern, aber die Verstorbenen leben im Gedächtnis manchmal gleich intensiv, und so kann man sich daran auch wärmen.

Die Großmutter hatte sich Gedanken über das Leben, nicht über den Tod, vor dem sie keine Angst gehabt hatte, gemacht. – »Mal sehen, wie es dort ist« – hatte sie gesagt, weil sie nirgendwohin richtig gehört hatte, und sie diese ewige Unbeständigkeit gemocht hatte. Ihre Welt war dort gewesen, wo sie gerade gewesen war: Wenn sie gesungen hatte – hatte sie gesungen, wenn sie getanzt hatte – hatte sie getanzt. Die offenen Felder und die Wiesen waren ihre Welt gewesen, da waren Lilien gewachsen und Vögel am Himmel gekreist, deren Namen nur Gott der Herr kannte.

Es war das Erstaunen gewesen, das ihr den Atem verschlagen hatte, dann hatte sie auch gebetet. Zur Kirche hatte sie nicht gehen mögen, manchmal nur hatte sie sich den Nachbarn gezeigt. Mehr Göttliches war für sie in der Natur, in tiefem Erleben eines besonderen Moments ... Die ganze Vergoldung in der Kirche hatte sie nicht angesprochen. Darin sah sie keine Großzügigkeit. Sie selbst hatte nichts für sich anhäufen wollten. Wenn sie ein bisschen Geld gehabt hatte, hatte sie etwas für die Kinder gekauft, damit sie sich hatten freuen können. Und diese eine Weile voller Freude hatte dann für sie wie ein Wunder ihre Welt skizziert. Ja, sie hatten sich gefreut ...

Die Omi hatte wie ein Vogel gelebt. Über die Welt hatte sie gestaunt. Stets hatte sie Lieder für Gott gesungen, ohne zu überlegen warum. Er war für sie überall gewesen, mit keiner konkreten Stelle verbunden. Als sie durch die Felder gegangen war, war in ihr nur Begeisterung gewesen. Sie hatte nicht wie andere gedacht, nicht analysiert. Auch war sie sich der Dinge selten sicher gewesen, und sie hatte ungern etwas im Voraus zurückgewiesen. Mit den Nachbarinnen hatte sie gerne geredet, aber Spaß hatten ihr die Emotionen einer Erzählung gemacht, die Vielfältigkeit. Sie selbst hatte viele spannende Geschichten über Mittagsfrauen gewusst, die am Feldrain spaziert waren, aber das Kirchglöckchen hatte sie verjagt.

»Merkwürdigkeit«, hatte sie meistens gesagt, als sie sich hatte nicht festlegen oder etwas nicht definitiv ausschließen wollen. Die »Merkwürdigkeit« war in der Welt und in den Leuten gewesen. Am Ende, auf ihre alten Tage, hatte sie manchmal geweint, aber nicht gesagt, warum, ob jemand etwa böse zu ihr gewesen war.

»So ist das«, hatte sie immer gesagt und es akzeptiert.

Sie war kein Engel gewesen. Als ihr Nachbar seinen alten Schwiegervater verprügelt hatte, hatte sie, obwohl selbst nicht mehr jung, einen Knotenstock in die Hand genommen und ihn kräftig angegriffen. Da war die Oma eine einzige Furie gewesen, ein lebendiger Beweis dafür, dass der Geist es bewerkstelligen konnte, den Körper kräftig und straff zu machen. Mit voller Wucht hatte sie zugeschlagen, als ob sie eine Kampfkunstmeisterin gewesen wäre. Der Nachbar hatte Fersengeld gegeben, und sie hatte glücklich gelacht, ohne Schuldgefühle.

Einmal hatte ein Strolch aus der Nachbarschaft ihre Enkelin geschlagen, die heulend nach Hause zurückgekommen war. Die Großmutter war unerbittlich gewesen:

»Du musst sofort zurück zu ihm und ihn auch verprügeln, sonst wirst du dich das ganze Leben lang fürchten. Kehre nicht zurück, bevor du ihn nicht geschlagen hast«.

Anna war also zu dem triumphierenden Knaben zurückgegangen und hatte plötzlich diese Kraft ihrer Großmutter bekommen. Sie war sehr schnell gewesen, hatte im einem Sprung seine Haare festgegriffen, die andere Faust in seinen Mund gesteckt, und obwohl sie kleiner als er gewesen war, hatte sie mit ihren neuen Schuhen auf sein Schienbein getreten, womit sie ihn restlos erschreckt hatte. Als er weinend davongelaufen war, war sie lachend zur Oma zurückgekehrt. Die Oma hatte knapp kommentiert: »Gut gemacht …«. Und es war nachher nicht mehr darüber gesprochen worden. Einmal, schon kurz vor ihrem Weg in die Ewigkeit, hatte sie zu Anna gesagt – »Du bist gut …«.

Anna dachte in schwierigen Momenten immer daran, das gab ihr die Kraft, eine Balance in ihrem Charakter zu halten.

In Großmutters Garten war ein Apfelbaum gewachsen, den sie einst selbst eingepflanzt hatte. Sie hatte unter diesem Baum, den sie »Rassel« genannt hatte, gerne geschlafen. Sie hatte keine Angst davor, dass die Äpfel auf sie hätten fallen können. Auf dem Rücken liegend, hatte sie zugesehen, wie durch die Blätter ein goldener und himmelblauer Strahl hindurchgedrungen war.

Es hatte nach Äpfeln geduftet, als sie die gesammelten reifen Kugeln im Ofen gebraten hatte. Sie hatte sie nicht alleine gegessen, weil sie mit den Anderen den Duft und diesen klebrigen Sirup, der bräunlich und langsam herausgetropft war, hatte teilen wollen.

»Merkwürdigkeit«, sagte sie langsam, am Apfel knabbernd, als sie den Kanarienvogel, der sich gerade auf die Eiche gesetzt hatte, sah. Hinter ihm war schon ein Spatzenschwarm gekommen.

»Er fliegt weg, er wird bis zum Himmel fliegen, und noch heute verschwimmt er im Himmelblau, und da wird der Himmel golden und smaragdgrün sein, sagte sie, um die Kinder zu trösten.

Das Labyrinth der Stadt

Auf der Tannenspitze saß ein Reiher. Er balancierte mit dem Kopf und Hals, die Zweige wackelten. Schaute in den Teich bei den Nachbarn hinein, wo die Goldfische schwammen. Das alles sah sehr seltsam aus, obwohl es völlig real war.

Ich fühle mich hier wie dieser Reiher auf der Tanne, auch so unangepasst und exotisch. Niemand wird mich besuchen. Ich muss also selbst ausgehen.

Es dämmerte schon. Sie ging durch die Straßentunnels. Auch der eigene Stadtteil war ihr noch nicht vertraut. Straßen mit ähnlichen Häusern verwandelten sich leicht in ein Labyrinth, Straßen mit Gärten ohne Zäune gingen ineinander über. Hin und wieder öffneten sich tunnelartige Durchgänge für Fußgänger und Fährräder. Anna passierte es ständig, dass sie umherirrte, auch am Tag. Sie markierte im Gedächtnis immer größere Kreise, um sich an den Rückweg zu erinnern.

Sie hatte schon ein paar Orientierungspunkte, wie die alte Mühle, die Wiese mit den Pferden oder die kleine Brücke über dem kleinen, sumpfigen Tal im Park. Aber der Marktplatz mit der Feuerwehr war für sie schon unklar, weil er wie ein Dreieck aussah, in dem viele kleine, manchmal kurvige Sträßchen mündeten.

Sie ging weiter, obwohl es schon dunkel war, aber wohl noch nicht so spät, weil zwei Kinder noch draußen spielten und ein Teenager mit den Rollschuhen ratterte, während die Fahrzeuge langsam vorbeifuhren. Breite Lichtstrahlen fielen aus den Häusern in die Gärten hinein. Die Straße war architektonisch einheitlich, was ihr den Eindruck von Harmonie verlieh. Geräumige weiße Villen mit Balkons wechselten sich mit Gebäuden in altdeutschem Stil, ganz aus rotem Ziegelstein, und weiter mit modernen Toskana-Häusern ab.

Plötzlich sah sie einen alten Menschen mit Stock. Er be-

merkte sie auch und verlangsamte seine Schritte. Als sie ihn gerade einholte, hob er plötzlich seinen Stock hoch und fragte:
»Sehen Sie, was für ein Mond das heute ist?«
»Ja«, antwortete sie und sprang weiter von ihm ab, erschreckt durch diesen Stock, oder vielleicht von dem runzeligen Gesicht des Greises mit blassen Augen.

Sie flüchtete weit weg von ihm, weil bisher niemand sie nachts so absurd angesprochen hatte. Man trifft hier so selten alte Menschen auf der Straße. Meistens bleiben sie in den Altersheimen eingeschlossen, oder wenn sie noch zu Hause wohnen, haben sie Angst, spät nach draußen zu gehen. Das Alter schützt sie nicht, ihre Weisheit bringt ihnen keine Privilegien, niemand bringt ihnen Achtung entgegen, so wie es noch in den Dörfern ihres Landes ist. Anderseits gibt es hier ganze Stadtviertel, die meistens von alten Menschen bewohnt werden. Sie versuchen weiter, sich wie junge Menschen zu verhalten, machen Jogging, Ausflüge, gehen zu ihren Clubs, bis das Greisenalter kommt und sie dann ins Altersheim ziehen und verschwinden, bevor sie sterben.

Sie lief von diesem seltsamen Menschen noch weiter weg, versteckte sich hinter einer Hausmauer und schaute in das Fenster. Man benutzt in diesem Land meistens keine Gardinen, aber man achtet die Privatsphäre, und so ist es nicht üblich, in die fremden Wohnungen hineinzublicken. Anna schämte sich ein bisschen, so zu glotzen.

Zwei ältere Leute saßen beim Licht und sahen fern. Wahrscheinlich wünschten sie sich, sich an diesem Abend gut zu erholen, auch von dem Denken, sie zappten durch die Kanäle. Sie saßen nebeneinander und berührten sich mit den Armen. Es flogen Bilder von Katastrophen, Morden, Entführungen, in einer neonblauen Strahlung bewegten sich Menschen und Unterwassertiere. Überall geschah etwas, und sie waren mit sich selbst zufrieden.

Anna schaute auf die Straße – der seltsame Riese war schon

weg, sie ging weiter. Die Häuser machten ihr Innenleben nach außen sichtbar, aber niemand schaute es sich an. Die Andersartigkeit der Straße bedrückte Anna. Sie klopfte diese Welt ab, wie ein Blinder den Weg mit dem Stock, wie dieser Greis. Warum war sie eigentlich vor ihm weggelaufen, sie vermisste ja so sehr andere Menschen.

Langsam kehrte sie zurück nach Hause.

»Anna, wo warst du, ich habe auf dich gewartet«, meinte Michael.

»Ich drehte eine Runde und schaute den Leuten in die Fenster. Sie leben hier irgendwie isoliert.«

»Früher, im Wohnblock, warst du nicht so alleine?«

»Ich war ihnen ähnlich, aber hier fühle ich mich richtig fremd.«

Alltägliche Orte

In der Küche roch es nach frisch aufgebrühtem Kaffee, den Anna in der Kaffeerösterei im Hafen gekauft hatte. Im Laden, den sie zufällig beim Spazieren entdeckt hatte, hatten sich in den Regalen frisch hergestellte Pralinen getürmt. Es hatte berauschend geduftet, und die Verkäuferin hatte einen weißen Kittel angehabt, wie in einer Apotheke. Sie hatte sehr genau abgewogen, noch eine Bohne dazugetan und ihr einen schönen Tag gewünscht. Anna hatte unsicher angehalten, sie hätte eine solche Praline gerne probiert, hatte aber mit den Preisen nicht so schnell zurechtkommen und auch nicht so schnell etwas wählen können. Sie war also hinausgegangen, und hatte das wenige Restgeld einem Bettler in den Hut geworfen, der »Wolga, Wolga« gesungen hatte. Eine Weile hatte sie ihre Heimat vermisst, dann aber sich entrüstet: Es gibt kein erträumtes Paradies – dieses Land hier möchte ich kennen lernen.

Der Kaffee war fertig, Anna schaute auf ihre Amseln draußen und blätterte die Zeitung durch. Es wurde über die Unruhen in Israel berichtet, über die »deutsche Leitkultur« und dass siamesische Zwillingsschwestern geboren wurden. Sie schaute auf die Werbung: Bei »Peek & Cloppenburg« war Schlussverkauf, sie schob die Versuchung von sich weg, sonst verwandelte sich der schöne, sonnige Tag in eine Schnäppchenjagd.

Andererseits kündigte schon die Fahrt zum Einkaufszentrum ein Abenteuer an. Wie in »Die Zimtläden« von Bruno Schulz türmten sich vor den Augen der Kunden verschiedene Kleidungstücke: Blusen, Kleider, Hosen. Die wurden je nach Verwendung, Farben und Größen sortiert. Festliche und sportliche, Natur- und Kunststoff. Anna analysierte sie, auf diese für jeden Geschmack vorhandene Produkte konzentriert. Sie überlegte, wie das, was gerade herabgesetzt war, mit dem, was sie im Schrank hatte, zu kombinieren war. Das war für sie eine bittere Lehre.

Früher, als es in ihrem Land in den Läden kaum Produkte gegeben hatte und sie hatte in langen Schlangen stehen müssen, hatte man nur schnell reagieren müssen, um das zu kaufen, was noch für sie oder jemanden aus der Familie hätte passen können. Manchmal war es notwendig gewesen, das letzte Teil einer anderen Kundin zu entreißen, bevor diese sich entschieden hatte. Man hatte sich gefreut, überhaupt etwas gekauft zu haben.

Hier war es umgekehrt – nicht zu schnell reagieren und sorgfältig zwischen den Unmengen von Ware auswählen, die Schnäppchen konnten nämlich trügen.

Es gab zu Hause ein paar Klamotten aus dem Ausverkauf, die zuerst auf dem Bügel in der Garderobe, später im Keller und dann noch im Gartenhaus, schließlich in der Tonne für Altkleider landeten.

Die Suche nach einem bestimmten Kleidungsstück war wie die Arbeit von Strukturalisten im Kontakt mit der Materie. Aus einem konkreten Teil sollte man Formen und Farben abstrahieren, die ideal zur Figur, Haarfarbe und zum Teint passen sollten. Und sich dann vorstellen, wie der Stoff sich zum Beispiel im Tanz oder beim Lauf durch den Park aerodynamisch verhalten würde. Das war wie das Vergießen von Flüssigkeiten durch buntes Licht, wie eine Theaterkreation oder wie das Erschaffen der Realität aus dem Nichts. Besonders Frauen waren in die Metaphysik der Substanz und der Farben vertieft, die dazu da waren, um dosiert, sortiert, miteinander komponiert und in der Fantasie aufeinander abgestimmt zu werden. Die Arbeit der Fantasie war besonders wichtig, weil nach der Anprobe schon die nächste Etappe kam, wo eventuell eine Enttäuschung drohte. Die großen Spiegel zeigten nicht nur die Schönheit der idealen Modelle, sondern auch unerbittlich das reale Aussehen von Frauen mit zu langem oder zu kurzem Hals, mit dickem Hintern und schlaffen Pobacken. Der fantasievolle Vogel, eine schlanke Dame ohne Alter, verwandelte sich plötzlich in dem großen Spiegel in eine geschlechtslose Gestalt mit herunterhängenden Armen, Bauchfalten und zu langen Hosenbeinen.

Anna setzte sich kurz in ein Café. Von hier aus konnte man die abgehetzten Wesen in der Einkaufspassage gut verfolgen. Am Kaffee nippend, weidete sie sich an der Ruhe, während die Frauen im Geschäft gegenüber in den Bergen frisch herabgesetzter Unterwäsche wühlten und die Verkäuferinnen diese geduldig wieder zusammenlegten. Sie kannten dieses Spiel: Die Preise wurden für einige Zeit herabgesetzt und später kehrten sie zu dem vorigen Stand zurück. Man dürfte nicht zulassen, dass etwas unbemerkbar blieb, was das Gefühl etwas zu erwerben und gleichzeitig zu sparen gab. Es durfte nicht passieren, etwas zu übersehen, das wäre ein fast metaphysisches Übel. Sie kämpften mit Gesichtsröte und glänzenden Augen, hartnäckig. Das war ein Moment für den Spieler, kurz vor dem Gewinn. Eine unaufhörliche Hoffnung beflügelte die vergehenden Momente, und die Jagd nach der Beute konnte lange dauern.

Plötzlich sah sie am Tisch nebenan eine Frau aus ihrer Straße. Claudia war immer energiegeladen, diesmal saß sie mürrisch und niedergeschlagen da. Anna winkte, nahm ihren Kaffee mit und setzte sich neben sie.

»Wie geht's?«

»Alles in Ordnung ...«

»Warum bist du so bedrückt?«

»Claus wurde entlassen ... Mein Mann ist schon über fünfzig, wer gibt ihm wieder eine Stelle bei der Bank? Ich muss mich um die Kinder kümmern.«

»Du hast ja auch einen Beruf, und du bist jünger. Ihr könnt euch bei der Kindererziehung doch abwechseln.«

»Ich denke auch darüber nach. Ich überlege, eine Reiterschule mit Ponys für Kinder zu eröffnen. Hältst du das für sinnvoll?
»Und deine Architektur? Möchtest du deinen Beruf aufgeben?«
»Kinder mögen Ponys sehr, ich kenne dieses Geschäft ein bisschen. Anna, es gibt nichts für das ganze Leben. Aber ich muss jetzt gehen, die Kinder aus der Kita abholen.«
Anna kehrte auch nach Hause zurück. Sie zeigte Michael die neuen Anziehsachen.
»Guck mal, was ich heute gekauft habe! Dieses Kleid ist das gleiche wie das aus meinem Land, dazu kostete es nicht viel.«
»Und so sieht es auch aus«, fügte er hinzu.

Inka

Die aus dem Süden kommenden Flugzeuge fliegen zum Flughafen im Norden der Stadt. Bei gutem Wetter können Passagiere die ganze Stadt von oben sehen. Hamburg hat fast zwei Millionen Einwohner und liegt an der Elbe, die in Annas Land »Łaba« genannt wird. Die Elbe verbreitert sich in Höhe des Stadtteils Blankenese und mündet später in die Nordsee. In die Elbe mündet wiederum ein kleiner Fluss namens Alster, der die Stadt von Norden nach Süden durchquert. Bevor er in die Elbe fließt, wird er in zwei Seen aufgestaut: Außenalster und Binnenalster, dazwischen zwei Brücken. Die Seen und zahlreiche Kanäle bilden ein Wassernetz größer als das in Venedig. Nahe der Stelle, wo sich Alster und Elbe treffen, liegt das Herz der Stadt. Dort befinden sich das Rathaus, die Theater sowie Museen, Banken, Straßen mit vielen Geschäften, elegante Einkaufspassagen, aber auch Villen mit Gärten und verschiedene Konsulate. An dieses Zentrum grenzen andere Viertel, von dem jedes ein eigenes Zentrum hat. Durch die Kanäle geteilt, sehen sie von oben wie Inseln aus. Wandsbek befindet sich in östlichem Teil der Stadt und gilt als Arbeiterviertel, dort wohnen auch viele Ausländer.

Meistens betrat Anna Wandsbek von der Industriezone her, mit deren Werkstätten, Lagern und Verkaufssalons. Alles war hier zweitklassig, auch die Waren wurden aus den Lagern direkt auf die Straßen herausgestellt. Der »Markt« war eigentlich eine lange Straße mit dem Busbahnhof in der Mitte. Dort gab es viele kleine Läden und Gaststätten, deren Besitzer die zahlreich hier wohnenden Türken waren. So war es sehr günstig, alles in Sichtweite zu haben, auf der Straße kurz miteinander zu schnacken, nach Geschäften und nach der Familie zu fragen und spielenden Kindern zuzuschauen. Ihre Kinder lernten in der Schule nebenan, die einen schlechten Ruf auf den Schulkonferenzen hatte. Im ziegelroten Gebäude, das wie eine Spinne mit vielen Segmenten sich um den Sportschulhof herum ausbreitete, befand sich auch die Schule für die Kinder aus Annas Land.

Vormittags war das ein normales, deutsches Gymnasium, obwohl in den Klassen die türkischen Kinder eine Mehrheit bildeten. Es war schwierig zu ergründen, wer die Worte an die Wände schrieb, wie sie überall von Teenagern dahingeschmiert werden (und welche die deutschen Lehrer nicht verstehen wollten), wer auf der Toilette rauchte oder deutsche Zeitungen verbrannte. Die Hausmeister verlangten, dass die Lehrer die Schuldigen bestraften. Der Lokalpatriotismus verleitete die Lehrer aber dazu, die Schuld auf die Anderen zu schieben. Die Lehrer waren nicht besser als die Schüler, und die drei nationalen Gruppen lagen miteinander im Clinch.

Das Tal der Schule war ausgefüllt mit verborgenen Schanzen, es entstanden unsichtbare Grenzen. So etwas passierte auch in anderen Schulen dieser Stadt mit ihren vielen Nationen. Es war nicht politisch korrekt laut zu sagen, dass die »Anderen« anders sind als unsere Kinder, nur leise ließ man Bemerkung über deren Rüpelhaftigkeit fallen. Wo eine Mehrheit von Ausländern herrschte, nahmen Eltern ihre Kinder aus den Klassen heraus. Manchmal zogen sie sogar in bessere Viertel. In der Stadt pulsierten diese Veränderungen, die wie Bewegungen von Streitkräften waren, die sich neu verschanzen.

Sie waren anders. Sie sprangen in der Pause mit Radau aus der Klasse hinaus, alle größer als ihre junge deutsche Lehrerin, ein paar Mädchen trugen ein Kopftuch. Ismail stellte sich plötzlich vor sie hin und zeigte lüstern auf seinen Hosenschlitz, danach spielte er einen pinkelnden Hund. Alle lachten, die Mädchen fingen an, polnische Artikel, Bilder und Buchstaben von der Wandtafel abzureißen.

In der Klasse, die nur formell deutsch war, war ein schmächtiger blonder Junge in einer zu großen, hängenden Hose, der die Gesten seiner Klassenkameraden nachzumachen versuchte. Er war eine deutlich unangenehme Ausnahme in dieser Klasse. Sein Verhalten erinnerte überhaupt nicht an ihre Wildheit, er war nur eine jämmerliche Imitation. Sie waren schon Männer, und er war ein Kind, das einen Mann spielte, daher lachten alle über ihn.

Anna setzte sich in Bewegung inmitten dieses Gewühls. Plötzlich bemerkten sie sie und machten ihr Platz. Sie sprach übertrieben langsam, damit sie merkten, dass sie keine deutsche Lehrerin war. »Wir fühlen uns hier manchmal auch nicht sicher. Denkt ihr nicht, dass wir uns gegenseitig nicht stören sollten?«. Für eine Weile wurden sie still, die Mädchen sammelten die abgerissenen Bilder und Artikel auf.

Sie hatte den Stadtplan von Hamburg in der Hand, sie suchte eine Stelle auf der Karte. Die Schüler schauten sie verwundert an, dass sie ähnliche Probleme wie ihre Mütter mit Kopftüchern hatte.

Oft waren die Lehrer ihnen fremd, manchmal sahen sie in ihnen Gegner. Die türkischen Jungs wollten die Führungsrolle der Frau als Lehrerin nicht akzeptieren. Anna fühlte sich unter ihren bohrenden Blicken auch nicht wohl, wusste auch nicht, warum ihre Lehrerin so schnell verschwand.

Ein ungeheurer Tumult. Sie stießen sich gegenseitig die Treppen herunter. Die Jungs schubsten die Mädchen mit Kopftüchern und Schuhen mit hohen Absätzen. Die Mädchen waren grell geschminkt, frech und kokett. Sie wirbelten so die ganze Pause lang herum. Der blonde Junge war stets abseits, wie unerwünscht, in seiner Einsamkeit unglücklich.

In dieser Schule hatte Anna Inka kennen gelernt, die ihre Schülerin in der Abiturklasse war. Inka war nicht einfach. Sie hatte nicht nur rotes Haar, sondern stellte auch unbequeme Fragen nach Problemen, die im Schulprogramm sehr wichtig waren und die Art, sie zu behandeln, nicht zu ändern war.

»In der Romantik gibt es diesen Stereotyp der Mutter-Polin, für mich nur eine ideologische Pathologie. Wie kann man Kinder so erziehen, dass sie für das Vaterland kämpfen, töten und schließlich selbst sterben sollten. Und die Mütter haben dann stolz die schwarze Trauerkleidung angelegt. Das ist so, wie heute bei den Terroristen. Und das ist unsere nationale Literatur, das kann man nicht lesen«, kommentierte Inka.

Privat erzählte sie oft Sachen, die sich nicht bestätigten. Anna korrigierte sie nicht, weil sie annahm, dass es Inkas private Konfabulation war. Diese Freundschaft mit der Schülerin zog sie an. Inka erzählte immer neue Geschichten über ihrer Vergangenheit oder Zukunftspläne. Es gab viel Fantasie in den Erzählungen dieses hübschen Mädchens.

In Hamburg wohnte sie an der Alster bei den Bekannten ihres Vaters. In diesem Haus, dessen Treppen direkt zum Fluss führten und das wie ein Palästchen war, fühlte sie sich relativ frei.

»Meine Gastgeber rühmen sich, dass sie einem intelligenten Mädchen aus dem Osten helfen. Sie leben im Wahn, gute Taten zu vollbringen. Zu Weihnachten backen wir Kekse, die werden auf dem Stand von »Terre des hommes« verkauft. Alle Töchter der Familie machen mit. Aber das alles ist krank.«

»Warum sagst du so was …«

»Birgit begleitet auch die Sterbenden …«

»So etwas braucht man auch …«

»Ja, sie liest ihnen vor, pflegt sie wahrscheinlich auch, weil sie Krankenschwester gelernt hat. Sie sagt auch, dass die Sterbenden ihr in dieser letzten Zeit mehr geben, als sie ihnen gibt … Aber sie nimmt später von ihnen auch die Kleidung, so dass der ganze Keller voll damit ist. Dann ziehen alle sie an, wenn sie noch ordentlich ist, weil man unsere Erde nicht erschöpfen sollte. Aber das ist alles nicht normal.«

»Warum?«

»Sie geben mir auch diese Klamotten, aber ich kann das nicht tragen. Die Mädchen ziehen sie an, und dann werfen sie sie weg, die Sachen liegen dann überall herum. Früher haben die Leute die Kleidung der Verstorbenen verbrannt, damit diese Kleidung nicht geschändet wird ...«

»Haben sie dich mit etwas verletzt?«

»Ich weiß es nicht. Ich fühle mich ihnen gegenüber sehr dankbar für alles. Aber ich denke, sie brauchen ein Waisenkind, um sich noch besser zu fühlen. Sie machen aus ihrem Leben eine Oper. Alle um sie herum wissen über ihre Arbeit für die Welt. Ich weiß, das ist nicht schlecht, keine Ahnung, warum ich so denke ...«

Dann redeten sie über das Geborgenheitsgefühl. Die Stadt war scheinbar frei und durch den Hafen offen für die Welt. Aber in der Familientradition wurde eine gewisse ursprüngliche Abgeschlossenheit weitergegeben.

In dieser Tradition gab es eine besondere Idee vom Haus und auch vom Weg. Für die Stadtentwicklung und Bereicherung der Bewohner war es wichtig, offen für die Welt zu sein – mit dem Hafen, mit guten Straßen, usw. Für Fremde war es leichter, hier auszureißen. Aber ab einem gewissen Punkt folgte ein Stopp – und man war nicht in der Lage, sich einander anzunähern. Diejenigen, die hergekommen waren, waren Leute von unterwegs, von nirgendwo. Um akzeptiert zu werden, musste man von hier stammen. Man musste ihre Werte lernen.

Da war es ja klar, dass jemand, der unterwegs war, nicht zu Hause war, und jemand, der zu Hause war, nicht unterwegs. Heimat, im Sinne von »kleine Heimat«, bedeutete, dass ein Haus echt, groß und reich ausgestattet sein sollte, aber man gleichzeitig sparsam sein sollte, weil es auch den nächsten Generationen dienen sollte. Das Haus sollte finanziell solide sein. Die Ökonomie der Familie musste zuverlässig sein, kein

Leben von Tag zu Tag, so wie viele Leute im Osten gewöhnt waren.

Wenn sich die Familie am Tisch versammelte, war das die Zeit der Geborgenheit, und das konnte symbolisch mit der Versammlung um das Stammfeuer verglichen werden. Die meisten akzeptierten das, auch die revoltierenden Teenager. Jemand, der sich dazusetzt, muss die Regeln der Gruppe annehmen. Die »Heimat« ist die konkrete, aktuelle Stelle, wo wir uns sicher, gemütlich fühlen. Es ist schlecht angesehen, wenn Fremde ihr Zuhause nicht sauber halten, die gesellschaftlichen Regeln nicht akzeptieren.

»Es gab auch für mich einen Platz bei dieser Familie – den letzten, obwohl am runden Tisch«, sagte Inka.

»Vielleicht warst du zu unabhängig, oder sie merkten, dass ihre kleinen Rituale für dich nicht wichtig sind? Oder weil sie dich früher nicht kannten, ihre Vorstellungen über dich nicht zutreffend waren, und mit deiner Intelligenz und Unabhängigkeit passtest du nicht zu ihnen.«

»Stimmt, ich bin überhaupt nicht ansässig, ich würde gerne immer wieder von einer Stelle zur anderen ziehen.«

»In der Kultur von Migranten, Cowboys, Abenteurern, nach Glück Suchenden könnte der Weg das Zuhause sein. Wandern, von Stadt zu Stadt ziehen, kann das Zuhause ersetzen – für eine gewisse Zeit.«

»Es gab bei ihnen neulich eine Party«, unterbrach Inka. »Es kam auch ein Roma, der bei ihnen ein paar Jahre lang gewohnt hatte, so wie ich. Jetzt ist er schon erwachsen. Sie sprachen kaum mit ihm, er war wie Luft für sie, aber den Anderen zeigten sie ihn. Er sollte ihre Kultur kennen lernen und etwas aus sich machen.«

Anna und Inka schauten sich die Schiffe auf der Elbe an, ein Containerschiff aus China, und die Barkassen, die schaukelten, und die Möwen, die sich immer wieder hochschwangen. Dann sagten sich die beiden ade, bis zum nächsten Tag in der Schule.

Anna schaute noch eine Weile auf die Landschaft in der frühen Dämmerung. Die Stadt war scheinbar offen, aber in Wirklichkeit war es sehr schwierig, sich den Hiesigen anzunähern. Ja, der Fremde störte die Geborgenheit, wenn es kein Interesse daran gab, was er in die Gemeinschaft einbringen konnte. Sich in eigener Umgebung sicher zu fühlen, stand ganz oben unter den Werten dieser Gesellschaft. Wichtig war auch die Gruppenzugehörigkeit – ähnlich zu denken, wie die Anderen aus unserem Kreis. Fremd zu sein, sich anders zu äußern, konnte als Kritik verstanden werden. Ja, die Geborgenheit war hier sehr wichtig.

Bald kommt das Halloween, dachte Anna, eingekuschelt in einen Sitz der S-Bahn. Sollte ich die Tür für die Kinder öffnen?

»Das ist nicht unsere Sitte, dass die Kinder in fremde Häuser gehen und die Hände nach Süßigkeiten ausstrecken«, erklärten ihr die Bekannten aus dem Sprachkursus. »Manchmal gehen sie sogar zusammen mit den Müttern auf die Terrasse und von da möchten sie ins Haus eindringen. Das verletzt die Sicherheit. Sich auf der Straße herumzutreiben, das Gesicht mit einer Maske oder mit Farben zu bedecken, das sind nicht unsere Bräuche. Das Zuhause erzieht – nicht die Straße«. Anna dachte noch an die zur Fastnachtszeit kostümierten Kinder in ihrem Land – es war einfach lustig.

Zu Hause, direkt an der Tür, erzählte sie Michael von Inka.

»Es muss eine Balance geben, sonst zerquetschen sie das Mädchen mit seiner Intelligenz und Güte, meinte Anna.

»Schwierig zu verstehen, was du da sagst. Die Leute haben sie bei sich aufgenommen und erwarten nur, dass sie ihren Lebensstil akzeptiert. Sie geben ihr ein Bett und ernähren sie, ich verstehe nicht, warum du mit ihr konspirierst?«

»Sie existiert für sie wahrscheinlich nicht als Mensch mit eigenem Charakter, als jemand, der seinen Weg selbst wählen möchte. Sie ist für sie womöglich ein Mädchen, das dankbar sein und sich unterwerfen sollte.«

»Eine Gleichheit ist in dieser Situation kaum möglich.«
»Wahrscheinlich ist sie für sie eine Nomadin, die mit ihrem Kamel durch ihr Haus, durch die Stadt geht.«
»Warum springst du plötzlich zu den Kamelen?«
»Weil die Idee des Wegs am stärksten in den Nomadenkulturen umgesetzt worden ist. Der deutsche Jude Martin Buber war ein großer Befürworter dieser Idee. Auf dem Weg treffen und öffnen sich füreinander verschiedene Menschen. Sie können im Dialog sein, der unabhängig vom Ort ist – und offen. Auf dem Weg ist der Mensch fremd und andersartig, aber auch offen für andere, weil manchmal auf ihre Hilfe angewiesen. Da kann man erfahren, wie viel ein Mensch wert ist.«
»Anna, beide Ideen sind wichtig. Zu jedem Haus führt ein Weg, und es gibt keinen Weg ohne ein Zuhause.«
»Ja, das sind die zwei wichtigen kulturellen Topoi, die uns geprägt haben. In einem ist die Idee der Offenheit und des Dialogs erhalten, in dem anderen die Geborgenheit und Stabilität, aber auch eine Einschränkung. Die Menschen neigen entweder zu der einen oder zu der anderen Idee, abhängig auch davon, in welchem Alter sie sind. Die Jugend ist meistens die Zeit des Weges. Inka kann sehr gut beobachten.«
»Sie muss auch einen festen Wohnsitz haben. Die Idee vom Weg ist romantisch, aber nicht praktisch.«
»Sie könnten sehr viel von ihr lernen, wenn sie Inka aufmerksam anschauen würden. So wie ich dich …«
Michael blickte sie an … Schon wieder sprang Anna von einer zu anderer Ebene, wartete nicht auf die Antwort, einige Fäden ließ sie liegen. Hier sollte man alles zu Ende sagen, genau, keine Lücken für Vermutungen übrig lassen, nicht unterbrechen.
Auf dem Kamin brannten Äste aus dem Garten, das Feuer strahlte eine trockene, fröhliche Wärme aus.
Sie erkundeten einander, wie ein Anatomiestudent Muskel-

fasern, Sehnen und kleine Knochen der Wirbelsäule kennen lernt, die mit Schultern und Rippen verbunden sind. Anna massierte sanft seinen Nacken, verspannt von der langen Arbeit am Computer, und dann tat er dasselbe für sie. Sie nahm einen Tropfen Olivenöl auf die Hand und rieb ihn damit ein. Die Haut wurde so warm, wie die Luft neben dem Kamin. Die massierten Zehen strafften sich und rekelten sich bequem in der Wärme. Anna und Michael lagen auf dem Teppich und hörten Musik, ganz von ihrer durch die Massage geehrten Körperlichkeit befreit. Sie fühlten sich leicht, fast ätherisch. Sie brauchten keine Sprache, die Ruhe breitete sich in ihnen aus, eine innere Wärme und die vom Kamin.

»Ich mag deine Hände, die wissen zu erforschen …«
»Ich mag deine Finger, sie denken …«

In ihrem Alter war nicht mehr nötig, sich zu beeilen, jede solche Weile war zum Genießen da …

Der Vagabund

Bilder sind vielfältiger als die Sprache, als das logische Denken. Wenn die Wirklichkeit zu kompliziert erscheint, kann man die Ereignisse durch Bilder neu sortieren. Sie sind eine einleitende Form, um in unbekannter Welt heimisch zu werden. Anna erlebte immer noch, wie aus der Dunkelheit ihre Welt herausschlüpfte. Das Unbekannte verwandelte sich langsam in die Ordnung der Straßen, sie wusste schon, wo sich ihre Kirche, das Kino oder die Bahnstationen befanden. Schritt für Schritt wurde ihre Topografie weniger chaotisch. Sie formte ihre eigene Stadtkarte. Die Suche nach »ihren« neuen Plätzen bedeutete auch, sich selbst kennen zu lernen, zu erkennen, was für sie wichtig war.

Durch die Stadt zu schlendern war im Moment ihr Lebenszustand. Nicht, dass sie ganz ohne Ziel gewesen wäre, sie wollte die Sprache möglichst schnell lernen. Oft ging sie zu irgendeinem Amt und stellte dort geeignete Fragen. Der Beamte fühlte sich verpflichtet, die Fragen zu beantworten. Sie wählte für sie annähernd relevante Probleme aus. So fand sie sich eines Tages in der Behörde für Gleichstellung. Das Thema war Erziehungsurlaub. Die Damen plädierten für einen Erziehungsurlaub für die Väter, sie waren für Kinder-Ganztagesstätten oder sogar für ganzwöchige Kitas. Sie meinten, in der DDR wäre es viel besser gewesen, was das betraf. Als Anna gegen die ganzwöchigen Kitas protestierte und die Depression kleiner Kinder, die sich einem Verlust der Bezugsperson ausgesetzt fühlten, schilderte, wurde sie für ein demutsvolles Weib aus dem Osten gehalten, mit dem Männer machen könnten, was sie mochten.

Böse auf sich selbst, ging sie und schlich wieder auf den Straßen herum. Und dann lernte sie diesen Menschen kennen, der in der Mitte der Stadt, die mit Bankwesen, Handel, Geschäfte pulsierte, nur mit reiner Existenz beschäftigt war. Er behauptete, dass er selbst diese Art von Leben gewählt hätte. Er beschäftigte sich mit keiner Arbeit, und erledigte nur das, was ihm zu überleben half. Eventuell vorzeitig zu sterben, machte ihm nichts aus. Diese Einstellung hatte etwas Metaphysisches an sich.

Sie traf ihn in der Sternschanze, das war ein verrufener Stadtteil. Nicht so schlecht, wie der am Hafen, aber die Häuser waren dort heruntergekommen, also war die Miete niedriger, und so landeten hier verschiedene Schmarotzer, ewige Studenten ohne Geld oder Drogenabhängige. Richard war ein Kinofanatiker. Der alte, schlampige Hippie war ein Amerikaner. Er sollte mal Journalist gewesen sein, sprach sehr gut beide Sprachen und konnte in vielen Ereignissen etwas Komplexes sehen, hatte auch sehr viel Wissen. Es war aber schwer zu erkennen, wann er die Wahrheit sagte und wann es nur seine Fantasien waren. Wenn er zu schreiben gewollt und die Zeit gehabt hätte, seine Artikel, wie er sagte, »in die Zeitungen zu stopfen«, hätte man dem viel Wissen über Hamburgs Kulturleben entnehmen können. Richard wollte aber nicht über seinen Schatten springen und sich regelmäßig bemühen, ihm reichte es, einige Zuhörer zu finden. Er nannte das einen »Moment der Sozialisation«, der normalerweise mit den Mahlzeiten zusammenfiel. Sein Preis war nicht hoch, es konnte ein Kaffee mit Croissant oder ein Teller Salat sein. Er machte Konversation in zwei Sprachen – Englisch oder Deutsch, das war ihm egal.

Richard war für Anna wichtig, weil er ihr eigener Bekannter war, den sie beim Schlendern durch die Stadt kennen gelernt hatte. Er gehörte nicht zu der Gruppe, die sie von ihrem Mann »geerbt« hatte. Diese Freunde kannten sich von der Schule, wohnten im gleichen Stadtteil und lasen die gleichen Zeitungen. Richard war ein Sonderling. Sie ging mit ihm zu den Vormittagsfilmvorführungen. Dort war er als jemand, der sehr gut übers Kino schrieb, bekannt.

»Ich war früher Redakteur, und jetzt bin ich ein armer Schlucker, aber das gefällt mir besser. Das ist reine Existenz. Bald werde ich in die Hose machen, und dann treffe ich das Licht.

»Die meisten sehen nur das, was in ihrer Firma passiert, dann essen und erholen sie sich, um wieder in die Firma zu gehen. Ich bin der Connaisseur reiner Existenz. ›Walden‹ von Henry David Thoreau ist mein Lieblingsbuch. Thoreau machte seine Beobachtungen im Wald, ich mache sie in der Stadt, wo ich mein Nomadenzelt aufgeschlagen habe.«

»Du hast also doch eine Wohnung?«

»Verstehst du nicht die Metapher?«

Anna irritierten sein schludriges Aussehen, seine zerknitterten Klamotten und die deftige Sprache, aber auf die Weise lernte sie die Sprache der Straße, die sogar Michael nicht kannte. Manchmal überlegte sie, ob Richard normal war. Er lebte sehr viel in der Fantasie, in Büchern und Filmen, weit weg von einem geregelten Leben.

»Schau dir genau das Foto an, Anna.«

»Nun, irgendeine Landschaft, Wiese, außerdem Bäume und zerstreute Federn …«

»Einmal verließ ich die Stadt und wanderte lange durch die Felder. Und dann sah ich diesen Schwan-Kadaver. Er ist einsam gestorben … Aber meine Zeit ist noch nicht gekommen … Und ich werde bewusst warten. Ich nehme keine Drogen, trinke keinen Alkohol, nur das Kino ist mein Halluzinogen …«

Dieser Gedanke über das menschliche Ende war ihm oft präsent. Manchmal war er geistesabwesend. Er war aber hellwach, wenn er etwas für seine Wohnung oder für jemanden anders besorgen sollte. Er war richtig erfinderisch darin, Dienste zu beschaffen, ohne bezahlen zu müssen – oder nur sehr wenig.

Richard war imstande jeden zu akzeptieren – außer gut angezogene, pseudointelligente Schnösel, die sowieso sehr selten ins »3001«-Kino im Schanzenviertel kamen. Dort residierte er fast jeden Tag, manchmal bekam er dort eine Tasse Kaffee gratis. Eines Tages schauten sie sich zusammen »Buena Vista Social Club« an.

»Die Alten machen sich nichts aus dem Alter, und ich habe oft Angst, eines Tages in die Hose zu machen. Zurzeit noch nicht, aber …«

»Richard, beim Budni gibt es Windeln …

»Aber meine Stütze reicht dafür nicht aus. Früher dachte ich nicht darüber nach, dass die Natur mich eines Tages so fertig machen könnte …«

Danach wurde im Kino Wim Wenders »The Land of Plenty« ausgestrahlt.

»Am schönsten waren die Aufnahmen von den Obdachlosen aus der Kaschemme.«

»Wenders zeigt ohne zu retuschieren die Schönheit der Menschen jenseits praktischer Existenz. Der Mensch ist wertvoll an sich. Wahre Schönheit ist unbrauchbar, so wie ich«, kommentierte Richard kurz. »Du, Anna, siehst mich auch so, wie ich bin, du siehst sogar, dass ich heute kein Bad genommen habe.«

»Ich bin in dieser Stadt auch überflüssig …«

»Versinke nicht in düsteren Gedanken. Jetzt siehst du aus wie Friedrich Nietzsche, vertieft in die Betrachtungen über Gott. Mach keine Versuche, dein Schicksal zu verstehen, sei frei im Umgang mit Menschen, sei ohne Vorurteile, schau nicht auf das Äußerliche … Es ist so, wie es ist.«

»Du redest wie ein Mönch.«

»Ich bin ein Mönch …Verzichte auf schöne Kleidung, auf Schmuck, Anna. Verlasse am besten dein bürgerliches Leben an der Seite deines Mannes«, lachte Richard, ohne selbst daran zu glauben.

»Sollte ich auf der Straße leben und in einem schlampigen,

zeitweiligen Leben nach Askese suchen? Das wäre nichts für mich. Das würde mich nicht befreien. Auf Wiedersehen! Vielleicht treffen wir uns irgendwann wieder.«

»Die Stadt gab uns – den Obdachlosen – Handys, damit man uns finden kann. Ist das nicht absurd?« Er lachte und warf sein Telefon in den Mülleimer.

Ob er später wohl zurückkommen und sein Telefon wieder herausholen würde?

Anna traf ihn nie wieder. Sie suchte ihn unter den Leuten aus »Bambula«, die in den alten Wohnwagen in der Mitte der Stadt wohnten, weil das ihre Laune war, in dieser miesen Umgebung zu wohnen, zwischen all denen, die sie nicht akzeptieren wollten. Sie hatten sogar eigene Anwälte. Ihre Grundbedürfnisse waren gering: Sie reparierten alte Geräte oder Fahrräder, um Lebensmittel zu kaufen, oder bekamen sie von sozialen Organisationen – so wie die Kleidung. Sich auf so einem engen Raum aneinander reibend, passten sie sich einander an.

Dort fand sie Richard aber nicht. Er schenkte ihr das Vertrauen in städtische Landschaften und befreite sie von der Angst vor einem verrufenen Stadtteil.

»Du brauchst keine Angst zu haben, wenn du keine Drogen suchst, keine besonderen Eindrücke oder wenn du dich nicht in ein gefährliches Loch begibst. In solchen Stadtteilen wohnen viele freie Menschen, und sie sind um einiges interessanter, als die in Anzügen und mit Krawatten.«

Dieses Wissen nützte ihr später, als ihre Kontakte mit Inka sich mit merkwürdigen Geschichten zu füllen begannen.

Das Konzert

Unerwartet lud Inka sie zu ihrem Konzert ein. Es war sehr schwierig, diesen Keller zu finden, in dem Inka singen sollte. Anna drehte mit ihrem Auto viele Kreise, um sich dem Ziel zu nähern, und suchte einen sicheren Parkplatz. Endlich fand sie die Straße nahe dem Bunker aus der Kriegszeit. Er war hier, am Heiligen-Geist-Platz erhalten geblieben, weil es zu teuer und für die nahe stehenden Gebäude zu gefährlich war, ihn zu sprengen. Irgendwann diente er den Kunstfotografen (volle Verdunkelung, gleiche Feuchtigkeit), aber mit der Digitalfotografie hatte sich seine Verwendung gewandelt. Zuerst war dort eine Diskothek entstanden, und später sollte es ein Hotel werden.

Es war ein guter Orientierungspunkt in dieser Gegend. Vom Fernsehturm aus über den alten Schlachthof, wo sich aktuell das Zentrum für alternative Kultur befand, bis zu dem Bunker hin war ihr alles schon bekannt, und hier konnte sie sich nicht mehr verirren. Aus der Dunkelheit heraus erhoben sich ziemlich ruinöse Häuser, die neben der frisch restaurierten Gebäuden mit Sprechanlagen standen. Eine junge Asiatin lief die Straße entlang. Anna sprach sie an.

»Ich suche die Kleine Marktstraße, dort soll sich im Hinterzimmer eines Weltladens dieser Jazzkeller befinden.«

»Es ist schwierig hier mit den Hausnummern, weil sie zuerst eine Seite der Straße nummerieren und dann die andere – anders als üblich«, lächelte freundlich das Mädchen.

»Vieles ist hier anders …«

»Seit Neuestem ist es cool, hier zu wohnen, in den Hinterhöfen entstehen kleine Gemeinschaftsgärten, wo sich ein geselliges Beisammensein entwickelt und Cliquen entstehen. Junge Leute, die früher in Häusern mit Gärten gewohnt haben, möchten jetzt städtisch wohnen … Manchmal kämpfen sie um die Erhaltung alter Mietshäuser, die sie oft selbst renoviert haben ... Hier tobt der Bär!«

Die junge Frau zeigte Anna das Gebäude in Regenbogenfarben. Da war es, sie las das Schild »Die Brocken der Erde« und sah im Schaufenster Klunker aus der ganzen Welt. Es war von weitem sichtbar. Vor der Tür ballten sich viele junge Leute von verschiedenen Hautfarben zusammen, man spürte einen exotischen Hauch. Obwohl Solistin, verkaufte Inka, in blauem, luftigem Kleid, selbst die Eintrittskarten. Der Konzertsaal war ein großer Raum im Keller des Ladens. An den Wänden hingen Fotos von Hopi-Indianern und ein Protestbrief an den Präsidenten der USA. Die Gäste saßen auf ihren Jacken, ein Mädchen in Hippie-Kleidung schlief auf dem Fußboden. Anna fand ihren Platz in dem einzigen grünen Sessel, schließlich war sie die älteste hier. Die Wand schmückte eine Blume aus dem Diaprojektor, das Konzert begann mit weicher, stimmungsvoller Soulmusik.

Inka sang über die Liebe: Verliebte seien wie zwei Bäume, die sich manchmal einander näherten, sich aber gegenseitig nicht durchdringen könnten. Jeder Baum stehe auf seinem eigenen Platz, und sie müssten ihre Wurzeln ausreißen, um sich ganz nahe zu kommen. Inka bewegte sich wie im Tanz, sie war wie eine Wiese, die allen gefällt, ohne es selbst zu wissen. Die jungen Leute waren von dem Lied verzaubert. Viele hatten schon ihre Familien auf der Suche nach anderen verlassen. Wie in der Geschichte vom »Rattenfänger« gingen sie dem Fremden schon hinterher.

Irgendwo in der Stadt hatten die Rechtsextremisten einen Afghanen zu Tode getreten, während hier im Keller ein buntes Publikum, Partnerinnen mit Partnern, zusammensaß, deutsche Jungs ihre asiatischen oder indischen Freundinnen umarmten. Sie strahlten eine pulsierende Wärme aus, wie diese kleine E.T.-Figur, die dort in einem Regal stand. Ein junger

Inder spielte ein Solo auf der Geige, völlig vertieft in seine Improvisation.

Anna fühlte sich ihnen allen sehr nahe. Sie dachte an Michael. Das war so wohltuend, als wären sie sich körperlich nahe. Sie fanden einander stets in nur ihnen selbst bekannten Verstecken. Die Hände suchten Grenzen, um sie zu überschreiten – mit zärtlicher Berührung. Es war wichtig, seine eigene Geborgenheit zu finden, eine gemütliche Ecke, wie eine schnurrende Katze zu Hause. Wenn sie nebeneinander lagen, kehrten sie intuitiv zu dieser glücklichen Stelle zurück. Das geschah trotz aller Ungewissheiten, trotz des Labyrinths der Stadt, trotz quälender Andersartigkeit ihrer jeweiligen Kultur. Sie fielen in die tiefe Dunkelheit ihrer Körper. Sie war wie eine zarte und bekannte Melodie. So konnten sie nur in sich selbst ihre Stille finden, weil ab und zu die Kraft fehlte, um alles kennen zu lernen, um diese große Hafenstadt und die komplizierte Geschichte des Landes zu erforschen, oder um zu arbeiten. Es gab viele Vorurteile, viele Fallen und ungewollte Verletzungen. Eine ständige Aufmerksamkeit war nicht möglich.

Um Michaels Hände kennen zu lernen, sollte man zuerst die äußerlichen Linien berühren, und dann die auf der Innenseite der Faust, weil sie nach einer Weile schon wieder anders war, jeden Moment bereit, entweder sich zu schließen oder eben sich langsam auszustrecken. Was war dann mit den Füßen oder Ohren? Sie konnten nicht das Ganze erfassen und warteten bis zur nächsten Erkenntnis. Vielleicht kann man den Kosmos in Regentropfen erkennen, wie die Buddhisten sagen.

Der Geigenspieler beendete seine Improvisation, und die jungen Leute sprachen miteinander. Anna verließ den Saal, und hatte die Musik noch in den Ohren, als sie diesen Stadtteil wieder betrachtete. Er war ihr sehr nahe geworden.

Der Wandel

In dieser Stadt pulsierten Veränderungen. Einige Gebäude waren abgerissen worden, und an ihrer Stelle entstanden neue, schöne Häuser. Die Hafencity verwandelte sich nach und nach in eine exklusive Stadt am Wasser, mit Anlegestellen direkt vor den Terrassen, mit neuen Einkaufspassagen und Cafeterien in grünen Oasen.

In der Stadt, die im Krieg so gelitten hatte, wurde eine historische Beständigkeit generell hoch geschätzt, und die historischen Objekte wurden restauriert, aber nur so lange, bis das nicht in Konflikt mit einem neuen, noch wichtigeren, architektonischen oder kommerziellen Projekt geriet. Die »Grünen« kämpften in vielen Fällen ums Behalten der historischen Substanz der Stadt. Anna verlor sich manchmal in dieser von Veränderungen überfluteten Stadt.

Die Straßen hatten zwar feste Punkte, aber manchmal wichen sie von dem ursprünglichen Ziel ab, und folgten wie eine Schlange einer anderen Richtung als vermutet.

Diese Stadt war wie ein Labyrinth, die Hauptstraßen formten zwar eine deutliche Anordnung, aber an vielen Stellen war die Bebauung locker. Zwischen den Häusern öffneten sich Lücken, geheime Durchgänge, versteckte kleine Gärten oder mit den Arkaden verbundene Übergänge zwischen den Höfen. Ab und zu wurde ein Gässchen mit einem kleinen Springbrunnen geschlossen, und man musste die Richtung der Fortbewegung wechseln.

Die mit Schildern markierten Grenzen zwischen den Stadtvierteln waren auch irgendwie flüssig. Plötzlich endete der »gute« Stadtteil, weil auf sein Terrain ein billiges Wohnblockviertel herangelassen wurde, wo sich Ankömmlinge von »irgendwoher« ansiedelten. Sie sahen auch anders aus als die Einheimischen, seit Jahren die »Unseren«. Und dann sagte man – das ist nicht mehr Eppendorf. Hier fängt eigentlich schon Eimsbüttel oder sogar Hoheluft an. Jemand, der schon an der Grenze zu Eppendorf wohnte, – früher ein snobistisches Viertel von Künstlern und anderen, nicht armen freien Geistern – dieser jemand pflegte zu sagen: »Ich wohne in Eppendorf«, obwohl dieser Stadtteil schon viel früher endete.

Manche Stellen lagen in Grenzbereichen. Niemand wollte sich um sie kümmern, wie um eine gewisse Bahnbrücke, die wie ein enger Flaschenhals seit Jahren die Hauptstraße einengte. Sie war vielmals beschrieben und fotografiert worden, und keiner wollte für dieses Niemandsland sein Geld herauslegen.

Diese Stadt konnte man auch von der Wasserseite erkunden, sie hat nämlich mehr Kanäle als Amsterdam. Diese Wasserwege waren gelegentlich auch sehr verwickelt. Sie verzweigten sich manchmal unerwartet, und der von uns gewählte Kanal wechselte plötzlich die Richtung. Die Stadt war enorm groß, und sogar für die, die hier geboren wurden, war ihre Urbanistik schwer zu erforschen. Ein Taxifahrer brauchte zwei Jahre, um sich alle Stadtteile, Richtungen, wichtige Institutionen und Einrichtungen einzuprägen. Niemand wusste alle Namen hier. Es war einfacher, einen Urlaub in der Schweiz zu beschreiben, als eine entfernte Gegend dieser Stadt. Manche Migranten fuhren nur gewisse Strecken – vom Zuhause zur Arbeit, zur Schule, zum Einkaufszentrum. Anna wollte aber die Stadt lieben lernen.

Das wollte auch Inka. Auf sie wartete Anna in einem Café. Inka war schon verspätet. Vielleicht ist sie an einer falschen Haltestelle ausgestiegen und geht jetzt schnell zu Fuß, dachte Anna.

Beide liebten es sehr, durch die Straßen zu schlendern. Sie konnten dabei alles, was sie selbst betraf, vergessen. Wichtig war, in dem Moment zu verweilen, in der Gegenwart, und sich für alles zu öffnen, was ein Streifzug uns bringen kann.

Inka war bei diesen Eskapaden ihre Führerin. Sie faszinierte Anna mit ihrer Fantasie, ihrer Undefinierbarkeit. Sie erzählte Geschichten von sich, als ob sie mehrere Leben hätte und sich hätte leisten können, sie immer wieder zu verändern. Wenn Anna ihren Geschichten folgte, fühlte sie sich wie in einem Labyrinth.

Braucht sie mich in ihrem Spiel, um ihre Geschichten zu bestätigen? Sie ist wie ein Samenkörnchen der Pusteblume, das überallhin fliegen kann. Ist das hier schon ein Syndrom von Immigranten, bei dem sie manchmal das Gefühl haben, für niemanden verantwortlich zu sein, auch für sich selbst nicht?

Anna wartete auf Inka mit einem Himbeerkuchen, den sie bestellt hatte, und schaute sich um. An einem Tisch besprachen junge Spanier, teils auf Deutsch, teils auf Spanisch, internationales Recht. Nebenan stopfte eine Mutter ihrem kleinen Mädchen, das mit einem Gameboy beschäftigt war, ein Stück Kuchen in den Mund. Gleichzeitig erzählte sie ihrer gelangweilten Freundin von dem Urlaub in der Schweiz. Die Kellnerin, eine Mulattin, bewegte sich im Rhythmus der Musik. Bis zur Cafeteria hin drang der Straßenlärm vor, die Autos heulten auf der Kreuzung. Still und bedrückend im Kontrast dazu die Fotos von einer nicht identifizierbaren Großstadt an den Wänden – keine Menschen, keine Autos, nur ein Gewirr aus reinen Formen.

Was sie mir heute wohl erzählen wird, dachte Anna, als Inka leicht zwischen den Tischen ging, ohne die Spanier zu bemerken, deren Blicke auf ihr hafteten. Sie war diesmal ganz in Grau angezogen, nur auf dem Kopf hatte sie eine Mütze in Regenbogenfarben. Sie freute sich über die Himbeertorte und, die ersten Krümel schon im Mund, erzählte:

»Ich habe mich von dieser Familie getrennt, von der ich Ihnen erzählt hatte.«

»Inka, du lebst so schnell ... Wohin rennst du denn so?«

»Sagten Sie nicht mal zu uns, Schülern, dass man Flügel haben sollte, dass man fliegen lernen sollte?«

»Schon, ja … Du bist aus deinem Land auch so ausgewandert, wie davongeflogen. Hier hast du nichts, was dich hält, aber man kann ja nicht ständig wie ein Ballon in der Luft schweben.«

»Habe ich Ihnen noch nicht erzählt? Meine Mutter ist zurückgekommen, wir wohnen zusammen.«

»Du hast mir nichts von deiner Mutter gesagt.«

»Meine Mutter ist eine Bühnenkünstlerin. Wir wohnen in Sankt Pauli«, sagte Inka und machte eine lange Pause, um die Torte aufzuessen.

Sankt Pauli, dachte Anna, und erinnerte sich, was Onkel Mateusz ihr erzählt hatte, als sie ein kleines Mädchen gewesen war. Er hatte ihr viel sagend zugezwinkert und, als niemand in der Nähe war, etwas über »diese Mädchen« – »Flittchen« – zugeflüstert, was für sie, in ihrer Sprache, sehr zart, schön geklungen hatte. Wenn die Ware von seinem Schiff ausgeladen worden war, besuchte er »die Mädchen«, die nackt in den Ladenfenstern wohnten und verschiedene Spielchen zeigten. Er hatte aus vollem Hals gelacht, als sie große Augen machte und unbedingt wissen wollte, welche Spielchen das sein sollten. Sie hatte es nie von ihm erfahren. Danach hatte sie für viele Jahre das ganze Gerede vergessen. Erst jetzt, nachdem Inka Sankt Pauli erwähnt hatte, erinnerte sie sich wieder daran.

»Das ist nicht weit von hier, ich zeige Ihnen, wo ich wohne.«

Sie gingen dahin, und Anna freute sich, das Reale zu sehen, sie schämte sich, von dem Gerede eines alten Onkels und von diesem Stereotyp so beeinflusst worden zu sein. Sie marschierten durch die kleinen Straßen der Reeperbahn. Am Tag war keine Spur von dieser bunten, geheimnisvollen Welt aus Onkels Erzählung zu sehen, und das Mädchen, das aus einem Tor heraus schaute, hatte ein blaues Auge und verzerrte Lippen, es fiel unangenehm auf. Anna und Inka gingen in eine Bar und kauften dort Grapefruitsaft.

»Inka, möchtest du mir deine Geschichte erzählen?«

»Als ich ein kleines Mädchen war, begleitete ich oft meine Mutter, wenn sie ein Konzert gab«, begann Inka und trank einen Schluck Saft.

»Seitdem ich angefangen hatte, in St. Pauli zur Schule zu gehen, war ich an allen Schulveranstaltungen beteiligt, weil ich wusste, wie man das macht. Unsere Schule besuchten Kinder aus der ganzen Welt, aus sechzehn Nationen. Es waren sehr viele Roma, Türken, Araber. Manchmal wurden Veranstaltungen mit Musik und Tanz organisiert. Für uns Kinder waren solche Momente wichtig, nicht das, was man auf den Straßen sah. In der Schule war es anders als zu Hause, wo das Leben meistens vor dem Fernseher stattfand. In diesen Veranstaltungen fühlte ich mich sehr gut, so ganz vorne. Alle Mädchen hier wollten singen, in bunten Kostümen tanzen. Die Kinder erzählten manchmal einander unglaubliche Geschichten über die eigene Herkunft, auch darüber, was sie entdeckt, was sie kennen gelernt hatten. Das war wirklich sehr schön. Oft wurden die Kinder von alleinstehenden Frauen großgezogen, die in dem Stadtteil arbeiteten. Die Jungs waren brutal, sie waren zynisch, respektlos, sie merkten sehr genau, wo sie wohnten. Sie die Neonreklamen mit nackten Schönheiten, erzählten sich gegenseitig, was man in welchen Peep-Shows sehen kann. Aber meistens übte diese Realität keinen Reiz auf Inka aus. Man lebte hier und sah die Straßen nicht nur im Neonlicht. Alte, verfallende Mauern, stinkende Höfe, geteilte Wohnungen, in deren ganze Familien hausten. Wir alle wollten so schnell wie möglich in andere Viertel auswandern. Inka erzählte weiter:

»Als ich klein war und unterwegs in die Schule, schaute ich auf die Platten mit Abwasserspuren herab und an manchen

Stellen wuchsen in ihren Spalten Halmgräser. Durch solche grünen Spalten konnte man in eine andere Welt schauen.«

So habe sie auch einmal durch die grünen Vorhangspalten auf der Bühne des Kabaretts geschaut. Die Mutter habe auf ihren Auftritt gewartet und sie habe ruhig bleiben sollen. Auf der Bühne haben zwei Marionetten einen Sultan und seine Sklavin gespielt. Sie habe Bauchtanz vorgeführt. Inka habe gewusst, wie die Frauen in ihrem Stadtteil ihr Geld verdient hatten, sie habe die Neonreklamen, die Bilder in den Schaufenstern gesehen, sie habe selbst die Posen nachmachen können, aber mit dieser Marionette, das sei etwas anderes gewesen, das sei Magie gewesen. Der Sultan habe vor der Bauchtänzerin niedergekniet.

»Ich träumte, dass jemand sich in mich verliebt und mich aus diesem Viertel wegbringt«, fügte Inka hinzu.

Als sie noch ein Kind gewesen sei, habe sie am liebsten gemocht, wenn es geregnet hatte. Sie habe dann ihren karierten Regenmantel und die gelben Gummischuhe angezogen und sei spazieren gegangen. Auf den Straßen sei kaum jemand gewesen, das Pflaster habe geglänzt, der Schmutz sei von dem Regenwasser frisch weggewischt worden.

Beim Laufen habe sie geträumt, dass sie eine kleine Prinzessin sei, und ihr Vater habe ihr erlaubt, die Freundinnen mit Süßigkeiten zu beschenken. Das Wasser der Pfützen habe sie mit ihren Gummischuhen zur Seite gestoßen, auf die Regentropfen geschaut, die auf den Betonplatten getrommelt hatten, und sei gleichzeitig eine Prinzessin gewesen, die auf die große Liebe wartet.

»Ich glaubte damals fest, dass es eine solche Welt gibt«, sagte Inka.

»Du bist jetzt schon erwachsen, in nächstem Jahr machst du dein Abitur, und dann wirst du studieren. Du bist von dieser Welt schon weit weg entfernt.«

Sie verließen das Café und gingen Richtung »Hotel Hafen«, auf die Anhöhe, von wo es einen schönen Blick über die Elbe und den Hafen gab. Es duftete nach Wasser, die Lampen an der Landungsbrücke warfen Lichter auf den Fluss. Sie setzten sich auf eine Bank.

»Ich erzähle Ihnen von der Roten Lola«, sagte Inka. »Lola wird auf dem Kiez sehr geachtet. Einmal habe ich mich mit meiner Freundin hinter den Kulissen des Saals versteckt, in dem sie spielte. Sie trat in hohen schwarzen Stiefeln auf, dazu trug sie einen roten kurzen Rock und hatte eine Peitsche in der Hand. Ein Kerl kniete vor ihr. Lola rief ihm zu: »Du wirst mich jetzt bis zur Ohnmacht lecken!«, und sie bearbeitete ihn mit der Peitsche. Und er führte ihr Befehl eifrig aus …«

Inka machte Pause und schaute Anna an.

»Ich war dadurch in keinster Weise erschrocken, ich wusste das alles …«

»Warum erzählst du mir das? Das kann man in jedem Schmierblatt lesen«, fragte Anna.

»Sie mögen authentische Geschichten. Der Kiez ist für mich weder anziehend noch pervers. Ich kann ihn auf das Gras reduzieren, das in der Spalte vor meinem Tor wächst. Lola sehe ich auch ab und zu. Sie ist eine ältere, sympathische Frau, die gerne mit Kindern spricht und ihnen Süßigkeiten schenkt.«

»Es beschäftigt mich weniger, ob deine Erzählung authentisch ist oder nicht. Fakt ist, dass du mir diese Geschichte hier, an dieser Stelle, in der Nähe vom Kiez erzählt hast. Jetzt ist das mein Orientierungspunkt, an solchen Stellen ziehe ich meinen Ariadnefaden.«

Vor ihren Augen fuhr ein großes Containerschiff aus Hongkong vorbei.

»Ich mag es, die Namen der Schiffe zu lesen und träume von all diesen Orten, wo sie herkamen und wo sie hinfahren«, sagte Inka. »Ich selbst bin nicht an eine Stelle gebunden, ich mag umherziehen. Wenn nicht in der Realität, dann in meinen Träumen. Ich mag es, hierher, auf die Landungsbrücke, zu kommen. Früher gingen die Matrosen diese Treppe hoch vom Hafen direkt auf die Reeperbahn. Viele waren schon betrunken und schwankten. Die Mädchen warteten schon auf sie.«

»Ein Stück weiter, auf dem Heiligen-Geist-Platz marschierten einst die Jungs aus der Hitlerjugend mit ihren Fackeln, und es brannten Lagerfeuer, es muss schön ausgesehen haben. Jetzt ist da eine Diskothek, aber diese Bunker bauten Zwangsarbeiter, es gab dort auch einen Folterkeller. Kein schöner Ort, aber im Sommer gibt es auf dem Platz eine Kirmes, das habe ich schon immer gemocht, nicht nur in der Kindheit. Vom großen Riesenrad aus sieht man weit in die Ferne, darunter die Stadt und die Elbe, die bis zur Nordsee führt. Ich wollte schon immer über diese See hinaus fahren. Die Welt interessiert mich sehr.«

»Mich auch«, sagte Anna.

»Ich wusste sofort, dass wir verwandte Seelen sind. Man muss immer bereit sein zum Abschied, wie Hermann Hesse schrieb. Man darf sich nicht einsperren. Wenn es hier für Sie zu schwer wird, fahren Sie weiter und starten Sie irgendwo auf der Welt wieder einen neuen Anfang ...«

Als Anna nach Hause zurückkam, zündete sie eine Kerze an, als ob ihr etwas Besonderes passiert wäre, und dachte lange über Inka nach. Michael war verreist, und sie war wieder alleine, hatte viel Zeit für sich selbst.

Am Morgen ging sie fröhlich in die Schule, zu ihrer Klasse, weil ihr Thema heute der Nationalheld Konrad Wallenrod war, der hinterlistig gegen die Kreuzritter gekämpft hatte, obwohl er von ihnen erzogen worden war und mit ihnen gelebt hatte. Inka könnte viel dazu sagen. Aber das Mädchen war abwesend. Manchmal war es schwierig, mit traditionellen Themen aus dem Schulprogramm im Unterricht zu arbeiten, sie stimmten mit der neuen persönlichen Lebenssituation der Schüler nicht überein.

Jan, ein sehr guter Schüler, meldete sich:
»Mein bester Freund ist ein Deutscher. Es ist nicht fair, unter einem Volk zu leben und seine Vernichtung zu planen. Konrad Wallenrod war ein Litauer und wollte sein kleines Volk von dem Joch der Kreuzritter befreien, aber trotzdem ist es die Frage, ob gerade diese Figur jahrelang als Thema im Unterricht behandelt werden sollte. Das ist eine Idee, die dem heutigen Terrorismus sehr nahe steht. Solche im Schulprogramm lancierten Ideen hemmten jahrelang die Entstehung alternativer Konzepte zur Rettung der polnischen Nation.«

»Die romantische Idee, dass Polen ›Christus der Völker‹ wäre und andere Nationen führen könnte, hatte vielleicht die Entwicklung von praktischen, zivilisatorischen Möglichkeiten gebremst«, fügte Marek hinzu.

Die Schüler lebten außerhalb des Landes ihrer Eltern, vieles interpretierten sie anders als Annas Generation es tat, auch das Thema Migration.

»Steffi Graf wohnt in den USA, und sie betrachtet sich wahrscheinlich nicht als Immigrantin. Sie lebt mit ihrer Familie dort, wo es ihrer Meinung nach besser für sie ist. Früher lebte sie in Deutschland und vielleicht macht sie außerdem Geschäfte in Hamburg.«

»Viele Deutsche haben Häuser auf Mallorca, und ihre Kinder wohnen in den USA oder in Australien, und sie fahren zu ihnen, wie in Polen von Warschau nach Krakau. Manche haben ein Büro in Hamburg und arbeiten für eine Firma in Kanada.«

Immer mehr Beispiele kamen, die zeigten, dass für die Schüler die Auswanderung kein Fluch war.

»Unser Papst war ja auch ein Immigrant, aber er konzentrierte sich auf das Zusammensein mit den Menschen, egal welcher Nation.«

Es war schwierig, das im Programm vorgeschriebene Thema

des Emigrationsschicksals romantischer Poeten traditionell zu analysieren, und das freute Anna.

Inka war auch in den nächsten Tagen nicht in der Schule. Danach bekam Anna einen kurzen Brief von ihr: »Ich bin durch den Spiegel hindurch auf die andere Seite gegangen. Bitte suchen Sie mich nicht. Ich werde in London Englisch lernen und mein Geld als Babysitter verdienen. Ich komme zurecht. Sie werden meine wahre Geschichte nie kennen lernen. Keine ist wahr, und ich mag meine Erzählungen«.

Inka war in der Zeit weggegangen, als sie Abitur machen konnte. Was für ein Paradox. Hoffentlich landet sie nicht irgendwo auf dem Londoner Kiez. Sie war ihre beste Schülerin.

»Ich habe mit ihr übers Leben gesprochen, aber nicht ausreichend dafür gesorgt, dass sie ihr Abitur macht. Das Abitur hätte ihr helfen können, einen besseren Platz in der neuen Welt zu finden. Ich habe als ihre Klassenlehrerin versagt, sie ist aber schon achtzehn, da kann man nichts machen«, dachte Anna.

Als sie angefangen hatte, in der Fremde als Lehrerin zu arbeiten, war es für sie wie eine positive Schicksalsfügung. Ihr fehlten Gespräche mit jungen Menschen, sie mochte ihre Frechheit, ihre originellen Ideen. Manchmal konnte auch ein Idiot etwas so sagen, dass dadurch alles auf den Kopf gestellt wurde. Sie musste dann zunächst tief ausatmen, um zu sich zu kommen, aber auch das sah sie positiv. Sie mochte solche Denkwendungen sehr. Das brachte sie zwar kurz aus dem Gleichgewicht, aber gab zu denken, erweiterte die Denkweise. Ein paar Schüler hatten eine außerordentliche Intelligenz. Anna dachte sogar, dass zweisprachige Kinder oft besondere Fähigkeiten in sich ausbilden müssten, um in zwei Kulturen zurechtzukommen – zum Beispiel Konzentration, bei gleichzeitiger Fähigkeit, von einer Sprache zur anderen zu wechseln. Es gab natürlich auch solche Schüler, deren Gehirn sofort zu viel Anstrengung ablehnte. Sie schlummerten während des Unterrichts, müde von den Stunden in der deutschen Schule.

Am nächsten Tag wurde Anna zum Gespräch mit einem Schulbeamten zitiert.

»Ihre Schülerin flüchtete vor dem Abitur. Wir wissen, dass sie sich mit Ihnen öfter getroffen hat. Sie haben solche Freiheitstheorien. Sie sind dafür verantwortlich.«

»Lebt Inkas Vater in London?«

»Ihre Aufgabe hier ist, nach dem Programm zu unterrichten, und nicht, sich irgendwelche Ideen auszudenken oder sich Freundschaften mit den Schülern zu erlauben ...«

»Inka erzählte mir sehr viel ...«

»Hier erzählt jeder viel – wer er ist, wer er in seinem Heimatland war. Ihr lebt jahrelang hier, und seid doch nicht ganz dabei. Dort wurde alles abgebrochen, dann kommt ihr zu uns, um wieder so zu sein, wie früher bei euch. Die Putzfrau zieht ihr elegantes Kostüm an, und der Betonarbeiter spielt den Ingenieur, der er früher mal war. Aber er ist es nicht mehr. Und wir wissen das. Hier spielt jeder irgendwelche Rollen, nimmt eine Pose an. Eine Hausfrau, die für ein Migrationsblättchen schreibt, hält sich für eine Journalistin, und ein ehemaliger Doktor in irgendeinem Fach möchte weiterhin seinen Titel benutzen. Aber das ist ja schon längst vorbei. Und darum kommt ihr zu uns, um die kleinen Pfuschereien zu machen . Aber wir verteilen hier die Rollen. Es liegt an uns, ob wir Sie einladen oder nicht. Der Schriftsteller Marek Hłasko, von dem Sie wahrscheinlich im Unterricht gesprochen haben, wollte unbedingt in die Heimat zurückkehren, weil er im Westen scheiterte. In Polen schaffte er es aber auch nicht. Wissen Sie warum? Weil er nicht wusste, wie man mit anderen Leuten sprechen muss. Er konnte nichts erledigen, nichts bewahren, sich kein Netz aufbauen. Und wissen Sie warum? Weil er infantil war, weil er sich nicht angemessen zu verhalten wusste. Deswegen bettelte er in den Botschaften um die Erlaubnis, zurückkehren zu dürfen, aber sie ließen ihn nicht herein. Deswegen ist seine Legende entstanden. Er mochte gerne mit dieser Legende leben. Ihr alle erschafft gerne Legenden. Zuerst haltet ihr den Westen für ein Paradies, dann aber verrichtet ihr Arbeiten, welche niemand von hier übernehmen will. Und gelegentlich wollt ihr dann mal die alte Rolle wieder spielen. Einige lässt man, andere aber nicht …«

Alles auf einmal

»Hör auf, darüber nachzudenken. Beschäftige dich mit etwas anderem. Ich kann dich auf die Reise nach Rom mitnehmen. Ich muss für ein paar Tage hin.«

Wieder vollkommen frei, das war ihr Rettungsanker. Sie wurde erschüttert von den Geschichten – zuerst die mit Richard, dann die mit Inka. Zweimal beeinflusste sie, die sich nur als Zuhörerin sah, das Schicksal von anderen Menschen. Inka hatte ihr all die Geschichten erzählt und bei ihr die Bestätigung für die Suche nach ihrer Freiheit gefunden. Richard hatte sie nicht geholfen, dazu hatte ihr der Mut gefehlt. Vielleicht hatten die Beiden nach Hilfe gerufen, und sie hatte nichts gemerkt.

Die Startbahn des Flugzeugs mit frischem Gras an der Seite verschwand schnell in der Tiefe. Man konnte schon die Kanäle rund um den Hafen und die Elbe sehen. Sie flogen nach Süden.

Unter dem Flugzeugrumpf – fantasievoll geteilte Felder. Die Erde ist so schön, und es ist kaum möglich, Brachen zu finden. Dann deutlich zu sehen die Autobahn nach Hannover, später das Harzgebirge und das blaue Band der Weser. Sie schaute fasziniert von oben auf das plastische Bild der Erde. Die Leute im Flugzeug waren beschäftigt mit den Zeitungen, manche dösten, andere aßen etwas.

»Hast du Lust auf Champagner? Ich nehme einen Weißwein«, sagte Michael und bestellte bei der Stewardess auch etwas für Anna. Er war fürsorglich, aber auch dominant.

»In Ordnung«, antwortete sie, weil sie keine Diskussion mehr zu diesem Thema wollte. Nein, keine Zerstreuung durch Weingattungen, die Lage, die Weinlese. Jetzt keine solchen Details. Das sollte eine Pilgerreise sein, sich hoch über der Erde befinden und die eigene Situation neu zu betrachten. Die Erde ist riesig, aber man kann sich schnell von einem Ort zum anderen bewegen. Sie hatte am Hamburger Flughafen mit ihrer Mutter telefoniert und wollte das wieder in Rom tun. Sie mochte, wie viele anderen auch, solche telefonischen, kurzen Reportagen sehr. Das gab ihr das Gefühl der Nähe, trotz aller Entfernung. Ob die Sicht von oben die Menschen einander näher brachte? Oder sorgte sie eher für ein Gefühl von Transzendenz?

Der Motorenlärm mischte sich mit dem Rascheln der Zeitungen. Die Erde von oben war so ruhig, braun-grün. Die Zeitungen waren voll von Tumult: Ausschreitungen in Fußballstadien, ein falsch angeklagter elfjähriger Junge, der monatelang in einem amerikanischen Gefängnis gesessen hatte, Probleme von Patchwork-Familien mit meinen- deinen-unseren Kindern, Korruption und Börsenkrach, Flugzeugkatastrophen … Sie schaute durch das Fenster auf die dichten Kumuluswolken, wie damals, in der Kindheit, auf der Wiese liegend. Es war nur noch Stille in ihren Gedanken … Die Zeitschriften mit ihren vielfach kopierten Nachrichten, scharf dargestellt für den besseren Verkauf, waren da, um die Zeit an Bahnhöfen oder in Arztpraxen auszufüllen. Aber jeder musste die Ruhe in sich selbst finden.

Der Flughafen in Rom liegt weit weg von der Stadt, zum Zentrum fuhren sie mit der Bahn durch die überfüllten Wohnblockstadtteile. Es war heiß, in vielen Fenstern steckten brummende Klimaanlagen, auf den Balkons trocknete Bettwäsche, Unterwäsche. Von der Metro aus gingen sie direkt zu Fuß Richtung Hotel, der Gehsteig voller schmutziger Flecken glühte in der Sonne, die Rädchen der Koffer rasselten. Eine Gruppe von schwarzhäutigen Demonstranten kreuzte ihren Weg. Mit Transparenten forderten sie Hilfe für Eritrea. Rund um alte, abgemagerte Frauen präsentierten die Männer, wie es in ihrem Land aussieht.

Anna hielt an, man kann ja nicht einfach so weitergehen, wenn Leute gerade protestieren, sie wollte etwas verstehen. Wo ist Eritrea? Etwas hatte sie in den Zeitungen gelesen, konnte sich aber nicht vorstellen, wie solche hungernden Menschen aussehen. In der Realität wahrscheinlich noch schlechter, weil diese hier ja schon eine andere Ernährung gehabt haben müssen.

Sie wurden sofort von dem Gedränge umgeben. Michael zog Annas Koffer, wütend, dass sie so viele Sachen mitgenommen hatte, und versuchte, sich Richtung Hotel durchzuschlagen. Anna dachte, ihn störte nur die Demonstration, es drohte, dass er es zu seinem Termin nicht rechtzeitig schaffte. Er musste alles immer genau planen, kalkulieren, auch das Gepäck, und sie konnte das nicht. Die abgemagerten Leute schrien etwas zu ihnen, hoben die Hände hoch und ließen sie nicht zum Hotel durch. Anna und Michael schwitzten in ihren warmen, aus Hamburg mitgebrachten Jacken. Schließlich öffnete sich Annas Koffer und die überflüssigen Sachen fielen heraus …

Im Hotel zogen sie sich schnell um und fuhren mit der Straßenbahn ins Zentrum, zum Kolosseum. Die römische Kultur und das Christentum waren ihre gemeinsamen Wurzeln, da wollten sie anfangen.

Gewaltige Mauern umgaben einen riesigen Raum, darin hatte es früher zwei geteilte Welten gegeben – diejenigen, die frei gewesen waren und die Gladiatoren, denen die Freiheit weggenommen worden war. Anna schwelgte in der Schönheit der Architektur.

»Was für ein fantastisches Gebäude in römischem Stil und mit einer Bühne, die viele Möglichkeiten für spezielle Effekte gibt«, schwärmte sie.

»Man muss nicht gescheit gewesen sein, um solche Menge von Mauern zu bauen und dabei das Sterben von Menschen und Tieren aus der Nähe zu beobachten«, kommentierte Michael. »Der Kaiser gab Brot und Spiele, damit in Rom die Ruhe herrschte. Die Gladiatoren waren so berühmt, wie heute die Fußballspieler. Was für ein Verlust menschlicher Energie, die man in andere, praktische Ziele hätte investieren können.«

»Was dachten wohl all die, die in den tödlichen Kampf gingen. Nur in den Fenstern konnten sie den metaphysischen Raum finden«, sinnierte Anna.

»Eine metaphysische Distanz kann man beim Meditieren auf der grünen Wiese haben ... Du kannst dir selbst denken, was konkret sie sahen ...«

Sie gingen aus dem Kolosseum hinaus und setzten sich in ein überfülltes Café voller Touristen. Sie dachte nicht mehr an Gladiatoren, Christen oder Löwen. Sie tranken langsam Pinot Grigio, kalte Tropfen mit den Mineralien der Erde. Michael studierte aber schon den Reiseführer, um den nächsten Schritt in Rom zu planen.

Anna wollte nicht nach einem Ziel streben, sie wollte, dass die Minuten wie langsam geschobene Rosenkranzperlen vergehen, ohne Planung.

»In Hamburg habe ich neulich einen buddhistischen Mönch gesehen ...«

»Was machte er da?«

»Drei Tage lang formte er an der Elbe ein Mandala aus dem Sand. Ein Mandala ist eine Zeichnung, ein Diagramm, es symbolisiert geistige Verbindungen, auch den Prozess der Konzentration, das Streben zu seinem geistigen Zentrum hin. Es dient als Hilfe zur Meditation, mindert den äußerlichen Einfluss und ermöglicht, das eigene, wahre »Ich« zu erreichen. Das Mandala symbolisiert auch die Vergänglichkeit.«

Sie schauten auf die großen Mengen von Touristen, auf das mit Raureif überzogene Weinglas, das das Bild von dem überfüllten Platz verkehrt widerspiegelte.

»Und was machte der Mönch weiter?«

»Er ließ winzige Strahlen von vielfarbigem, feinem Sand herunterrieseln. Tief gebeugt, arbeitete er sehr konzentriert. Langsam zeichnete er jede Linie. Jeden Kreis, jedes Quadrat malte er in anderen Tönen, auch die filigranen Ornamente. Fehler sind nicht erlaubt. Nach vier Tagen konzentrierter, achtstündiger Arbeit, als das Mandala endlich fertig war, verwischte er es mit einer kleinen Bürste, ohne dies zu bedauern. Ein buntes Bild wurde zu einer grauen Sandmasse.«

»So wie ich das Bild in dem Weinglas immer schmaler werden lasse.«

»Den Sand brachte er dann in zwei Behältern zur Elbe und kippte ihn aus. Eine Weile blieb von dem Mandala nur ein grau-brauner Schaum. Der Mönch schüttelte die Hände ab, und schon war er ohne Mandala und wohl ohne Verlustgefühle. Ich stand perplex da, so wie die anderen Leute.«

»Das ist eine andere Mentalität, im Westen ist es schwierig zu verstehen, ein paar Tage zu arbeiten und dann alles vernichten zu können. Hier wurden so und so viele Container transportiert, so viele Flunder gefangen, und so weiter. Das Ziel sollte rational sein und konsequent erreicht werden.«

»So empfanden es vermutlich auch die Beobachter des Ereignisses. Es war schockierend und ein lauter Seufzer ging durch die Menge, als das Mandala langsam ins Wasser rutschte. Dieses Mandala hätte in ein Museum wandern können, aber es so einfach zu zerstören …Und trotzdem beneidete ich seine Freiheit. Sein Werk wurde vollendet, und er wanderte in seinem orangen Gewand mit bloßen Schultern und mit Sandalen an den Füßen lachend weiter, lief leichtfüßig über die Bretter der Anlegestelle und verschwand dann im Park zwischen den Bäumen.«

»Und wahrscheinlich wird er bald wieder das nächste Mandala erschaffen«, sprach Michael, goss in sein Glas Wein nach und schaute wieder auf das verdrehte Bild des Platzes darin.

»Schluss mit Plänen, ich habe Lust, herumzuziehen.«

»Schauen wir uns die Umgebung von Rom an? Fahren ins

Unbekannte, ohne Pläne, aber mit einem Zelt und mit Schlafsäcken, vorsichtshalber?«

Sie fuhren auf einem engen Asphaltweg zwischen den Weinbergen. Dort hingen goldene und dunkelblaue Trauben. In diesem Gewirr aus vibrierendem, grünem Schein drehte es sich im Kopf. Der Weg schlängelte sich ohne Ende auf den Weinberghügeln. Die Nachmittagssonne warf Schatten auf die Gräser. Sie hielten kurz an. Anna wanderte zwischen den Weinreben, die kleinen spiralförmigen Triebe hielten sie fest, und der Saft klebte an ihren Händen. Sie legte sich für eine Weile inmitten des Weinbergs hin. Michel spazierte entlang der Straße.

Sie erinnerte sich an ein Ereignis, das ihnen gezeigt hatte, wie man sich mit kleinen Schritten einander nähern kann, mit Schritten, aneinander gereiht wie die Sandkörnchen im Mandala.

Sie waren damals im Wald in der Nähe von Ahrensburg gewesen. Sie hatten da zufällig angehalten, weil dort ungeheuer große Farne in einem dunklen Erlenwald gewachsen waren.

»Zwischen diesen Farnen kann man sich verstecken«, hatte Anna vorgeschlagen.

»Es ist irgendwie unangenehm hier, die Kleidung wird schmutzig«.

»Ach, hör auf, lass uns Pilze suchen!«

Es hatte aber keine gegeben. Müde hatten sie die Decke ausgebreitet, um etwas zu essen. Schnell hatten sie entdeckt, dass die Zecken sie wortwörtlich zugedeckt hatten, manche hatten sich schon in der Haut festgebissen.

»Verdammter Wald, Zecken können Borreliose verbreiten«, hatte Michael geschrien und schon die Kleidung ausgezogen.

Anna hatte diesen nackten Mann im Licht angeschaut. Über die Kleidung gebeugt stand er da, wie von den Strahlen der Sonne skizziert, auf den Hüften zitterten Lichtflecken, wie Flügelchen des Hermes.

»Komm zu mir auf die Decke, ich hole sie heraus«, hatte sie gesagt. Dann hatten sie auf der Decke wie zwei nackte Affen gesessen und sich gegenseitig geduldig gelaust, auch an intimen Stellen, weil die Zecken sich dort besonders gerne verstecken. Beide waren schon viel ruhiger geworden, beschäftigt mit der Suche und jeder für die Schärfe eigener Augen verantwortlich. An manchen Stellen hatten sie das Taschenmesser benutzen müssen, um die Haut leicht anzuschneiden, weil sie sonst die Parasiten nicht hätten herausholen können. Sie hatten die Kleidung angezogen und waren nach Hause zurückgefahren, um die Operation noch einmal durchzuführen, auch unter der Dusche. Dann hatten sie auf dem Bett gesessen und nochmal ihre Haut studiert. Niemals bevor hatte sie so aufmerksam auf seine Haut geschaut. Das war nicht gewesen, um die Schönheit zu genießen, sondern um die Haut so, wie sie war, aus der Nähe und aufmerksam zu studieren – mit den dunklen Muttermalen, Verstecken, mit kleinen Härchen. Zum ersten Mal hatten sie sich so aufmerksam betrachtet.

Anna schüttete den Sand aus der Hand weg, als sie die Hupe zum Zurückkehren hörte.

»Steig ein, es dämmert und wir haben noch keine Übernachtung.«

»Kein Problem, dann schlafen wir eben im Auto.«

Sie fuhren ziemlich lange entlang der Weinberge, es wurde immer dunkler.

»Nimm die Karte, suche irgendwelche Ortschaft aus, wo du übernachten möchtest.«

Sie sind weiter gefahren, die Wege kreuzten sich immer wieder.

»Schneller, finde endlich heraus, wohin wir fahren sollen!«, brüllte Michael, der nicht anhielt. Er selbst war gewöhnt, auch während der Fahrt die Kreuzungen und Richtungen auf der Karte zu suchen. Mit zittrigem Finger zeigte Anna etwas auf der Karte, als er auch in den Kurven nicht langsamer fuhr. Sie lernte inzwischen etwas von den Karten zu verstehen, aber sie konnte Michael nicht das Wasser reichen. Landkarten oder Stadtpläne zu studieren war seine Leidenschaft, auch nach der Lage der Sonne die Himmelsrichtungen zu bestimmen. Für Anna war das alles reine Abstraktion. Sie wusste auch nicht, wie die Ziele von der Karte mit denen aus der Realität in Verbindung gebracht werden sollten.

»Möchtest du zu dem Städtchen dort abbiegen?«, fragte Michael.

»Ich weiß es nicht, es ist mir egal ...«

»Ich kann nicht nach »egal« fahren, gib mir irgendeinen Tipp!«

»Ja, biege ab«, sagte sie, um nicht etwas anderes suchen zu müssen.

Sie parkten in einer kleinen Gasse und suchten nach der Tourist-Information. Es war sehr malerisch hier. Von Fenstern und Balkonen hingen Blumen in Girlanden herunter, als ob sie wieder auf einem Weinberg wären.

»Welches Hotel möchtest du nehmen?«, fragte Michael im Tourist-Büro, während er das Ambiente und die Preise im Katalog verglich. Wenn etwas nicht stimmte, konnte er sich lange darüber ärgern. Darin waren sie wieder sehr unterschiedlich. Anna wählte nur bis zu einem gewissen Grade. Das Wichtigste war sowieso das, was sie an diesem Ort zusammen oder mit anderen Menschen erleben konnten. Diese Substanz war interessant für sie. Sie meinte, sie konnte das finden oder nicht, fast unabhängig von dem Preis oder von der Lage des Hotels.

»Für dich ist ein Hotel wie ein Rasierapparat, entweder gut oder taugt nichts. Dahinter steht eine irre kommerzielle Philosophie, dass man das, was man braucht, kaufen kann, man muss nur alle Parameter analysieren. Wenn man nicht alles vorhersehen kann – ist der ganze Urlaub im Eimer. Ich weiß, so denken viele Leute im Westen. Nach monatelanger Arbeit möchten sie sich einen schönen Urlaub kaufen. Schon ein halbes Jahr vorher teilen sie dem Reisebüro mit, was sie brauchen, und genau das sollte das Reisebüro ihnen sichern. Das heißt, ein gutes Hotel, üppiges Essen, ein paar nicht anstrengende Ausflüge. Dann überlegen sie den ganzen Urlaub lang, ob sie alle bezahlten Paketelemente auch bekommen haben.«

»Möchtest du gut schlafen oder nicht? Ich weiß nicht, was ich tun soll«, fragte Michael schon richtig verärgert.

Diesmal nahmen sie gleich das erste Zimmer, das ihnen angeboten wurde, schließlich wollte Anna auch im Bett schlafen. Es gab keine Zeit mehr zu überlegen. Und dort empfanden sie viel Zärtlichkeit füreinander … Der Zufall führte sie dahin, wo die Vögel in ihre Fenster hineinschauten. Vögel sind Meister des Zufalls, sie finden Körner, die von einem Busch herunterfallen, oder gerade weggeworfene Krümel. Sie denken nicht über den nächsten Tag nach, und schlafen ein, wenn die Nacht kommt.

Anna war unruhig, als sie zurückfuhr. Die Reise war nur eine kurze Pause in ihrem Leben, änderte nichts daran, womit sie sich zu Hause herumschlug. Sie wird die Fotos in die Alben kleben, ihre Routen und Begegnungen mit Menschen beschreiben und das alles ins Regal stellen, wie in einem Archiv, und vielleicht kommen sie irgendwann darauf zurück, etwa beim Besuch von Freunden.

Eines Tages rief Inka sie an. Anna kam sofort zur Sache:
»Was hast du gemacht? Du hast direkt vor dem Abitur die Schule geschmissen. Danach hättest du etwas studieren können! Was ist denn in dich gefahren? Wo bist du?«

»Ich bin wirklich in London. Hier ist es ganz anders, ich musste ein Risiko eingehen, um mich davon überzeugen zu können.«

»Inka, du darfst nicht immer wieder weglaufen und eine andere Person spielen. Eines Tages fühlst du dich dann wie eine Betrügerin.«

»Ich betrüge nicht, ich erfinde Geschichten.«

»Ich kannte dann wohl nicht dich, sondern deine Geschichten, hinter denen du dich immer verstecktest. Wenn du ein neues Abenteuer willst, erfindest du eine neue Persönlichkeit. Du läufst immer wieder weg. Du bist noch sehr jung und hast viele Chancen im Leben, aber das wird nicht endlos so gehen. Gib dir die Chance, irgendein Studium zu beenden, das verlangt Festigkeit und Anstrengung, wenigstens für einige Zeit. Aber du schlägst immer eine neue Seite auf und möchtest neu anfangen, mit anderen Menschen, in einem anderen Land. Doch auch in diesem Land gibt es Leute, die sich auf Dokumente, Beweise und einstige Entscheidungen beziehen. Du solltest auch solche beständigen Spuren hinterlassen. Dieses Chaos, mit dem du dein Leben ausfüllst, ist für dich ein Spiel, das dich irgendwann zu Grunde richten kann.«

»Ich lebe wieder als Emigrantin, und erlauben Sie, dass ich heute einen Vortrag halte. Dafür habe ich eine neue Telefonkarte gekauft.

Die Emigration hat es schon immer gegeben. Die ersten Emigranten waren Adam und Eva. In der Schule unterrichteten sie uns, ganz nach polnischen Romantikern, dass die Emigration eine Geißel Gottes wäre, aber viele von den Immigranten haben sich damit behaglich arrangiert. Eine Emigration bedeutet auch die Chance für einen Wandel, für die Aufgeschlossenheit Neuem gegenüber, für die Vermittlung zwischen den Welten. Die Romantiker siedelten ihre Träume im Land ihrer Kindheit an. In diesem Paradies-Land, das nirgendwo existiert, sahen sie den Sinn ihres Lebens. Das war gerade die Fiktion.«

»Was wirst du dort machen, Inka?«

»Ich werde hier studieren. Ich wollte nicht mehr auf dem Kiez leben, und mich interessieren Erzählungen auf Englisch.

Ich schreibe auch meine eigenen. Ich mag es, in den Erzählungen umherzuirren, das ist für mich sinnvoll. Ich muss schon Schluss machen, tschüs ...«

In Inka steckten viele Möglichkeiten gleichzeitig. Sie hatte auch die Kraft, alles hinter sich zu lassen, und neu anzufangen. Sie war ein Kind des Weges und schaffte ihr neues Mandala, dachte Anna, der Inka sehr nahe war.

Auch für Anna bedeutete ihr Weg immer wieder die Suche nach sich selbst. Das verlangte sehr viel Selbstvertrauen. Das ist anders, als auf einer Urlaubsreise, wie in Rom und in seiner Umgebung. Da sammelt man Eindrücke, Bilder, die ja in einem getrennten Paket bleiben – Reiseerinnerungen eben. Das übte auch Druck auf die alten Strukturen aus, aber danach kehrte alles zurück in das alte Flussbett.

Die Migration bedeutet zu reisen, aber gleichzeitig auch, das Mandala neu zu gestalten. Tagein tagaus auf der Suche nach dem Sinn, nach dem eigenen Platz im neuen Land zu sein. Lange Zeit wurde das als Isolation, als Heimweh bezeichnet, sehr wenig wurde der Prozess beschrieben, bei dem Wurzeln geschlagen werden, der Prozess, sich einzuleben, eigenes Mandala zu bauen, dessen abstraktes Muster ein äußerlicher Ausdruck innerer Erfahrung ist. Man muss das Unbekannte ins eigene Muster verwandeln, nach eigenem Bedarf bearbeiten.

Eines Nachts träumte Anna von ihrem verstorbenen Vater. Als sie in die Stube hereingekommen war, saß er im Sessel. Er stand leicht auf und begrüßte sie wie immer lächelnd, voll von Freude und Warmherzigkeit.

Dann waren sie auf einer belebten Autobahn. Sie hörte den Lärm von den sich nähernden Autos. Ihr Vater nahm aus der Tasche eine Handvoll Münzen heraus und warf sie auf den Boden. Sie glänzten wie Gold, und obwohl sie kein Gold waren, waren sie sehr schön. Er bückte sich nach ihnen. Sie hatte Angst um ihn.

»Vater, lass das …«

Der Vater drehte sich ihr mit einem schalkhaften Lächeln zu und hob die Münzen weiterhin auf, heiter und sorglos.

»Sammle jeden Tag Freude – und hab keine Angst«, sagte er zu ihr.

II. Die Feder

Eine dokumentarische Fiktion

Michael musste schon längst in New York sein, meldete sich aber nicht. Sie sah Fernsehprogramme, die den Terrorangriff und die Zerstörung der Hochhäuser des World Trade Centers zeigten. Er konnte eigentlich nicht dort sein, aber vielleicht war er da vorbeigegangen? Angst überkam sie.

Sie starrte den Fernseher an. Obwohl das Bild real war, schien es unwirklich, wie ein Computerspiel. Der Film zeigte immer wieder zwei Flugzeuge, die in kurzem Zeitabstand in die Gebäude hineinrasten, aber dann konnte man weder Menschen, noch den Innenraum der Hochhäuser sehen, was normalerweise in allen Katastrophenfilmen üblich war. Jetzt sollten sie das von innen zeigen, die blockierten Türen, dachte Anna mechanisch, an die filmische Konvention gewöhnt.

Das ist schrecklich, dass ich auf diese Tragödie so reagiere ... Michael kann nicht dort gewesen sein, beruhigte sie sich.

Und dann betrachtete sie wieder das Ganze, wie eine ausgedachte Filmgeschichte. Eine Bombenexplosion in Buñuels Film »Dieses obskure Objekt der Begierde« von 1977. Damals war es nur eine surrealistische Fiktion gewesen. Ein weißes Spitzenkleid, mit Blut befleckt, wurde als erotisches Symbol interpretiert. Die Leute laufen in Panik weg, die Bedrohung kann von jeder Seite kommen, auch ohne Grund. Niemand soll sich sicher fühlen. Der Schuldige kann auch neben uns stehen.

Es war möglich, dass es dieser Mensch gewesen war, den sie auf dem Platz vor dem Uni-Gebäude getroffen hatte, als sie in einem Bücherstapel gestöbert hatte. Er hatte daneben gestanden und alte marxistische Texte durchwühlt. Dieses Gesicht hatte sie später in der Zeitung gesehen, im Zusammenhang mit der Attacke auf das World Trade Center.

Ramzi Binashib, der in Hamburg studiert hatte, sollte einer von den am Angriff auf das World Trade Center beteiligten Terroristen gewesen sein, aber er hatte kein Visum bekommen.

Als Ramzi in Berlin gewesen war, um sein Visum für die USA zu beantragen, hatte er dort eine japanische Studentin, eine Tänzerin, kennen gelernt. Der aus dem Jemen stammende junge Mann und die Japanerin hatten fünf Tage zusammen verbracht. In dieser Zeit hatte er ihr die Ehe vorgeschlagen, sie hätten sich vorher aber nicht berühren dürfen. Als seine Ehefrau hätte sie seine Religion annehmen und auch den Schleier tragen müssen, weil eine Frau ein Geheimnis ist, und das muss sie auch für andere sein.

Ramzi hatte den westlichen Kapitalismus gehasst, hatte keine deutschen Freunde gehabt, nichts an Berlin oder am Westen hatte ihn interessiert. Das Mädchen war von seiner Mentalität entsetzt. Schließlich hatte sie sich vor ihm verstecken müssen.

»Er hatte das Bedürfnis, sich aus der ihn umgebenden Wirklichkeit auszuschließen, und er wollte auch mich in diese isolierte Existenz hineinziehen«, gestand das Mädchen, dessen Name verheimlicht worden war, um es nicht zu gefährden, einmal in einem Interview. »Er war einsam, aber er fühlte sich in dieser Situation als jemand Besonderes. Er verlangte solche Isolation auch von mir. Das wäre für mich zerstörerisch gewesen«, sagte das Mädchen weiter, glücklich, dass sie sich von seinem »Schutz« befreien konnte.

Eine Isolation kann, beim gleichzeitigen Wunsch nach sozialer Anerkennung, in der Fantasie Monster hervorrufen, dachte Anna. Tue ich genug, um diese neue Welt, in der ich jetzt lebe, kennen zu lernen? Ich schaue Fernsehen, aber diese Bilder sind für mich nicht ganz real. So wie diese Attacke auf das World Trade Center für mich irreal wäre, wenn Michael nicht gerade nach New York gefahren wäre. Ähnlich fremd waren für sie manchmal die hiesigen Fernsehnachrichten. All diese Parteidiskussionen, Unfälle auf den Straßen, die sie nicht kannte, Informationen von dem Tod hier berühmter, aber ihr unbekannter Personen – ohne Michaels Erklärungen klangen sie alle wie Berichte vom Mond.

Michael war derjenige, der ihr die Unterschiede zwischen den Parteien erklärte, die wichtigen Personen in der Politik erwähnte. Er hatte auch die Stadt gekannt, in der die Kinder verschollen waren, oder die Autobahnen, wo oft Unfälle passiert waren. Wenn sie mit ihm darüber sprach, war alles gleich viel konkreter, weil er ein Teil von dieser Welt war und sie noch nicht.

Ohne ihn hätte ich den Eindruck, von allem hier separiert zu sein.

So fühlten sich hier viele Einwanderer, auch ihre Landsleute. Sie schauten nur Fernsehprogramm aus ihrem Land via Kabel oder Satellitenschüssel. Sie lebten in dieser großen, fremden Stadt und wussten kaum etwas über diese Metropole. Dafür wussten sie alles, was in ihrem Land passierte, als ob sie nie weg gewesen wären. Sie konnten aber die lokale Zeitung nicht lesen, weil sie die Sprache nicht gut genug beherrschten, sie lasen höchstens die Anzeigenblätter. Sie fuhren gewöhnlich nur von ihrem Wohnort zur Arbeitsstelle und wussten, wie sie Richtung Heimatgrenze fahren mussten.

Schon besser kannten die Stadttopografie die nur vorübergehend bleibenden Schwarzarbeiter. Sie waren in ständiger Bewegung und mussten, um zu überleben, freundliche Kontakte mit den Einheimischen knüpfen. Sie mussten vor allem manchen von ihnen vertrauen. Dieser Vertrauenstropfen baute notwendige Brücken. Die Schwarzarbeiter lebten aber gleichzeitig in ständiger Unsicherheit, von Tag zu Tag, und wenn sie trotzdem eine Arbeit bekamen, trug das bei ihnen zu einer guten Laune bei, so dass auch das, nicht nur die niedrigen Preise, ihnen Vorsprung vor der einheimischen Konkurrenz gab.

Ältere Leute mochten ihre Putzfrau, die in kurzer Zeit zu einer befreundeten Person wurde, oder ihren Mechaniker, der alles reparieren konnte. Solche Leute bekamen nicht nur ihren Lohn, sondern auch Schutz, weil sie einen näheren, nicht nur formalen Kontakt herstellten. Es war auf einer Seite die Dankbarkeit für den Verdienst, auf der anderen Seite das Gefühl der Arbeitgeber, dass, obwohl sie alt waren, sie doch noch jemandem helfen konnten, anstatt ihn anzuzeigen. Es entwickelten sich warme, fast familiäre Gefühle, man wusste über die Probleme und die Freuden der Putzfrau oder des Gärtners, was im Bereich eines einfachen Gesprächs eben möglich war. Das war unersetzlich, weil in diesem Land ein großer Bedarf an Gefühlen, an menschlicher Wärme bestand, ganz besonders bei alten Menschen, deren Anzahl immer größer wurde. Ältere Menschen kamen mit den Ersatzteilen für kaputte Geräte, mit den Schutzmitteln für ihre Gartenpflanzen oder mit den Putzmitteln gewöhnlich nicht zurecht – im Laden gab es alles im Überfluss. Die Schwarzarbeiter, die aus einer anderen Kultur, lehnten allzu feine Mittel, die die ständige Entwicklung dem Markt aufzwang, ab, und sie führten eine minimalistische Auswahl durch, nahmen das, was vernünftig und notwendig war. Das waren eigenartige Vereinfachungen, alltägliche Übertragungen. Sie ließen sich vom Rennen um immer bessere Putzmittel für die Badezimmerfliesen nicht beeindrucken – ein Putzmittel für alles und fast die gleiche Wirksamkeit. Der ständigen Gefahr ausgesetzt, abgeschoben zu werden oder den Vertrag nicht verlängern zu können, mussten sie auf jedem verkürzten Arbeitsabschnitt die erwünschten Ergebnisse vorweisen.

In den Mischehen mussten ähnlich vernünftige, kulturelle Entscheidungen über all die nationalen Gewohnheiten und Stereotype hinaus getroffen werden. Man sollte nicht gerade das spielen, was trennen konnte. Angesichts unterschiedlicher

Haltung zur Ordnung, zum Zeitverlauf usw., musste man Mittelwerte aus gegenteiligen Positionen auswählen. Ein gemeinsames Zeitmaß befand sich zwischen zwei Möglichkeiten – einer elastischen und nicht präzisen Bezeichnung und einem sehr exakten Punkt. Auf der einen Seite eine angeborene Neigung zur Unordnung, auf der anderen eine übertriebene Ordentlichkeit, und als Kompromiss – eine relative Ordnung, also die Sauberkeit, von Zeit zu Zeit. Die klassische Musik wurde nur teilweise vom Rock und Jazz ersetzt. Eine gepflegte Kleidung wurde nur gelegentlich durch eine bequeme, manchmal auch frivole Erscheinung ergänzt. Das erlaubte, die Bereiche möglicher Konflikte zu reduzieren.

Man musste sich ständig entscheiden – was ist relevant, und was ist in diesem Moment nicht wichtig. Jede Begegnung war ein Zusammenprall von zwei Kulturen. Überall gab es für Anna unbekannte Fernsehprogramme und Leute, die über Späße lachten, die sie nicht verstehen konnte. Auf was sollte sie sich konzentrieren? Sie musste vor allem mit dem Überfluss an Informationen fertig werden, sie richtig sortieren und die unwichtigen verwerfen. Aber was war schon wichtig?

Wie in »Alices Abenteuer im Wunderland« war auch hier scheinbar alles ähnlich, aber unter dieser Normalität verbargen sich ständig vollkommen unbekannte Stellen, und so wie in »Alice«, musste man, um sich nach vorne zu begeben, manchmal rückwärtsgehen – zurück zur Geschichte, zur Etymologie. Am besten war es, wenn Michael all diese Verworrenheit erklären konnte. Ich bin hier niemand …, ohne ihn, dachte Anna mit Angst.

Alles und nichts

Nun, du weißt ja, du wirst ein Nichts sein ...«, hatte ihre Mutter ihr gegenüber oft wiederholt. Das hatte wie ein böser Zauberspruch geklungen. Anna konnte nicht davon loskommen, in schwierigen Momenten, wenn sie Kraft brauchte, fiel ihr dieser Spruch, das Fatale, immer wieder ein. »Du bist niemand«, und alles war verloren, sie zog sich aus Projekten zurück, die schon kurz vor der Verwirklichung standen, aus Kampfringen, obwohl die Waagschale sich zu ihrer Gunsten neigte.

Manchmal erzählte sie der Mutter, wie viel sie schon getan oder geschrieben hätte, die Mutter antwortete dann mit schwachem Lächeln: »Ja, ich habe das gelesen«, und sie wollte nichts mehr darüber wissen, oder gab trocken zu:

»Du bist alles und nichts ...«

»Aber wer sollte ich sein?«

»Jemand«, hatte sie mal triumphal geantwortet, als ob sie gewusst hätte, dass Anna diesen Gipfel nie erreichen könnte.

Auch viel später, als sie schon weit weg von ihrer Mutter war, klang es in schwierigen Momenten und bei Niederlagen in Annas Ohren nach:

»Alles und nichts.«

Schließlich hatte Anna diesen Spruch akzeptiert, sie hatte erkannt, dass er ihr ein Freiheitsgefühl gab. Sie konnte ja auf einer Skala zwischen »alles« und »nichts« wählen.

Als sie noch ein Kind gewesen war, sagte man in der Nachbarschaft über sie: »Franciskas Enkelin«, so war sie zugeordnet worden. Das hatte sie nicht zu irgendetwas verpflichtet. Die Großmutter war in diesem Ort als eine besondere Person, eine Abweichung von der Regel, bekannt. Also hatte man auch viel an ihrer Enkelin akzeptiert. Zum Beispiel, dass die kleine Anna selbst ihren Schlitten an einer Bauernfuhre angebunden und sich alleine auf den Weg gemacht hatte. Man hatte sie dann zu ihrer Familie zurückbringen müssen. Manchmal war sie mit dem Fahrrad durch die umliegenden Dörfer gefahren, und müde und hungrig war sie zu unbekannten Bauernhöfen gegangen, um dort Milch zu trinken. Wenn sie erzählt hatte, wessen Enkelin sie war, hatten die Leute zustimmend mit dem Kopf genickt und ihr gerne ihre Milch angeboten.

»Anständige Leute«, hatte die Oma dann nach ihrer Rückkehr gesagt, »aber lauf vor den Leuten nicht wie eine Verrückte herum, damit du keine Kröten schlucken musst.«

Jetzt war sie mit Michael zusammen, das war ihre Zuordnung hier – aber eine sehr wackelige. Die Oma hatte sie nämlich von ihrer Kindheit an gekannt, Michael aber noch nicht lange, und sie entdeckte in seinem Verhalten immer wieder etwas Neues, was verursachte, dass sie sein Bild als Person für sich neu erschaffen musste. Wenn ich schon zu einer Person gehöre, ihr zugeordnet werde, muss ich wissen, was für ein Bild sie bei den Anderen abgibt. Wie sehen sie das, dass er mit einer Frau aus einem anderen Land zusammen ist? Ist das überhaupt wichtig für sie? Schwer zu sagen, weil sie auch die Anderen kaum kannte. Also lag alles in Ungewissem.

Ein blauer Elefant

Sie hatte genug von dem Unbekannten und beschloss, in ihr Heimatland zu fahren. Michael würde nächste Woche nicht zu Hause sein, so dass sie genug Zeit hatte, ihre Familie zu besuchen. Am Morgen warf sie die nötigsten Dinge in den Wagen, und schon sehr früh, in der Morgendämmerung, war sie auf der Autobahn. Es war stets ein wunderschönes Erlebnis. Man fuhr geradewegs in den Osten. Von den dunklen, noch schlafenden Wiesen hoben sich Nebel hinauf, von den ersten Sonnenstrahlen beleuchtet. Es dauerte lange, dass die Sonne langsam über dem Horizont aufkam. Der Asphalt der Autobahn schimmerte in seinem Glanz. Es war noch relativ leer. Es war wie eine Fahrt in einem lichtdurchfluteten Tunnel, wie der Übergang vom Leben in ein anderes Stadium. Und sie kehrte zurück. Nun sah sie die Kluft zwischen dem Leben gestern und dem von heute besonders deutlich. Sie hatte diese Grenze überschritten, um mit Michael zusammen zu sein.

Sie waren tatsächlich wie zwei unterschiedliche Bäume nebeneinander. Anna wuchs jetzt in die fremde Erde hinein und kannte das alles nicht, was diese ausmachte: Geschichte, Kultur, Werte, nach denen die Menschen auf dieser Seite der Grenze ihr Leben ausrichteten. Ebenfalls lernte Michael das kennen, was zu ihr gehörte: aus der Literatur, aus der Geschichte, aus ihren Erzählungen. Doch man kann nicht auf einmal das ganze Wissen schlucken, das uns Ruhe und eine gewisse Sicherheit an einem bekannt gewordenen Ort verleiht. Man bemerkt es nicht, solange man den Wohnort nicht wechselt, es ist wie Luft, die man atmet. Sie las mittlerweile die Schilder an den Autobahnen ziemlich flüssig, also drohte ihr nicht mehr die Gefahr, falsch abzubiegen.

Als sie die Grenze zu ihrem Land überquerte, vergaß sie die Tatsache, dass sie ein fremdes Kennzeichen hatte. Doch anderen fiel es auf. Sie musste aufpassen, wenn junge Leute sie auf der Autobahn hetzen und zu Wettrennen provozieren wollten. Sicherlich dachten sie, dass sie schneller waren, als eine Deutsche in einem guten Auto. Bestimmt freuten sie sich, dass sie eine bessere Fahrtechnik hatten, dass sie dynamischer fuhren.

Noch von unterwegs rief sie ihre Lieben an, um Bescheid zu sagen, dass sie losgefahren war und sie gerne treffen möchte.

Am Abend waren alle da. Sie setzten sich an den Tisch, und es war wie immer, als ob sie nie weg gewesen wäre. Alle speisten, redeten über die Kinder, darüber, wer gestorben und wer krank geworden war, über die Auseinandersetzungen im Parlament. Sie wartete, dass jemand ihr Fragen stellte, wie sie dort lebt, was sie macht, aber sie hätte lange darauf warten können. Es war klar, dass sie unter ihnen war, aber niemand dachte daran, was sie dort jeden Tag erlebte, wie schwierig es beispielsweise war, sich in einer fremden Sprache zu verständigen.

Am besten unterhielt man sich in der Küche beim Abwaschen. Dort konnte sie nach Preisen fragen, während sie die Hände in der Spüle hatte, dann wirkte es wohl nicht peinlich.

»Du bist eine richtige Deutsche geworden«, hörte sie von ihrem Bruder. »Du hast keine Ahnung mehr, wie man hier lebt. Hast du schon vergessen, wie der Alltag hier aussieht, was wir essen, wie wir uns kleiden?«

»Ich denke, dass es dir an nichts fehlt, also wünsche ich dir Gesundheit«, hörte sie von ihrer Cousine.

Und auf diese Weise schnitten sich ihre Kreise voneinander ab. Es hatte den Anschein, dass eine tiefere Verständigung zwischen ihnen nicht möglich war; denn für sie existierte sie bereits außerhalb der Grenze – wo man sich nicht mehr um die elementarsten Dinge sorgen musste.

Sie besuchten Anna und besichtigten ihr Leben, wie auf Reisen, wenn man sich Architektur und Restaurants anschaut. Auch ihr Haus besichtigten sie eher, als dass sie Anteil an ihrem Leben nahmen. Sie fuhren wieder weg, und wenn sie sich wieder am Tisch trafen, war es wie immer – ohne Fragen nach ihrem Leben.

»Für meine Lieben zu Hause bin ich ein blauer Elefant geworden«, dachte sie. »Man kann einen blauen Elefant nicht behandeln, als ob er vertraut wäre, denn er ist anders, fremd. Was bleibt, ist die Erinnerung an einen normalen Menschen, an unseren Verwandten, den von damals. Wir versuchen, diesen derzeitigen blauen Elefanten zur Ordnung zu rufen, ihn in seine alte Form zu bringen, die in unserem Gedächtnis steckt. Doch allmählich gibt es keine Berührungspunkte mehr. Unsere uns so vertraute Anna ist zu einer Attrappe geworden, hinter der ein blauer Elefant auftaucht. Meine Familie kannte dieses Wesen nicht, sie wollte mit ihm keinerlei Kontakt haben, sie fühlte sich unsicher im Umgang mit ihm. Sie konnten die Wandlung, die sich vollzogen hatte, nicht begreifen, daher weckten andere Reaktionen, andere Antworten – anders als zuvor – im ersten Moment Verwunderung, und später Irritation. Es gab nur eine Erklärung dafür: der »blaue Elefant« hat es zu gut; unser Leben ist das eigentliche, richtige. Der blaue Elefant ist bestimmt faul, während alle Anderen ehrlicher Arbeit nachgehen, und so weiter und so fort. Scheinbar steckte noch alles in den alten Rahmen, man benötigte nämlich eine Fiktion, die die Familie glauben ließ, dass sie immer noch positiven Kontakt hatten.

Sie kehrte mit bedrücktem Herzen von zu Hause zurück, das nicht mehr ihr Zuhause war, und in ein Haus, das noch nicht ihr Zuhause war. Scheinbar hatte sie kein Zuhause mehr, sie war überall fremd, ein blauer Elefant.

Michael kehrte aus den USA glücklich zurück, und sie kam aus Polen zurück. Er begrüßte sie schon an der Türschwelle.

Schon von weitem sah sie, dass etwas nicht in Ordnung war.

Er stand gebeugt, war mürrisch und durchgefroren. Sonst war ihm immer warm, die Jacke musste offen gelassen sein.

Er hatte schon den Koffer aus ihrem Auto herausgeholt, aber noch an der Garage fing er unsicher an:

»Ich habe meine Arbeit verloren … Nicht durch meine Schuld … Eine Restrukturierung der Firma, meine Abteilung gibt es nicht mehr. Ich habe das Ende schon früher vermutet, aber jetzt bin ich sicher. Ich wurde einfach gefeuert.«

»Wenn es aber nicht deine Schuld war, können sie dich doch nicht so einfach fallen lassen.«

»Das hat dich das Leben im Sozialstaat gelehrt?«, lachte er spöttisch. »Sie haben mir einen Posten in Stuttgart als unbefristeten Vertrag vorgeschlagen, aber ich weiß auch nicht, für wie lange. Es ist besser, das Haus nicht aufzulösen.«

»Was bedeutet das? Ich bin ja zu dir gekommen. Sollte ich zurückkehren?«

»Komm, wir sprechen weiter zu Hause.«

»Welches Zuhause, soll ich vielleicht sofort meine Siebensachen zusammenpacken?«

Sie gingen in die Küche, sie setzte sich aber nicht, sondern stand demonstrativ am Tisch in der Ecke, neben dem Fenster. Dann wischte sie die Tischplatte mit einem feuchten Lappen ab, die Salatreste auf den Fußboden herunterwerfend. Sie tranken Kaffee aus großen Tassen, die durch braune Kaffeeflecken gekennzeichnet waren. Sie hatte keine Lust auf die kalten, alten Frikadellen, nahm aber ein Stück Brötchen, auch altbacken. Michael kaute ganz ruhig an der alten Frikadelle, an der eine feuchte Serviette klebte.

Oh Gott, er weiß nicht, was er isst. Wie absurd, ich bin zu ihm gekommen, und er ist schon praktisch weg. So weitreichend habe ich mein Leben verändert, und jetzt stehe ich hier und kann nichts beeinflussen, als ob ich nicht da wäre. Und er isst einfach eine Frikadelle.

»Ich muss dahin fahren, sonst habe ich keine Arbeit«, redete er mit der am Mund klebenden Serviette. »Ich kann zwischendurch etwas anderes suchen, aber in meinem Alter ist es schwierig.«

»Ich gehe mit dir dahin«, sagte sie, und nahm den Schnipsel von seinem Mund zärtlich weg.

»Ich kann dich nicht mitnehmen, weil alles noch unsicher ist, und ich zurzeit keine Wohnung für zwei Personen mieten kann. Außerdem hätte ich sowieso keine Zeit für dich. Am Anfang werde ich viel arbeiten, weil ich mich einarbeiten muss. Wenn ich das nicht schaffe, fliege ich wieder raus. Wir werden uns am Wochenende treffen«, sagte er, während Rest vom Kaffee auf seine Hose tropfte.

Sogar darauf reagierte sie nicht, trank nur schweigend den kalten Kaffee. Das war ihre aktuelle Lage: Er war schon fast abwesend, gleich wird er ganz weg sein, sie selbst war gerade aus ihrem Land zurückgekehrt, wo kein Platz mehr für sie war, zurück in dieses leere Haus. Dieses Haus war schon ein leeres Käfig für sie. Alles schloss sich um sie herum, wie ein Ballon. In ihrem Land war sie immer von vielen Leuten umgeben, hier kannte sie niemand. Warum sollten sie sich nur so selten treffen, brauchte er sie überhaupt noch?

Ich bin der blaue Elefant, der weggeworfen wurde, dachte sie am ersten Abend nach seiner Abreise, als sie einzuschlafen versuchte. Morgen muss ich mein neues Mandala malen, eins ins Ungewisse, ohne Ende. Die Vorstellung des Mandalas hatte sie aber beruhigt, sie schlief ruhig ein.

Kamerablitz

Nach einiger Zeit lud Michael sie nach Stuttgart ein.
»Ich habe meine neue Wohnung schon halbwegs eingerichtet, du wirst sehen, alles wird gut ... Wie ein Ausflug ... Du lernst eine neue Stadt kennen ...«
»Langsam habe ich es satt, zu erkunden ...«
»Beschwer dich nicht. Gut, dass ich nicht arbeitslos bin.«
Bereits aus der Ferne konnte sie diesen auf den Hügeln gelegenen Stadtteil sehen. Auf einem Hang rankten sich hoch die Weinberge. Michael hatte seine Wohnung in einem Villenviertel gemietet. Die Besitzer luden sie zum Abendessen ein, das sie in ihrer Labor-Küche zubereiteten. Sie hatten an dem gemeinsamen Brutzelwerk viel Freude, fügten reichlich ausgefallene Kräuter und Gewürze hinzu, in der Luft waberte ein exotischer Duft. Währenddessen lachten sie glücklich, berührten sich leicht. Es war so harmonisch, voll von gegenseitigen Gefühlen, dass Anna kaum an die andere Geschichte der Gastgeber glauben konnte. Als sie Wein tranken, redeten sie offen darüber. Sie lebten zusammen, aber jeder von ihnen hatte eigenen Partner. Klaus zeigte stolz ein Foto von einem jungen Mann, der ein Sänger im Chor war, den er dirigierte, und Wiebke präsentierte ein Foto von einem jungen Mann im Alter ihres Sohnes. Dann redeten sie viel über ihre gemeinsame Tochter und über den Sohn, die beiden hatten noch keine festen Partner. Der Abend war sehr sympathisch, aber nach den immer wieder gelüfteten Geheimnissen war Anna durcheinander. Alles schien ihr instabil zu sein, und immer wieder drohte eine neue Enthüllung. Und gerade das machte den beiden offenbar Spaß.
»Michael, fühlst du dich hier nicht einsam?«, wollte Anna wissen.
»Es gibt ein paar Personen, die sich mit mir gerne anfreunden

möchten. Wir haben eine Einladung zu ihrer Party bekommen. Das sind offene Leute und an anderen interessiert. Sie möchten dich kennen lernen.«

»Ich treffe deine Freunde gerne, aber es ist schon etwas schade um einen Abend, den wir auch nur zu zweit verbringen könnten.«

Schon als sie den Hügel herauffuhren und das Tor zum Garten betraten, fühlte sich Anna unruhig. Sie hatte nicht so viele Gäste erwartet. Sie schaute, wie die Damen angezogen waren, sie wollte nicht schlecht ausfallen. Sie hatte ihre Kleidung selbst zusammengestellt, aber nach Michaels Rat, diese sollte schlicht, aber elegant sein, in gutem Stil, am besten Hose und Jackett, Röcke und Kleider waren nicht in, vielleicht war das eine Reaktion auf die langen Kutten der Türkinnen. Anna kannte hiesige Sitten noch nicht.

Auf dem Patio vor dem riesigen, alten Haus waren ein paar Parkplätze noch frei. Der Gastgeber begrüßte sie sehr herzlich und stellte sie direkt den Nahestehenden vor. In der Vorhalle standen schon Gäste mit Sektgläsern in den Händen. Nach kurzen, formalen Gesprächen gingen alle in den Salon, wo der Sohn der Gastgeber ein kurzes, klassisches Gitarrenkonzert zum Besten gab und die Tochter eine romantische Schubert-Arie sang. Dann gingen alle ins Esszimmer, wo auf den Tischen Platten mit den Häppchen standen. Alle füllten schnell ihre Teller. An den kleinen Tischen konnte man sich gut unterhalten. Am Anfang begleitete Michael sie noch, aber später lernte sie auf eigene Faust die anderen Gäste kennen. Es war gut so, sie wollte nicht ausschließlich als Beiwerk ihres Mannes angesehen werden. Sie wollte auch ein paar Worte über sich selbst sagen.

Sie entdeckte unter den Gästen eine junge Frau ihrer Nationalität, die ihr sehr sympathisch war. Tamara erzählte ihr, dass sie als Sprechstundenhilfe in einer Zahnarztpraxis arbeiten, aber doch etwas Besseres suchen würde.

Die Atmosphäre wurde lockerer, als das Tanzen begann. Anna sah Tamara plötzlich wieder in der Mitte des Salons. Sie tanzte leidenschaftlich, sinnlich und alle schauten nur auf sie, sie erregte schnell ihre Aufmerksamkeit. Ihr Tanz war frei, unabhängig, ekstatisch. Danach gingen viele Männer hin, um ihr zu gratulieren. Auch Michael war dabei, und Tamara fing an, mit ihm demonstrativ zu flirten. Er war angeheitert und fühlte sich geschmeichelt, dass er so ausgewählt wurde. Tamara war eine wirklich sehr hübsche junge Frau.

Sie trug ein rotes, fleischiges Kleid aus Strickwolle, das perfekt ihren knackigen Po, ihre sportlichen Beine und die formschönen, kleinen Brüste betonte. Auf dem Foto, das Anna später von ihnen beiden machte, schaut Tamara mit einem leicht geneigten Kopf direkt ins Objektiv und lächelt mit halb geöffneten Augenlidern, so als ob sie etwas versprechen würde. Sie verhielt sich so, als ob sie jeden um den kleinen Finger wickeln konnte. Vielleicht war das ihre Rache für alle Erniedigungen, die sie hier erleben musste. Sie verhielt sich plump, und das wurde von den Anderen meistens als eine Bereicherung für ihren subtilen Geschmack betrachtet.

»Jeder Mann ist wie ein Hund«, zischte sie leise zu Anna, und um das zu bestätigen, setzte sie sich auf Michaels Schoß. Michael war beschwipst und schwer begeistert. Er berührte ihre Brust, aber auf dem Foto sah das so aus, als ob es nur eine lockere Pose eines Paares gewesen wäre, das zusammen auf einem Sofa gesessen hatte.

Ach, das ist keine große Sache, nur ein bisschen Spaß, Anna. Es ist schon so, dass der Mann wie ein Hund ist, und es ist keine Sünde, wenn er mit mir seine echte Natur findet«, sagte Tamara zu Anna ungeniert. Michael lachte mit, ausweichend gab er zu, dass er ein bisschen Toleranz brauchte, und Eifersucht provinziell wäre.

Anna fühlte sich in dieser Welt verloren. Es überschnitten

sich Bilder aus Zeitschriften, aus dem Fernsehen: Liebschaften, Affären, Partnertausch. Das alles verkaufte sich gut.

In diesem Moment befand sich Anna an solcher Stelle des Textes, der den Autor selbst führt. Es ist eine Stelle, wo die Worte sich miteinander verhaken. So entstehen weitere Bilder, die wie im Blitzlicht aufflackern und Geschichten einführen, die dann plötzlich stocken. Alles wird beherrscht von Ellipse, Unklarheit, Andeutung und von etwas Unvollendetem.

Auch in dieser Liebesgeschichte musste etwas Unerwünschtes dabei sein. Anna wusste das sehr gut. Die dreißigjährige Tamara in rotem, hautengem Kleid tanzt mit Michael und demonstriert knackige Muskeln.

Jeder Mann ist wie ein Hund, dachte sie und schaute, wie professionell Tamara es tat. Die Fotos zeigten auch die vielen Anderen, die von der Anwesenheit dieses Flittchens ebenfalls angeheizt waren. Der Hund packt die Hündin von hinten und dringt dort hinein, wo es warm ist. Dieser Mann machte das auch, er musterte sie mit seinem Blick und suchte nach dieser Stelle. Dann prüfte er das Material auf ihrem Dekolleté, schüttelte zärtlich den imaginären Krümel ab. Tamara lachte darüber, weil sie wie immer sehr gekonnt diese Natur des Mannes entblößte, es war gut, auch mal alles zu vergessen, in die Biologie zu versinken, in dem Rausch aufzugehen.

Tamara war vulgär, und das angeheiterte Individuum verlor die Selbstkontrolle und träumte nur noch von dem Einen.

Sie wusste, wie schnell Männer zu fangen waren, besonders, wenn sie betrunken waren. Es war genug, dass sie den Rock ein bisschen höher zog und die Beine spreizte und sich so setzte, dass man dahin schauen konnte, was sie nicht zeigte. Sie sah den erwählten Mann so an, dass er das als Erlaubnis verstand.

Tamara benutzte diesen Trick besonders gerne in der Gegenwart der jeweiligen Partnerinnen, die für eine Weile verdutzt waren. Das war ihre Rache für ihr Leben ohne Wurzeln, ohne einen festen Partner. Annas Kamerablitz zeigte die Gesichter der Frauen, sie sahen plötzlich so unsicher, so beschämt aus.

Die Männer wirkten wie aus Emil Noldes Bildzyklus über die heilige Maria Aegyptica – »Im Hafen von Alexandria«. Ihre Gesichter drückten nur eine erotische Anspannung aus, sie hatten erglühte Wangen, ekstatische Augen, geöffneten Mund, glänzende Zähne und nur den einen Gedanken, den sie nicht mehr ignorieren konnten.

Maria aus Ägypten tanzt, sie spielt mit dem Feuer. Ihr Körper zittert gelb und rot im Tanz, ihre rosafarbene Bekleidung rutscht an den Hüften hinab. Maria ist ganz in sich selbst vertieft, ihre Bewegungen erregen die lüstern lächelnden Männer. Unter den Blicken dieser Meute tanzt sie selbstvergessen, mit entblößten Brüsten, zerzaustem Haar, halbnackt. Im Tanz steigt sie nach oben, in die violette Weite der Versöhnung.

Danach suchte Anna die beiden nicht, als sie hinter der Tür eines leeren Raumes verschwunden waren. Ihr inneres Blitzlicht beleuchtete alles. Das war eine notwendige Spannung in diesem Moment dieser Erzählung, denn wer hätte diese Geschichte sonst weiter verfolgen wollen? Was für ein Material für eine Story – ein durchschnittliches, nicht mehr junges, glückliches Paar. Am Abend kuscheln im Bett, fröhlich aufstehen am Morgen.

Vielleicht war zwischen ihnen nie etwas Wichtiges, wenn er mit dieser Frau so leicht in ein anderes Zimmer gehen konnte. Liebe ist wahrscheinlich nur ein Traum von einem idealen Gefühl. Einmal gefunden, fällt sie sofort auseinander, ist kleiner als die Traumvorstellung von ihr. Es kann sein, dass jede Emanation so ist, wie in der Philosophie Plotins beschrieben: In Erfüllung viel schwächer, als die Idee, von der sie stammt.

Anna schaute auf den Tisch. Der darauf liegende Salat behielt noch die Form eines ganzen Kopfes, der auf der braunen Erde gewachsen war. Damals hatte sich unter dem linken Blatt noch ein kleiner Marienkäfer bewegt, nicht rot, sondern orangefarben. Jetzt half das Salatblatt Anna, sich von der Sache abzulenken, die ihre Illusion zerstört hatte. Draußen, im Garten, war schon Abenddämmerung, in der Fensterscheibe spiegelte sich nicht das rote Kleid von Tamara, es war der violett-silberne Himmel.

Anna ging aus dem Salon direkt auf die Terrasse. Sie wurde von der üppigen Vegetation berauscht. Das Klima war hier wärmer als im Norden. Auch der Garten zeigte, wie es war – vital und ohne Schuld. Die Bäume, die wilden Blumen, das Unkraut wucherten auf dieser fruchtbaren Erde. In der Gartenwelt war nicht viel Platz für die Sünde. Es war nichts als Existenz, Befruchtung, Geburt und Sterben – und wieder Wachstum. Wer weiß, was besser ist – die Blume oder das Unkraut?

Beim Anblick eines Eichhörnchens konnte man denken, dass es ein bewegliches Ende des rostroten Zaunpfahls war. Es saß auf zwei Pfoten und putzte sein Fell, es zitterte, in sich versunken. Es schien, als ob die Zeit sich für eine Weile in dem Garten um das kleine Tier konzentriert hätte. Anna beobachtete die Zweckmäßigkeit jeder seiner Bewegung. Mit ganzer Kraft konzentrierte es sich auf den Garten. Die kleinen, wilden Stiefmütterchen, deren Violett mit dem Abend immer mehr kondensierte, verschwanden auch langsam in der Dunkelheit.

Sie erinnerte sich plötzlich an das Lied über die dummen Austern:

»Das gute Brot«, das Walross sprach,
»Ist nötig, erst einmal:
Pfeffer und Essig noch dazu,
Damit nicht schmecke schal.
Seid ihr bereit? Dann, Austerchen,
Beginne jetzt das Mahl«.

»Doch nicht mit uns«, die Austern schrien
Und färbten sich ganz blau:
»Nach so viel Freundlichkeit wär das
*Gemein von Euch!« – »Genau!«*4

Anna kehrte zur Party zurück, sie machte ein Foto von Tamara zusammen mit Michael, die gerade aus dem Nebenzimmer zurückgekommen waren. Dieses Foto gehört auch zu ihrem gemeinsamen Garten.

Im Hotel, als Michael noch schlief, stand sie auf und zog sich an. Sie packte ihre Sachen, zufrieden, dass er noch schlief, weil sie keine Lust auf Gespräche, auf dämliche Erklärungen hatte. Bis zur Zugabfahrt hatte sie noch ein paar Stunden. Sie ließ ihr Gepäck am Bahnhof zurück und fuhr Richtung Schloss Solitude auf dem Hügel über der Stadt. Von dort aus konnte man die Stadt aus der Vogelperspektive sehen. Unter ihren Füßen öffnete sich die Hauptstraße, das Schloss, der Dom auf dem großen Platz, das Rathaus, und sie sah sogar den Turm mit dem Mercedes-Zeichen. Sie drehte sich um und betrachtete die Treppen aus Holz, auf denen die Fragmente von Hermann Hesses »Stufen« eingeschnitten standen.

»Es muss das Herz bei jedem Lebensrufe
Bereit zum Abschied sein und Neubeginne,
Um sich in Tapferkeit und ohne Trauern
In andre, neue Bindungen zu geben.
Und jedem Anfang wohnt ein Zauber inne,
Der uns beschützt und der uns hilft zu leben.
Wir sollen heiter Raum um Raum durchschreiten,
An keinem wie an einer Heimat hängen.«

Wie ein Spieler, der auf die falsche Karte gesetzt und alles verloren hatte, so fühlte sich Anna. Am Bahnhof waren nicht viele Reisende. »Du wirst mal ein Haus auf Rädern haben«, hatte Michael einmal im Streit gesagt. Solche Häuser haben die Romas, dachte sie. In der Kindheit hatte sie einmal »Zigeunerwagen« gesehen, die durch ihr Städtchen gefahren waren. Als sie angehalten hatten, war sie zum Fenster hochgeklettert und hatte kurz ins Innere geschaut. Auf rotem Plüsch hatte eine Roma-Frau in langem, buntem Rock gesessen und mit einem kleinen Jungen gespielt. Drinnen war es gemütlich und gleichzeitig außergewöhnlich gewesen. Die Welt jenseits des Fensters war an ihnen vorbeigezogen, und der dunkelhaarige Junge hatte die Mutter angelächelt.

Anna stieg in den Zug ein und dachte, dass sie das Haus auf Rädern nicht erschreckte. Sie mochte das Wandern, das half bei plötzlichen Wechseln des Glücks. Sie fühlte das unsichere Wackeln und Rattern des Zuges im Bauch, so wie Alice im Wunderland.

»Ich gehöre überhaupt nicht zu dieser Eisenbahngesellschaft – ich war eben gerade noch in einem Wald – und ich wollt›, ich könnte dorthin zurück!«

»Darüber könntest du einen Witz machen«, sprach das Stimmchen dicht an ihrem Ohr: »irgendetwas mit ›ich wollt‹, ich wär im Wald«(…).

Im nächsten Augenblick spürte sie, wie sich der Waggon geradewegs in die Luft erhob«.[5]

Der Zug fuhr weiter und zerschellte nicht unterwegs, als Anna schlief oder eher wie erstarrt da lag. Auch wollte keiner ihn in die Luft sprengen. Sie stieg am Hauptbahnhof aus, und sie wusste, es gab keinen Menschen, mit dem sie reden konnte.

Sie blieb alleine. Sie nahm keine Telefonate an, sie wollte die Einsamkeit bewusst erleben.

Auf der Spitze

Sie saß auf der Terrasse ihres Hauses, schaute ins Grüne des Gartens und auf die Dächer der Nachbarhäuser in der Ferne. Die große Stadt war um sie herum, aber hier spürte man das nicht. Durch die Quellwolken schlug sich ein massiver Jet. Der Flughafen war in einem anderen Stadtteil, aber irgendwo oben verlief der Luftweg von Süden. Früher mochte sie den Lärm der Flugzeuge, weil es für sie ein Zeichen der Existenz von anderen Ländern war. Aber im Moment schien ihr die Welt zu groß zu sein, dehnte sich aus, während sie für sie gleichzeitig leer, uninteressant blieb.

Sie zog sich ins Haus zurück, schaltete den Fernseher ein und nahm ihren Teller.

Neuerdings konnte sie kaum essen, mechanisch bereitete sie die üblichen Mahlzeiten vor. Sie stopfte sich das Schweinskotelett mit Kartoffeln und frischem Schnittlauch aus dem Garten in den Mund, schaute dabei ein zufälliges Programm. Das war interessant – eine Werbung, gut gemacht ... Die Familie kostet, rund um den Tisch versammelt, die von der Frau liebevoll zubereitete Suppe: Alle brummen zufrieden – mhh ... mhh ..., so, weil man den guten Geschmack im Film nicht anders darstellen kann. Ihre Bekannten machten das nach, weil sie dachten, dass es zum guten Ton gehörte.

Eine schicke und geschickte Hausfrau wischt die Flecken auf dem Boden mit dem »Proper« flink ab, und die besten Plexiglasplatten verwandeln das Licht in der neuen Hausorangerie in einen Regenbogen. Es steht noch nicht so schlecht um mich, die Kunst der Analyse erlaubt mir eine Distanz zum Fernsehen, und die Kartoffeln mit Schnittlauch schmecken mir auch.

Wo finde ich die größte Distanz zu meiner Situation? Vielleicht klettere ich auf das Dach und von dort schaue ich auf meine Lage hinab?

Sie stieg in das höchste Stockwerk des Hauses hinauf und von dort mit der Leiter weiter aufs Dach und setzte sich rittlings darauf. Von oben herab schaute sie auf das nächste Gelände. Am Abend sehen die Leute fern, also merken sie nicht, wie meschugge ich bin.

Ruhig schaute sie vom Dach aus auf die geraden Häuserreihen aus dunklen, gerippten Ziegeln. Die Quadrate der Gärten trafen aufeinander und bildeten zusammen große grüne Flächen, von den Streifen der Asphaltstraßen durchschnitten. Riesige Bäume – Tannen, Kiefern, Fichten, manchmal auch Lärchen, standen an den Grenzen der Gärten, es gab keine Zäune. Sie konnte mit dem Blick zwischen den Bäumen locker von einem Garten zum anderen schweben. Es war still, nur die Vögel zwitscherten, und als ein starker Wind vom Meer herüber wehte, knarrten die großen Stämme. Solche Bäume waren in ihrem Land selten, weil viele im Krieg zerstört worden waren, von Leuten aus diesem Land, in dem sie sich jetzt niedergelassen hatte.

Sie schaute auf das Nachbarhaus mit der Veranda. Durch das Glasdach schimmerte ein violettes Neonlicht. Die Nachbarin und ihre Tochter beugten sich über den Tisch, holten etwas heraus und lehnten sich wieder zurück. Sie nahm das Fernglas und sah auf dem Tisch viele Parfümproben, welche Kundinnen manchmal in Parfümerien als Geschenk bekommen. Diese füllten die ganze Tischplatte aus. Sie nahmen sie nacheinander in die Hand, rochen daran, legten sie wieder hin und sortierten entsprechend. Dass ihnen von den Düften nicht schwindlig wird, dachte sie, und ihr selbst wurde schwindlig. Die Situation war so eigenartig, dass sie über ihre Probleme nicht mehr nachdachte. So merkwürdig, dass man so viele Parfümproben sammeln konnte, dachte sie, und versuchte, sie zu zählen, aber der Fensterrahmen im Dach der Orangerie war zu breit, um alles sehen zu können. Sie musste ihre Beine stark zusammendrücken, um sich rittlings sitzend auf dem Dach festzuhalten. Nächstes Mal muss ich eine Decke mitbringen, dachte sie, nahm wieder das Fernglas und schaute in das Fenster des Hauses nebenan. Zwei ältere Menschen lagen nebeneinander, aneinander gedrückt, sie umarmten sich. Beschämt versteckte sie das Fernglas. Man darf so etwas nicht tun.

Es waren viele ältere Paare hier, die, nachdem sie ihre Kinder großgezogen hatten, einander neu entdeckten oder jeder einen neuen Partner fand. Die Suche nach dem richtigen Partner oder der Partnerin war hier auch im Alter weit verbreitet. Früher war ein sechzigjähriger Mensch ein Greis, heutzutage fühlte er oder sie sich noch jung, war noch ausreichend neugierig, um sich für eine formelle oder nicht formelle Beziehung zu entscheiden.

Die Nachbarn da waren »nicht formell«, aber was bedeutet das überhaupt, dachte sie. Das war gerade diese Hippie-Generation, die in den Sechzigerjahren gegen den alten Lebensstil protestiert hatte. Heute waren diese Leute um fünfzig, sechzig. Das Neue an den Beziehungen dieser Menschen war, dass sie weniger darüber nachdachten, wie man das formalisieren sollte, wie ihre Beziehung sein sollte, sie waren einfach zusammen, solange es gut für sie war, ohne sich mit den Zeitrahmen festzulegen. Ihre eigene Zeit war ja auch nicht bestimmt, sie konnte durch Krankheit oder Tod unterbrochen werden. Das, was sich zwischen ihnen entwickelte, war meistens ohne Pläne geschehen, weil sie schon kaum an irgendwelche Rezepte glaubten, die ihre Probleme lösen konnten.

Sie ging vom Dach herunter, öffnete die Tür zur Terrasse, die Luft aus dem Garten strömte hinein. Beruhigt, erinnerte sie sich an eine Strophe aus einem Gedicht von William Blake –»Wären die Pforten der Wahrnehmung gereinigt, erschiene den Menschen alles, wie es ist, unendlich.«

Sie fühlte sich nicht mehr wie in einem unsichtbaren Käfig.

Sie war hier, um ohne Furcht zu leben, um die Welt zu sehen, wie sie war – unendlich.

»Das Leben ist so wunderbar, Anna, auch wenn es nur eine Existenz von Minute zur Minute ist«, gestand ihr mal dieser Clochard Richard. »Es ist am schwierigsten sich daran zu gewöhnen, dass es nichts mehr gibt, als dass ich existiere, schlafe, zu den Sternen hinauf schaue, wenn ich auf der Nachtwache bin. Ich warte auf den Frühling, wie ein Vogel, weil man dann leichter überleben kann. Die Intensität unserer Existenz ist nur von uns selbst abhängig. Ich lebe ja intensiver, als derjenige, der von morgens bis abends irgendwelchen Verpflichtungen in ungewollter Arbeit nachgeht, bei der er nur ausgenutzt wird. Er macht das, um zu leben, und meine Bedürfnisse sind minimal, und ich lebe davon, was sich zufällig anbietet.«

Oh, wie fehlt mir dieser Clochard gerade, obwohl ich ihn nur so kurz kannte, dachte Anna, und schaltete das »Musikalische Opfer« von J.S. Bach an. Sie versuchte die Tanzschritte zu machen, weil die Musik mit ihren regelmäßigen Wiederholungen sie dazu ermutigte. Charakteristisch für den Barock waren manche Motive, die immer wieder auftauchten, man konnte zwischen den Tönen die mathematisch gesetzten Pausen spüren. Das war kein plötzlicher Aufstieg wie bei Wagner, aber Anna hatte zurzeit genug von starken Gefühlen, von der Leidenschaft. Ruhiger Schlaf war das Einzige, wonach sie sich momentan sehnte.

Die Feder

Am nächsten Tag wollte Anna unbedingt wieder unter die Leute kommen, aber nicht in einem Café. Sie fuhr zu einer nahe gelegenen Sauna, weil es dort sicher warm und gemütlich war.

Eine riesige Gartenlandschaft wurde dort erschaffen, mit Teichen und künstlichen Kanälen, die aus dem Schwimmbad auch nach draußen führten. In dem warmen, dampfenden Wasser waren einige Personen. Anna ging in das Gebäude hinein, weil es draußen kühl war. Drinnen, in der Landschaft aus künstlichen Gärten, spazierten nackte Menschen herum, manche sammelten sich an den kleinen Snack-Bars, um etwas zu essen und zu trinken. Es waren meistens ältere Leute, die jüngeren arbeiteten ja um diese Zeit. Als Anna in die Sauna hineinkam, saßen dort nur Männer, da wollte sie sich in ihrer eigenen Haut verstecken. Nach einer Weile merkte sie, dass kaum jemand auf sie schaute, höchstens neutral und diskret. Niemand genierte sich wegen seines Alters, niemand kokettierte mit der Jugend.

Irgendwann kam eine seltsame Person, stämmig und hoch und mit einem Tuch um die Hüften herum, in die Sauna. Anna dachte zuerst, dass es ein Mann war, aber dann lächelte diese Person sie warm und zart an. Eine ältere Dame in der Sauna, dachte sie, und schaute sie aufmerksam an.

»Ich komme von Zeit zu Zeit hierher, weil ich nicht weit weg wohne. Hier kann man sich sehr wohl fühlen. Nach der Sauna – das kristallklare Wasser und der Anblick des Himmels. Und wenn es wieder kühl wird, kehrt man in die nach Holz duftende Wärme zurück.«

Anna ging aus der heißen Saunaluft nach draußen und tauchte in das kühle Wasserbecken ein. Die Kälte umgab sie wie eine Eiskugel, die langsam auftaute. Sie merkte plötzlich, dass auf der Kante des Beckens diese stämmige Frau saß, die sie vorher in der Sauna getroffen hatte. Wahrscheinlich hat sie mir die ganze Zeit zugeschaut, dachte sie widerwillig.

»Ich habe zugesehen, wie du schwimmst. Du solltest beim Brustschwimmen dein Kinn tiefer eintauchen.«

»Ich schwimme zum Spaß und mag kein Wasser in der Nase haben.«

»Hast du ein bisschen Zeit? Wir könnten zusammen einen Kaffee trinken.«

»Wohin gehen wir?«

»Nicht weit von hier gibt es eine Orangerie, dort ist es warm, und die Papageien kreischen. Dort kann man Kaffee trinken und ein bisschen quatschen.«

»Gut, das wird mein neuer Ort auf der Stadtkarte sein.«

Sie setzten sich in die Korbsessel und bestellten etwas zu trinken. Anna schaute auf das seltsame Gesicht ihrer neuen Bekannten, das manchmal männlich zu sein schien, und dann wieder in einem einnehmenden, warmen und sehr weiblichen Lächeln dahinschmolz. Die anfängliche Unsicherheit störte sie, aber sie war gleichzeitig fasziniert.

»Ich wollte meine Freundin Heike hierher bringen, ihr ist die Gebärmutter entfernt worden, und sie kann sich seitdem nicht aufrappeln. ›Nein, ich komme nicht mit, ich bin zu alt, um mich zu zeigen, ich mag meinen Körper nicht‹, sie sucht ständig nach weiteren Ausreden. Ich sagte zu ihr, versuche deine Grenzen zu überwinden, die nur in dir selbst existieren.«

»Bist du für die Überwindung der Grenzen zuständig?«, fragte Anna an ihrem Campari nippend.

»Ich musste viele Grenzen überschreiten, besonders die in mir selbst.«

»Langsam spüre ich das Alter, das wird sich mit der Zeit ja noch verstärken. Und ich wurde wahrscheinlich von meinem Partner verlassen.«

»Du bist immer noch eine hübsche Frau, Anna«, sagte Karin, und sah sie mit echter Begeisterung an. »Ich zeige dir das gleich. Darf ich dein Porträt skizzieren?«. Sie nahm ein Notizbuch und einen Pinsel in die Hand und zeichnete schnell, mit runden Strichen. Gleichzeitig sprach sie über sich selbst.

»Immer habe ich Papier und Bleistift bei mir, das hier ist mein Notizbuch«, sagte sie, und zeichnete verschiedene Striche, runde und halbrunde, gerade und kurvige. Das ist meine Art und Weise, die Welt und die Menschen darzustellen.

»Zeichnest du mit den kleinen Federn?«

»Ja, weil wenn ich zu zeichnen beginne, bin ich mir nicht über alles im Klaren, und viel ändert sich nachher noch. Jetzt berühre ich mit diesen Federchen dein Gesicht. Ich kenne dich nicht, aber ich ahne einiges. Vielleicht füge ich dem Bild irgendwann gerade starke Striche hinzu, oder ich beende es überhaupt nicht.«

Anna schaute ihr über den Arm. Ihr Gesicht wurde mit winzigen Federn gezeichnet und tauchte aus dem Wasser auf, das hatte auch eine federartige, flinke Beweglichkeit an sich.

»Ich zeichne seit Jahren, früher habe ich viele meiner Bilder verkauft, aber jetzt muss ich mich nicht mehr damit beschäftigen.«

»Hast du viele Freunde?«

»Ja, aber ich habe keine Familie, nahe stehen mir nur die Menschen meiner Wahl. Ich bin aber vor allem die Irre, die immer etwas zeichnen muss.«

»Warum machst du das ständig?«

»Das ist mein privates Skizzenheft, es lässt mich immer mein Gleichgewicht wieder finden, ich reagiere auf vieles zu stark. Ich habe diesen Zeichenblock immer bei mir. Schau mal her, das ist der Zyklus, Berührungen ‹.«

Anna blätterte die auf einem grauen Papier gefertigten Zeichnungen durch. Aus den Linien des Kohlenstiftes entstanden

Personen, die in der Luft tanzten, manche waren so miteinander verknotet, dass man sie nicht auseinander halten konnte.

»Wenn ich zu empfindlich reagiere und mich von etwas betroffen fühle, dann nehme ich meinen Stift und fange an, das Papier damit zu berühren«, erzählte Karin und schaute Anna schalkhaft an.

Sie mussten beide lachen, weil auf einer Zeichnung die Leute an Ringen zu turnen schienen.

»Nimm sie herunter, das ist ja sehr anstrengend«, lachte Anna.

Karin zeichnete schnell einen Käfig auf Rädern, ihre Hände verwandelten sich in Gitter, und die freien Wesen wurden plötzlich zu Gefangenen.

»Du hast sie eingeschlossen, aber ihr Käfig hat Räder?«

»Mein Haus ist auch eins auf Rädern, und stets unterwegs … Ich habe auch mein bürgerliches Heim, da kann man aber nur sterben«, gestand Karin.

»Ich kann mir mein Haus auch nicht vertraut machen.«

»Hm … Es ist schwierig, eine Stabilität zu erreichen … Alles verändert sich, und wir werden alle älter«, zwinkerte sie ihr fröhlich zu. »Dabei können wir nicht so leicht weggehen und etwas Neues anfangen, nicht wahr?«

Sie zeigte Anna ihr fertiges Porträt. Sie schien darauf älter zu sein, aber ihr Gesicht war erfüllt mit Licht.

»Schenkst du mir diese Zeichnung zur Erinnerung?«

»Ja, aber ich entscheide, wann. Jetzt noch nicht …«

Nächstes Mal traf Anna ihre neue Bekannte in deren Jugendstilwohnung, an der Grenze zwischen Eppendorf und Harvestehude, in einem der schönsten Stadtteile. Die Wohnung lag oben am Isebek-Kanal, der in die Alster mündet Karin bewohnte ein ganzes Stockwerk im Dachgeschoss. Es schien, als ob die Wohnung über der Stadt hinge. Durch riesige Wandfenster eröffnete sich die Sicht auf den Klosterstern mit dem spitzen Turm der Nikolaikirche. Anna schaute verzaubert auf die Architektur der Stadt. Die Hauptstraßen – die Rothenbaumchaussee und der Eppendorfer Baum – trafen am großen runden Platz sternförmig mit anderen Alleen zusammen. Alle Wege waren entlang ihrer Strecke mit verschiedenen Bäumen bepflanzt, darunter auch Platanen und Kastanien. Die Sicht in die andere Richtung schloss sich mit einem großen See – dem Alstersee, mit Brücken und einer Parkanlage ringsherum. Obwohl im Stadtzentrum, war es dort sehr ruhig. Der Lärm verlor sich irgendwo in den Gärten zwischen den Villen.

»Ein prächtiger Ort und eine wunderschöne Architektur vor einem grünen Hintergrund«, sagte Anna.

»Dieses Gebiet wurde vor mehr als hundert Jahren auf die Stadt übertragen, und in dem Kontrakt wurde garantiert, dass die besonderen Werte der Natur, der Landschaft, auch des Lebensstils der Bewohner, erhalten werden«, erwähnte Karin.

»Denjenigen, die das bezahlen konnten. Wie fühlst du dich zwischen den reichen Leuten?«

»Ach, das ist wahrscheinlich nicht so, wie du denkst. Man lebt hier sehr frei, ungezwungen, das heißt doch, unter uns‹. In dem Buch über unsere Stadt kannst du nachlesen: ›Sie leben in Gleichheit von Personen mit höchstem Gehalt, auch artistische Boheme, Leute des Erfolgs«, so schürt man den Snobismus. Im Alltag ist es hier so wie anderswo, man zieht den alten Pullover an und man joggt, beim Rausbringen der Mülltonne – ein kurzer Schnack mit den Nachbarn. Für viele hier ist das die einzige Realität, die sie aus der Kindheit kennen. Sie denken nicht darüber nach, es sei denn, sie müssten das hier verlassen. Was schaust du mich so befremdet an?«

»Ich gehöre nicht in eine solche Welt …«

»Ich habe auch nichts dazu beigetragen, ich habe diese Wohnung geerbt. Komm, lass uns auf die Terrasse gehen, um das Thema zu wechseln.«

Von hier aus konnten sie über das Wasser des Kanals schauen und eine kleine Anlegestelle für Boote und Kajaks sehen.

»Das kleine Paddelboot ist meins«, zeigte Karin.

»Fährst du oft damit?«

»Seit einiger Zeit weniger, manchmal nur sehr kurz in Richtung Krugkoppelbrücke. Ich mag es sehr, mich durch die Brücke hindurchzuzwängen, den Anblick des Wassers im Brückenbogen eingerahmt zu betrachten. Schau mal, in diesem Mäander ist eine Ente mit ihren Küken«, sagte Karin, und umarmte Anna zärtlich. Diese rückte intuitiv ab. Karin lächelte verständnisvoll und sagte:

»Ich zeige dir meine Wohnung und die Bilder«, und zog sie schnell hinter sich her.

Anna hatte den Eindruck, dass Karin sich entweder sehr beeilte, um ihr alles, was ihr wichtig war, zu zeigen, oder dass sie völlig konsterniert war und versuchte, ihre Verlegenheit zu verbergen. Sie war wie auf Sprungfedern, so wie die Gestalten aus ihren Zeichnungen. Mit barocken Sentenzen erklärte sie die Landschaft, sie sprach so viel, dass Anna sich das alles nicht merken konnte. Sie spürte Karins Unruhe, während sie selbst nur an diese Umarmung dachte.

»Ich bin eine ältere Dame und werde mich nicht wie ein verführtes Mädchen verhalten.«

Im Salon standen auf den Möbeln neben alten Bronzefiguren moderne Skulpturen aus verschiedenen Orten der Welt. Karin berührte manche schnell und kommentierte dabei – die galoppierenden Pferde stammten aus Arabien, die kleinen Lithografien aus Jugoslawien, das barocke Bild aus Italien. Sie ging die verschiedenen Stilrichtungen glatt durch, so wie auf den Reisen zu den Objekten, die sie fasziniert hatten, und die sie in eigenen Besitz hatte nehmen wollen.

In der Wohnung, die mit dem Atelier verbunden war, war es sehr hell, weil eine Wand und das Dach des Ateliers aus

Glas waren. Die weißen oder hellblauen Möbel bildeten eine Ausstellungsfläche für zahlreiche Reisefotos und kleine Gegenstände, wie die kleinen Menschenfiguren aus Ebenholz auf dem Mahagonisekretär. Als Gegensatz dazu stand ein schlichter Bauernsessel. Karin war schon dabei, eine Flasche Wein aus dem Kühlschrank zu holen, als Anna noch die Fotolandschaften aus Spanien bewunderte, die als Wandfliesen fungierten.

Mit dem Wein in der Hand führte Karin Anna durch ihr Atelier. Das Licht tanzte in dem Getränk.

»Das, was ich dir im Schwimmbad gezeigt habe, das war nur mein Notizbuch. In letzter Zeit interessieren mich große Porträts.«

Mit jeweils kurzem Kommentar zeigte sie Anna ein Porträt nach dem anderen, alle fast monochromatisch mit dunkler Tusche und heller Farbe gemalt.

»Sie entstehen in einer psychofotographischen Sitzung, meine Modelle setzen sich bequem hin und dürfen in Hypnose oder in Schlaf versinken. Das erste Stadium in diesem Prozess sind die fotographischen Porträts, die mache ich während solcher Treffen. Nachher bearbeite ich sie in meiner Fantasie und versuche, die versteckte Natur meiner Objekte zu entdecken.«

»Sollte auch ich ein solches Objekt sein?«, fragte Anna.

»Nein, du bist mein Geheimnis, meine letzte Entdeckung. Deshalb bin ich so direkt und so in Eile. Diese Porträts-Dokumente habe ich auch erst neulich entdeckt. Ich suche in einem Menschen das, was heimlich in ihm steckt.«

»Möchtest du auch in mir etwas entdecken? Es gibt nichts Interessantes, du weißt ja alles. Ich habe dir auch die letzte Geschichte erzählt. Sie ist ja sehr platt und unbequem.«

»Anna, du weißt ja selbst nicht, wie es eigentlich war. Du bist geflohen, weil du dich wie eine abgesetzte Prinzessin gefühlt hast. Ach, lass das, es wird sich schon ergeben, es ist nicht wichtig. Es gibt so viele andere Dinge zu entdecken und so wenig Zeit.«

»Was für andere Dinge?«

»Du weißt nicht, wie viel du mir bedeutest. Ich ... bin für dich nur ...«

»Du sprichst so, dass ich dich nicht verstehe, ich möchte mich nicht in etwas verwickeln lassen, was nichts für mich ist.«

»Du verstehst alles richtig. Ja, ich kann nur eine Frau lieben. Aber du brauchst dich nicht zu fürchten. Ich brauche gerade nichts mehr, als nur zu schauen und für eine Weile mit dir zusammen zu sein. Meine Berührung ist nur metaphorisch. Anna, es ist einfach gut, jemanden zu mögen. Gut, dass du da bist, weil es in meinem Leben gerade eine schwierige Phase gibt, aber seit ich dich getroffen habe, denke ich weniger über mich selbst nach und habe einfach Lust zu leben, zu malen. Und es ist mir nicht wichtig, wie lange ich mich daran erfreuen darf. Von meiner Seite wird dir nichts Unpassendes zustoßen. Ich lebe in der Fantasie.«

»Aber ich bin nicht mit irgendwelchen Berührungen einverstanden«, sagte Anna schnell und bedauerte das sofort, weil Karin plötzlich sehr betrübt wurde.

Anna wollte sie umarmen, aber Karin schob ihre Hand weg und antwortete:

»Neuerdings brauche ich auch keine Berührungen mehr ... Das ist alles federleicht, aber du verstehst das alles nicht, weil du mit deiner Unruhe beschäftigt bist. Anna, es droht dir nichts, außer dich nur ab und zu mit mir zu treffen. Du brauchst ja auch einen Menschen zum Reden.«

Seitdem dachte Anna viel an Karin – dass sie wahrscheinlich einsam war, dass sie bei ihr Freundschaft suchte, obwohl sie in dieser Stadt geboren worden war. Es war nicht leicht eine Familie, eine Wahlverwandtschaft zu finden. Karin wurde zu einem Anhaltspunkt für sie, das linderte das Fremdheitsgefühl in dieser unbekannten Welt. Endlich hatte sie in dieser Stadt jemanden gefunden, der ihr Freundlichkeit und Verständnis entgegenbrachte.

Karin wurde für sie wie eine Welle, die neben ihr floss. Es war gut zu wissen, wie diese Welle hieß. Karin hatte ihr erzählt, dass sie vielmals neu angefangen hätte, das war ja eine besondere Gabe. Zuerst mit leichtem Herzen das zu verlassen, was zu dieser Zeit einem wichtig war, und dann von neuem anzufangen.

Die wiederkehrende Welle

Anna öffnete die Tür zur Terrasse. Konzentriert, mit gebeugtem Kopf, nahm sie die Gartengeräusche auf. Ein Garten hat genug Kräfte, um seine zyklische Existenz zu wiederholen. Hier wird nie etwas wirklich beendet, es geht nur durch bestimmte Phasen durch und fängt von vorne an. Der Garten wird erneut erblühen und dann wieder verblühen.

Alles war also möglich, sogar ein neuer Anfang in der Lebensmitte. Karin sah das auch so, sie zeichnete mit Strichen in Form von kleinen Sprungfedern, die die ständige Veränderlichkeit wiedergaben. So sah sie die Wirklichkeit.

Die zyklischen Formen sind sehr wichtig im Leben einer Frau, sie stimmen mit dem Verlauf ihres Lebens überein. Ja, es kann sein, dass sich die weibliche Sicht der Dinge am besten in Form von Kreis oder Spirale darstellen lässt, dachte Anna. Das betrifft auch das Schreiben über die Frau. Sie fing an, über das Geschehen in ihrem Leben zu schreiben, über Träume, Fantasien. Es war hilfreich dabei, das Neue zu verarbeiten, das ihr in diesem Land ständig begegnete. An diese Tätigkeit nicht gewöhnt, musste sie vor allem die richtige Schreibform finden.

Eine progressive Komposition und eine spielerische Jagd nach Geschehnissen stehen zwar in Einklang mit der Organisation der Zeit in der modernen Gesellschaft, aber sie geben die innersten Rhythmen des weiblichen Lebens nicht wieder, dachte sie. Worte und Sätze entwickeln sich progressiv, aber der Erzählfluss kann schon durch Rückblenden und Wiederholungen gekennzeichnet sein. Die Welt, aus weiblicher Sicht dargestellt, kann aus vielen wiederkehrenden Wellen zusammengebaut sein, kann viele innere Bilder, die nur subjektiv sind, enthalten, Bilder, die kommen und wieder verschwinden. Die innere Organisation einer solchen Erzählung kann die Form einer Spirale annehmen. Die Zyklizität ist in der Natur bekannt, auch in der Kultur: bei Feiertagen, in der Wiederholung eines Gebets und in vielen Musikformen.

Das Leben einer Frau ist eine Spirale, mit all den Windungen, die durch die Menstruation und die Menopause gezeichnet sind. Es zeichnet sich auch durch viele Energieschwankungen aus: Selbstbewusstsein neben Melancholie und Entmutigung, außerdem viele Emotionen, plötzliche Erregungen und Zusammenbrüche. Die Persönlichkeit entwickelt sich gleichzeitig auf vielen Ebenen, eine gezielte progressive Entwicklung ist öfter gestört. Die soziale Entwicklung einer Frau führt durch rasche Veränderungen hindurch, kann nicht einem Plan folgen, wie es im Leben des Mannes geschieht. Inmitten des Studiums oder der beruflichen Karriere kommt ein Kind, und ihr Leben folgt einer neuen Ordnung und einer anderen Rolle. Anna wollte nicht über das Leben einer Frau in der progressiven Handlung sprechen.

Eine ähnliche Ausdruckskraft fand Anna in den Werken ihrer neuen Freundin.

Ein Bild von Karin faszinierte sie ganz besonders. Es hatte zwar ein Zentrum und darin irgendwelche Tierfiguren, aber die übrige Fläche war dicht und ohne sichtbare Ordnung mit Pflanzenelementen ausgefüllt. Aus ihnen ragten mal ein Mensch, mal Vögel heraus, gleichermaßen wichtig. Unten im Bild hing eine rote Kugel. Das war ein Bild einer Dauer, ein Sinnbild des Dauerns, nicht in der Geschichte angesiedelt und ohne eine zeitliche oder bedeutungsbezogene Anordnung der Ereignisse.

Anna hatte selbst den Eindruck, dass auch sie nicht der Hauptstrom des Geschehens interessierte, sondern eben das, was irgendwo am Rande war. Wahrscheinlich deswegen treten auch in meinem Leben immer wieder irgendwelche Sonderlinge auf, wie Richard, Yeter-Ayten und jetzt Karin ... Ihnen hatte sie mehr Aufmerksamkeit geschenkt als den »normalen«

Freunden von Michael. Weil gerade dann, wenn es schwierig war, jemanden zu ergreifen, wenn ihr jemand unbestimmt und als nichts Halbes nichts Ganzes erschien, kam ihr eine solche Person sehr wichtig vor.

Ich sollte keine Angst haben, mich mit Karin zu treffen – obwohl sie anders ist als ich. Das bringt mich zwar aus dem Gleichgewicht, aber eine frühere Balance ist sowieso nicht mehr möglich. Ähnlich wie früher Richard und später Inka, ist sie die nächste Person auf meinem Weg hier. Ich darf sie nicht nur deswegen ablehnen, weil ich sie nicht immer verstehe, oder weil sie mich beunruhigt.

Die Ente auf der Alster

Nachdem Karin Anna angerufen hatte, verabredeten sie sich wieder bei ihr. Diesmal waren die Sessel und der Schrank im Atelier mit cremefarbenem Tüll bedeckt. Auf dem Tisch standen frische Blumen, und es brannten viele Kerzen. Karin schaltete Musik ein, mit Meeresgeräuschen und einem Rhythmus ähnlich wie Herzschläge. Alles wurde fast irreal.

Sie schlürften langsam ihren Weißwein, und Karin war in besonderer Stimmung. Sie sagte:

»Ich kann total abschalten, auch bei lautem Straßenverkehr. Ich höre dem Lärm zu, und dann bin ich selbst eine von den vielen Stimmen, die um mich herum sind. Oder ich schaue auf die Wiese und verschmelze mit dem Grün und mit dem Insektenrasseln.

Neulich wanderte ich nachts am Kai und dachte an dich. Ich glaubte nicht, dass du kommst.«

Anna hörte unruhig und gleichzeitig neugierig zu, es war etwas Unberechenbares in dieser Situation.

»Du bist für mich wie ein Eingang ins Licht, du bist ganz anders, als die Personen, die ich kenne. Ich sollte lernen, mich dieser Andersartigkeit gegenüber zu öffnen.«

»Warum?«

»Wenn ich auf die Natur schaue, merke ich, dass sie so unendlich viele Formen beinhaltet, ich benutze einige davon. Die Natur ist so reich. Das lässt uns hoffen, dass nicht alles im Moment des Todes vernichtet wird. Es gibt nicht nur Zerfall und Leere, es muss von dieser Vielfältigkeit ja noch etwas übrig bleiben. Das sind so meine metaphysischen Studien, weißt du.«

»Wir wissen ja, dass es das Ende gibt …«

»Sehr selten erschaffe ich etwas, was sofort vollendet wird«, fuhr Karin fort … Normalerweise fange ich intuitiv mit ein paar Strichen an, und dann entdecke ich das, was ich malen möchte. Das ist meine Art, die Dinge kennen zu lernen«, sagte Karin. »Ich möchte meine Bilder nicht verkaufen. Das, was ich erschaffe, schenke ich in der Zukunft meinen Freunden.«

»Warum machst du dann das alles?«

»Es interessieren mich die Spannungen, die zwischen mir, meinen Erlebnissen, Träumen und dem Material, mit dem ich arbeite, entstehen. Ich benutze Kohlestift, Farbe, Papier oder Leinen, neulich greife ich auch zum Fotoapparat. Das ist meine Art, über den Sinn des Lebens zu meditieren.«

»Bist du religiös?«

»Lass uns nicht über die Kirche sprechen, das ist nichts für mich ... Aber neuerdings interessiert es mich sehr, wie ist es, wenn wir das letzte Mal durch den Tunnel gehen«.

»Sag mal Karin, ist es anders, wenn eine Frau eine andere Frau liebt?«

»Anders ...? Das kann ich nicht beantworten, weil ich keinen Vergleich habe«, lachte Karin. »Die Liebe kann man überall finden, wenn wir imstande sind, unsere Augen zu öffnen und unser Gefängnis zu verlassen. Unser Herz ist größer, als wir denken.«

Ein paar Tage später fand Anna einen Brief von Karin mit Gedichten darin. Karin schrieb:

»Liebe Anna, um deine Fragen zu beantworten, schicke ich dir ein paar Gedichte:

Alles, auf was ich schaute
warst immer du
außerhalb deiner existiere ich nicht
wenn du nicht da bist – existiere ich nicht
Lass mich nur manchmal an dich denken
Und dich sehen, nicht nur in der Erinnerung

Betrachte mich nicht als eine Wahnsinnige
Wasser wäscht alles aus
Wenn du mich mit deinem inneren Auge ansiehst
Ist nicht wichtig, wie ich aussehe
Du schaust auf mich aufmerksam
Bis ins Innere.

Postskriptum: Ich bin nicht so talentiert. Das alles beruht auf den Motiven der Dichtung von Rumi. Kennst du seine Gedichte?

Wollen wir uns heute treffen, bitte. Ich nehme dich an die Alster mit, wir fahren mit dem Kajak. Ich zeige dir unsere Stadt von der Wasserseite aus, du wirst dich wundern.«

Karin kam Anna abholen, obwohl der Himmel sich stark bewölkte. Schwere dunkle Wolken hingen über den Dachspitzen. Die Sonnenstrahlen in den Wolkenspalten sahen aus, wie die Rinnsale eines ankommenden Regens. Es war warm und schwül.

Ob diese gemeinsame Fahrt durch die Kanäle unsere Freundschaft stärken wird?, fragte sich Anna.

Es war wie bei erster Verabredung mit einem Freund. Karin bemühte sich wie ein Junge stärker zu sein, um Anna nicht zu sehr zu belasten. Als sie von dem Kai ablegten, paddelte sie so stark, dass Anna ihren Anteil nur vorzutäuschen brauchte. Karin sah das, und diese Ungleichheit machte ihr Freude. Sie war sehr fürsorglich. Sie hielt den Kajak für eine Weile im Schatten von Gebüschen an und holte zwei Eiscremeportionen aus der Kühltasche. Sie schleckten ihr Vanille- und Schokoladeneis und waren glücklich, dass sie zusammen mit dem Kajak fahren, einen ähnlichen Rhythmus haben und in Stille miteinander bleiben konnten.

»Erinnerst du dich noch, als wir vom Kai abgelegt haben, stand auf der anderen Seite des Kanals ein Angler und zog aus dem Wasser eine in der Sonne glitzernde Plötze«, sagte Anna. »Dieser Fisch ist noch in meiner Erinnerung, aber in Wirklichkeit wahrscheinlich schon auf dem Teller.«

»Sorge dich nicht, die Plötze schwimmt immer noch, hier angelt man zum Spaß und lässt die gefangenen Fische wieder frei.«

Das Wasser gluckerte unter dem Plastikboden des Kajaks, und sie durchquerten die Schatten des Brückenjochs. Vor ihnen öffnete sich ein Kanal mit uraltem Grün. Die Bäume schlossen sich über ihnen zu einem seladongrünen Tunnel zusammen. Nur das Flugzeuggetöse erinnerte daran, dass sie in der Stadt waren. Das Wasser dampfte und bildete einen zarten, warmen Vorhang. Dieser Tunnel war so irreal, als ob er in Computertechnik geschaffen worden wäre – eine virtuelle Welt mit ihnen beiden und einer Ente im Nest mittendrin.

»Die Ente war hier auch schon vor ein paar Tagen«, sagte Karin.

»Hat die Zeit still gestanden?«

Die Ente blieb still, wie erstarrt brütete sie ruhig ihre Eier aus, von keiner anderen Notwendigkeit getrieben.

Anna folgte dem Rhythmus des Paddelns: Ruhige, geruhsame Paddelbewegungen versetzten sie in eine Trance. Dann ruhte sie sich eine Weile aus, während sie sich dem langsamen Strom des sich zwischen den Bäumen schlängelnden Flusses ergab. Als sie den in der Sonne golden schimmernden Tunnel betrachtete, empfand sie ihn als einen ruhigen Weg zur Ewigkeit. Die Vögel waren schon auf diesem Weg, weil der sündenfreie Geist des Schöpfers in ihnen ruhte. Sie waren schon in ihm, ohne das zu wissen. Dadurch flatterten sie von einem Zweig zum anderen, abgesehen von eigenen Bedürfnissen kaum etwas beachtend. Sie waren nur bei sich selbst.

Sie spürte auf sich den liebevollen Blick Karins. Als diese sah, dass Anna nicht mehr paddeln konnte, machte auch sie eine

Pause oder paddelte langsamer. Sie schauten dann gemeinsam um sich herum, bewunderten kunstvolle Gitter der Bäume, oder die Leute in ihren Gärten, die direkt in das Wasser hinabstiegen. Die Sorgsamkeit und die Zärtlichkeit Karins brachten Anna manchmal in Verlegenheit, weil ihre Freundin die männliche Rolle übernahm und so ulkig für sie sorgte.

»Damit habe ich mehr Erfahrung, und ich bin viel stärker als du.«

Sie paddelte so kräftig, dass Anna nur symbolisch mitzumachen brauchte. Es tat gut, bei dieser Kajakfahrt in sich zu versinken, in einen Raum außerhalb der menschlichen Blicke. Die von der Gesellschaft zugewiesenen Rollen hatten hier wenig Bedeutung. Anna war in dieser Situation eine Anfängerin, und Karin führte sie in diese Welt des Grüns ein. Eine weiße Vogelfeder schwamm auf der Oberfläche des Wassers. Sie stand wie ein kleines Segel auf dem zarten Häutchen, das sich auf dem Wasser gebildet hatte. Sie berührten abwechselnd diese Fläche, und die kleine Feder wanderte in die eine oder die andere Richtung. Anna pustete sanft auf das kleine Segel, und es bewegte sich sanft noch weiter.

Anna spürte die Wasserbewegung unter dem Boden des Kajaks. Sie musste nichts erzählen, nicht mit etwas beeindrucken. Sie konnte aber Karins Gefühle nicht erwidern. Karin schwieg auch und wollte nichts mehr.

»Ich stand nachts vor deinem Haus. Bestimmt hast du schon geschlafen. Das ganze Haus war vom Mond durchleuchtet. Ich wollte auf Lichtstrahlen da hinein. Ich war vom Wein und von den Gedanken an dich betrunken.«

Es klang so, als ob Karin ein Gedicht rezitierte. Anna ließ das großzügig zu, sie genoss das geräuschlose Gleiten des Boots auf dem Strom. Sie schwieg. In der Stille hörte man das Plätschern des Wassers.

»Meine Liebe zu dir ist ewig. Das Zeitvergehen wird sie nicht zerstören. Für mich hat es keine Bedeutung, dass deine Haut weniger elastisch wird, meine wird auch so. Wir sind im gleichen Alter. Ich mag diejenige, die du als Ganzes bist. Jeden Tag veränderst du dich, du bist unterwegs, alleine, auch dem Himmel gegenüber. Ich nehme deine Hände, und ich sehe Linien und Risse, diese Zeichen, die jede deine Tätigkeit hinterlassen hat. Auch in diesem Moment durchfließt und berührt sie die Luft. Ich möchte diese Luft oder die kleine Feder sein, die leicht deine Hand berühren. Bevor du sie abschüttelst, berühren sie deine Hand für eine Weile.«

Anna hörte das alles wie von weitem, die Worte liefen auf dem Wasser, in der Sprache, die für sie weiterhin fremd war. Karin baute die deutschen Phrasen sehr sorgfältig auf. Das klang alles für Anna sehr schön, irreal und fremd.

»Karin, kannst du mich akzeptieren so, wie ich bin? Ich kann deine Gefühle in dieser Form, wie du sie für mich hegst, nicht erwidern. Ich liebe Michael. Ich kann mich weiterhin mit dir treffen, aber nur dann, wenn du nicht zu weit gehst. Ich muss selbst über mich staunen, dass ich mir das alles von dir anhöre. Vielleicht, weil das sehr schön ist, und ich habe es noch von niemandem zu hören bekommen. Ich fühle mich hier sehr einsam … Doch ich weiß, dass du mich nicht verletzen möchtest. Es gibt etwas Besonderes an dir, etwas Sagenhaftes, was mit meiner momentanen Situation in diesem fremden Land übereinstimmt. Du machst mich auch stärker.«

»Ich gehe nicht zu weit«, sagte Karin, »weil ich schon auf einem weiten Weg bin. Du verstehst das zurzeit nicht, und so sollte es bleiben, im Moment bist du noch zu schwach. Dank dir bin ich auch stärker geworden und fühle ein Licht in mir, das vorüberziehenden Momenten einen Sinn gibt.«

»Du bist mir unbekannt, aber trotzdem bin ich gerne in deiner Nähe. Machen wir lieber etwas Konkretes. Lass uns nach Hause zurückfahren und etwas Leckeres kochen. Diese sentimentale Stimmung ist für mich nicht mehr zu ertragen.«

Zu Hause nahm Karin den Milchtopf von der Herdplatte herunter. Langsam goss sie die Milch in die großen dänischen Kaffeebecher hinein. Die Milch und der Kaffee drehten sich darin zweifarbig herum.

»Vor kurzem schaute ich ein Video aus meinem Inneren«, erzählte Karin. »Es sind solche Untersuchungen, um festzustellen, ob da alles in Ordnung ist. Der Lichtleiter ist eine winzige Kamera und rückt immer weiter vor. Der Verdauungstrakt sieht wie schmaler Strom aus, bedeckt mit Wasserpflanzen, die sich öffnen, wenn ein Boot vorbeifährt. Es gibt Buchten, es gibt tiefere und flache Stellen. Es ist wie beim Fahren durch den Kanal, der sich immer weiter öffnet. Es ist manchmal so, wie vorhin, als wir unter der Brücke gefahren sind. Alles hat dort eine runde Form.«

»Karin, wir trinken einen Kaffee mit Milch, und ich möchte nicht daran denken.«

»Bestimmt bewegen sich dort auch Wellen, die Kreise bilden«

»Zeige mir besser dein neuestes Bild.«

»Na gut, zeige ich dir.«

Auf dem Fußboden im Atelier lag ein Karton mit einem Mandala darauf. Der Hintergrund war schwarz, dagegen die Mitte leuchtend-gold, davon gingen nacheinander mehrere Kreise aus: grün-blau, rot, braun und weiß-blau.

»Das ist mein letztes Mandala. Ich suche Konzentration und dem Weg zu meinem echten Inneren. Ich beruhige mich auf diese Weise. Ich male fast automatisch, aber ich höre auch sehr aufmerksam auf die Impulse, die von mir und von der Materie herüberkommen. Auf die Weise entstehen verschiedene Bilder. Ein Mandala erinnert an unseren Anfang, unseren Aufbruch zum Licht, an die Geburt. Es ist auch ein symbolisches Bild des Endes. Das Mandala stellt abstrakt die Situation dar, in der wir uns befinden. Es ist ein spiritueller Weg.«

»Ich fühle mich nicht besonders gut auf dem Weg mit dir. Ich verstehe das nicht, und ich empfinde das als eine Gefahr für mich.«

»Es droht dir nichts, wenn du mehr sehen kannst, als nur das, was äußerlich ist. Irgendwann wirst du an mich zurückdenken. Eines Tages werde ich wichtig für dich sein.«

»Ich will nicht, dass du aus mir jemand anderen machst, als ich bin. Ich schlafe nicht mit Frauen, ich möchte dir nichts vormachen.«

»Ich bin nicht mehr auf dieser Seite. Ich schwebe schon in den Lüften. Da gibt es keine Männer, keine Frauen, da gibt es nur die Liebe.«

»Das ist alles zu schwierig für mich. Eine Weile werde ich dich nicht treffen«, sagte Anna.

Karin schaute von ihrer himmelhohen Terrasse noch lange hinter ihr her.

»Anna, hab keine Angst!«, rief sie noch zum Abschied hinterher.

Chaos und Ruhe

Nachdem Anna Karin verlassen hatte, fühlte sie sich durcheinander und wusste nicht, was sie tun sollte, also begab sie sich, wie gewöhnlich, ins Einkaufszentrum. Sie ging immer dann dorthin, wenn sie nicht wusste, was sie mit sich selbst anfangen sollte. Schon ein kurzer Blickkontakt mit zufälligen Menschen war ein Ersatz für eine echte Begegnung und konnte für eine Weile einen Sinn bedeuten.

Die Fahrt zum Stadtzentrum, wo sich die Kaufhäuser befanden, verlangte nach Konzentration. An den Kreuzungen schaute sie auf die Wegweiser und die Straßenschilder, plante intensiv, auf welchen Fahrstreifen zu wechseln, um rechtzeitig abzubiegen, wann zu beschleunigen, damit die anderen Autos sie nicht so heftig überholen mussten. Sie wusste schon ein paar Stellen, wo die Radarfallen sie mit rotem Stich erschrecken konnten. Sie hatte schon ein solches Foto, das zu viel gekostet hatte. Danach suchte sie Parkplätze und folgte einer engen, schneckenartigen Einfahrt, gespannt die schwarzen speckigen Flecken an der Wand betrachtend – alles Spuren von denen, die zu schnell und nicht präzise fuhren.

Sie parkte das Auto und schaute durch die Gitterstäbe der Umzäunung sechs Stockwerke nach unten. Die Betonblöcke der Kaufhäuser stiegen zum Himmel hinauf, spiegelten die Sonne über dem Straßenlabyrinth. Ganz unten ballten sich die Leute wie Ameisen zusammen. Einige verschwanden im Eingang des Handelszentrums, einige kamen gerade schnell heraus.

Anna ließ sich von dieser Einkaufshetze auch verführen, sie trat in das Gewirr der Verkaufsstände ein, in ein Gebiet voller Regale und Rolltreppen. Die an vielen Stellen angebrachten Spiegel zwangen die Einkäufer, auf sich selbst zu schauen, um sie darauf vorzubereiten, etwas Neues zu kaufen. Das war ein sehr guter Trick, weil jeder so gut aussehen wollte, dass andere sein Aussehen nicht negativ kommentierten. Kleidung war hier signifikant. Anna wollte sich der Einkaufseuphorie nicht völlig unterwerfen, so wie eine Bekannte von ihr, die ihr eine neue Jacke gezeigt hatte, die gleiche, wie die andere in ihrem Schrank, gekauft bloß deswegen, weil sie sich an dieses Kleidungsstück nicht mehr erinnert hatte.

Schon auf dem Weg zur Anprobe Anna schnappte sich ein Leinenkleid in zwei Größen und wartete auf einen freien Platz hinter dem Vorhang.

Den Stoff und dessen Beschaffenheit berührend, dachte sie, wie er an einem Sommernachmittag einen Windzug durchlassen wird. Neben ihr probierte eine ältere Frau schon ihr nächstes Kleid an und zog es zornig wieder aus. Es gab da viele Emotionen – Hast und Enttäuschung, ein schnelles Abschätzen von Farben und Formen, manchmal höhnische Bemerkungen – das ist nur für Teenager und das für alte Tanten. Es war schwierig, in dieser stickigen Atmosphäre zu warten.

Aber in der direkten Nähe zu dem Zentrum existieren gleichzeitig die Gärten, ruhig fließt die Alster, und die Ente brütet ihre Küken aus, dachte Anna. Sie schlüpfen in einer gelb-braunen Kleidung und schauen zum ersten Mal auf den grünen Tunnel des Flusses. Sie rutschen aus dem Nest heraus und berühren mit ihren gelben Füßchen zum ersten Mal das Wasser. Zuerst zerschlagen sie das Häutchen auf der Oberfläche des Wassers, dann aber entsteht wieder ein Häutchen zwischen der Haut und dem Wasser, als ob sie das Wasser gar nicht richtig fassen könnten.

Anna ging hinter den Vorhang. In der Anprobekabine stand noch der betäubende Geruch vom Schweiß und Parfüm der anderen Frau. Sie schaute sich im Spiegel widerwillig an – schon wieder passte keins von den Kleidern. Sie war untypisch – zu klein und zu zierlich. Man musste die Röcke immer kürzen und die Ärmel der Blusen immer anpassen. Andere Frauen, die die Kleiderständer auch durchwühlten, um etwas Richtiges für sich zu finden, waren entweder zu groß oder zu dick, und hatten letztendlich selten die Größe S, M, L oder XL, in welcher die Industrie ihre Kleidung produziert hatte. Junge, schlanke Mädchen schlüpften wie Fische in die Hosen oder Blusen. Die Sachen »hingen« oder »saßen« an ihnen sowieso locker, und in schlechtestem Fall konnte man ein bisschen nach oben oder nach unten ziehen.

Warum ist es für mich so wichtig, gut auszusehen? Damen in der Menopause sind in Sachen Aussehen besonders sensibel. Aber als ich mit Karin zusammen war, war mir das alles nicht wichtig, dachte sie. Was für ein schönes Gefühl, was für eine Leichtigkeit und Befreiung.

Hinter den Fenstern des Modezentrums regnete es Bindfäden. Die Ente bedeckte mit ihren Flügeln das Nest. Das, was sie anhatte, reichte ihr auch für einen Regenschirm und eine Decke aus.

Sie rief Karin an. Ihre Freundin freute sich.

»Ich habe wieder überflüssige Einkäufe gemacht. Ich habe die Nase voll und versinke im Chaos.«

»Hättest du Lust, mit mir in die Kirche zu gehen?«

»Du gehst in die Kirche?«, fragte Anna überrascht.

»Tja, schon lange bin ich nicht mehr hingegangen. Aber heute wird eine ›Missa brevis‹ von Haydn in der Kirche, hier in der Nähe, aufgeführt. Dieses Stück ist kurz und sehr schön, das hilft dir, wieder zur Ruhe zu kommen.«

»Gerne. Gehen wir jetzt direkt?«

In der Kirche nahm das Orchester schon die Plätze ein. In der Mitte des Kreises saß eine blutjunge Violinistin, eine indische Schönheit.

»Wie sanft und vergeistigt sie ist«, sagte Karin, und umarmte Anna zart.

Der Dirigent gab dem Orchester ein Zeichen, und das »Kyrie‹ erklang. Joseph Haydn hatte diese ›Missa brevis‹ so geschrieben, dass der Text auf verschiedene Stimmen des Chors verteilt und der simultan gesungen wurde...»Auf die Weise wurde die Messe in kurzer Zeit beendet, Haydn konnte noch in einer anderen Kirche dirigieren und die Bezahlung einstecken«, lachte Karin.

Die Musik stimmte mit Annas letzten Erlebnissen überein. Einige Dissonanzen, ständige Kontraste, die sich in späterer Harmonie entluden, waren wie ihre letzten Erlebnisse hier. Permanente Veränderungen, eine neue Realität, Konsternation – und irgendwann doch die Rückkehr zur Harmonie.

Sanft und hell klang das »Benedictus«. Ein junges blondes Mädchen sang so ausdrucksvoll, dass man sich wirklich glücklich fühlte. Karins Blick heftete auf der Sopranistin und auf der indischen Violinistin gleichermaßen an. Ihre unterschiedliche Schönheit verlieh dem Konzert einen unwillkürlichen Zauber, der vom metaphysischen Wandel im »Sanctus« zum »Agnus Dei« übersprang, wo sich die Worte über den Erlass der Sünden durch das Opferlamm wiederholten. Der »göttliche Frieden der Erde« schwebte am Ende der Messe über der Kirche, und alle fühlten sich Gott wirklich näher.

Auch Anna fand sich mit der anderen Welt ab, sie hatte keine Angst vor der Zukunft, war ausgeglichen. Es gab aus metaphysischer Perspektive keine »anderen Welten«, diese Aufteilung war alles nur äußerlich.

»Die Musik bringt einen näher zu Gott«, sagte Karin, und warf eine Spende in das Körbchen. »Nur der Dirigent und die Solisten bekommen etwas Geld als Profis, alle anderen im Chor sind Amateure, und die kleine Spende unterstützt sie vielleicht bei einer Konzertreise oder bei einem schönen Treffen.«

Nach dem Konzert gingen Anna und Karin noch an der Alster spazieren. Es war in dieser nördlichen Stadt noch bis in die späte Nacht hell. Sie schauten auf das Stadtpanorama vor dem

Hintergrund des Himmels: die Türme der Michaeliskirche, der Katharinenkirche, des Rathauses.

»Ich fühle mich in dieser Stadt so verloren. In der Heimat war mein Leben mit der Arbeit ausgefüllt. Hier werde ich kaum eingespannt. Michael sorgt für meinen Unterhalt, meine Zeit fülle ich selbst aus.«

»Warum schreibst du nicht? Das würde dir helfen, die Gedanken zu ordnen und das, was du erlebst, besser zu verstehen.«

»Ich weiß nicht, ob ich das Talent dazu habe.«

»Zuerst denke nicht darüber nach. Schreibe locker, ohne die Frage, ob du das veröffentlichen wirst. Wichtig ist, nicht untätig zu Hause zu sitzen. Du könntest zum Beispiel die Geheimnisse deiner Familie erforschen.«

»Genau das macht mir Angst – dass ich etwas entdecken könnte, was meine Beziehung zu Michael noch komplizierter machen würde.«

»Du solltest keine Angst haben, wenn du schreibst. Es zählt nur das, wie du die Welt erlebst, deine geistigen Erlebnisse, deine Gefühle, Gedanken.«

»Und was ist für dich wichtig?«

»Du bist für mich wichtig. Hab keine Angst vor meinen Gedanken. Ich gehe weiter meinen Weg. Man muss einen neuen Weg beginnen und dann all das loslassen ... Weil das dann nicht mehr unser Weg ist.«

»Karin, du redest irgendwie biblisch ...«

»Ach komm, lass uns ein bisschen am Ufer spazieren gehen, es ist so ein schöner Abend, der Mond glänzt im Wasser. In letzter Zeit denke ich viel über die Ewigkeit nach. Interessant, was hinter diesem leuchtenden Tunnel ist. Ich bin reif genug, um keine Angst vor dem Sterben zu haben, mich interessiert nur, was es dort gibt. Das ist das Thema meines letzten Mandalas. Kommst du mich wieder mal besuchen?«

»Wahrscheinlich ja, aber in den nächsten zwei Monaten werde ich bei Michael in Stuttgart sein. Ich rufe dich an.«
»Bist du ihm nicht mehr böse?«
»Damals ... bekam ich Angst, dass ich womöglich alleine geblieben bin ... Es fällt mir schwer, meine alte Faszination für ihn in mir wieder zu finden. Die Scherben liegen herum, und es ist schwierig, sie zusammenzukleben, dieser Krug wird keinen schönen Klang mehr hergeben.«
»Man darf nicht zu viel erwarten ... Und vielleicht wirst du dadurch zur Dichterin, Anna?«
Karin umarmte sie herzlich, sie war fröhlich bei diesem Abschied.

Die Brise vom See

Einige Zeit nach Annas Rückkehr aus Stuttgart, wo alles zwar korrekt, aber langweilig wie in einer alten Ehe gewesen war, rief Karin sie an.

»Könntest du vorbeikommen? Ich muss dir etwas sagen.«

»Im Moment kann ich nicht, ich habe Grippe, ich bin krank.«

»Komm, bitte, es ist sehr wichtig.«

»Nein, ich komme nicht, ich bin krank«, sagte Anna, während sie an ihre laufende Nase und ihre roten Augen dachte. Karin sah sie immer so aufmerksam an ... Sie wollte sich nicht in diesem ekelhaften Zustand zeigen.

»Du sagst, dass du krank bist, aber das bist du nicht, ich glaube das nicht. Schau nicht auf das, was sichtbar ist, weil sich hinter dem äußeren Aussehen manchmal dunkle Geheimnisse verbergen. So ähnlich heißt es bei Petrus.«

»Ich verstehe nicht, wovon du sprichst. Das ist für mich zu kompliziert.«

»Komm zu mir. Weißt du, dieser Moment, wenn wir um unser Leben fürchten, und der Moment, wenn das für uns nicht mehr wichtig ist, ist für uns sehr schwierig.«

»Lass das, schon wieder versuchst du, mich mit deinem Geheimnis anlocken.«

»Pass mal auf, nur noch eine Weile ... Das ist auch aus Rumis Gedichten. Soweit ich mich erinnere ... Es gibt eine solche Stelle, wo die Frage – ist das erlaubt oder ist das schlecht – nicht mehr existiert, nicht wichtig ist. Da treffe ich mich mit dir. Wenn unsere Seele im Gras ruht, denken wir nicht über die Welt nach. Ideen, die Sprache, sogar der Spruch, »jeder für sich« haben keinen Sinn ...«

»Heute kann ich dich wegen des Schnupfens nicht einmal gut hören ...«

»Ich sage dir noch etwas, Anna. Wenn du wieder mal vor

der Welt weglaufen möchtest, denke darüber nach: Die Welt ist in uns. Hör zu:

›*Es will der Morgenwind ...*
Dir ein Geheimnis sagen,
Wache auf!
Es ist die Zeit für Fragen und Gebete,
Wache auf!

O Menschen dieser Welt,
Die Tür ist geöffnet
Von diesem Augenblick
Bis in die Ewigkeit;
Drum wachet auf!‹

»Das ist aus ›Das Lied der Liebe‹, fügte sie hinzu.
»Sag mal, Karin, was willst du von mir?«
»Außerhalb der Ideen, gut oder schlecht zu handeln, gibt es einen Platz. Da treffe ich mich mit dir.
Wenn die Seele sich im Gras ausruht,
ist die Welt zu voll, um zu reden.
Ideen, Sprache, sogar der Spruch ›jeder andere‹,
haben keinen Sinn‹.

Ich antworte dir mit Rumi, aber ich möchte, dass du für eine Weile zu mir kommst, Anna.«
»Karin, ich habe dir schon gesagt, ich bin krank.«
»So etwas ist keine Krankheit, Anna ...«
»Entschuldige, aber ich kann nicht mehr«, sagte Anna und legte den Hörer auf.

Nach drei Wochen klingelte das Telefon. Eine fremde weibliche Stimme erklärte:

»Ich habe ihre Telefonnummer in Karins Notizbuch gefunden. Sie wünschte sich, dass Sie kommen ...«

»Wieso ›wünschte sich‹? ... Wohin sollte ich kommen? Was ist passiert?«

»Wussten sie nicht, dass Karin Krebs im letzten Stadium hatte? Als sie noch bei Bewusstsein war, bat sie darum, dass man Sie benachrichtigt, wenn es soweit ist ... Wir konnten bloß Ihre Telefonnummer nicht finden. Habt ihr euch erst vor kurzem kennen gelernt?«

»Ja, erst neulich ...«

»Karin ist nicht mehr bei uns.«

»Wann ist die Beerdigung?«

»Sie wurde schon beerdigt ... Aber sie wünschte sich, dass ihr Grab anonym bleiben soll.«

»Was bedeutet das? Ich kenne diese Sitte nicht.«

»Es gibt am städtischen Friedhof eine Schmetterlingswiese. Sie wurde dort beerdigt.«

»Eine Schmetterlingswiese?«

»So nennt man eine Wiese hier, an einer Kapelle. Jeder sagt Ihnen, wo das ist. Auf dieser Wiese sät man all die Blumen, die die Schmetterlinge anlocken. Der Schmetterling, die Puppe sind ein Symbol des ewigen Lebens ... Karin mochte Schmetterlinge, sie waren das Motiv ihrer letzten Arbeiten ... Wenn Sie mögen, können Sie mit uns Kontakt aufnehmen.«

Anna schrieb die Telefonnummer und die E-Mail-Adresse auf, aber sie ging nur einmal zu ihnen, sie fühlte sich dort wie ein Eindringling, und sie ließ die Treffen sein.

Jetzt wurde ihr alles klar. Karin war so offen und mutig ihr gegenüber ... Kann der Mensch nur angesichts des Todes so sein? Sie hat mir so viel gegeben ... Das Gefühl, dass ich nicht alleine bin. Und, dass das Alter nicht wichtig ist, wichtig ist der Mensch, und dass die Zuneigung verschiedene Formen haben kann ... Ich fühlte mich von ihr nicht bedroht. Sie schaute immer so aufmerksam, immer bereit, sich zurückzuziehen ...

Wir haben uns nicht viel voneinander erzählt, sie brauchte nichts von mir zu wissen, sie wollte mich nicht analysieren ... Manchmal sind solche Analysen von anderem Menschen wie Netze, um ihn darin zu verstricken ... Sie warf nie ein Netz aus ... Sie nannte mich nicht mit Worten, die mich hätten gefangen halten können. Sie schaute mich aufmerksam an und war mir ergeben ...

Ich habe hier schon so viele Leute getroffen, die mir wirklich geholfen haben, dachte Anna: Michael, dann Inka, dann Richard und schließlich Karin ...

Und ich, wollte ich irgendjemandem helfen? Ich dachte ständig, dass ich Hilfe brauche, weil ich in einem fremden Land bin ... Die ganze Zeit spüre ich Gefahren, bin bereit zum Ausreißen ... Was hat sie mir in ihrem letzten Telefonat gesagt? Versetze dich nicht in Schlaf, du solltest wissen, was du möchtest ...

Ich spiegele nur die Welt in mir wider ... Durch mich fließen Bilder hindurch, reicht das? Sie dachte über Karins letztes Mandala nach. Steigende Kreise zogen sich über die Figuren, gerade noch markiert mit dem Stift. Der letzte Kreis war nicht vollendet.

Karin ist einfach immer weiter gegangen, solange sie konnte ... Sie ist weggegangen – leicht, ohne sich umzuschauen. Sie hat ihr auch nicht gesagt, dass sie schwer krank war. Sie hat ihr Mandala unvollendet gelassen, auch die Gespräche wurden nicht vollendet, auch ihre Freundschaft nicht ....

Anna fühlte sich noch zutiefst einsam. Wer wird sie jetzt manchmal anrufen, wer wird sie an der Kreuzung stoppen und ihr sagen – nicht wichtig, wie alt du bist ...

Für Karin war sie nicht die einzige Freundin gewesen. Wahrscheinlich waren sie alle irgendwann ihre Faszination, für sie hat sie gemalt und Poesie geschrieben. Vielleicht war ich nur ihre letzte Leidenschaft …Warum steckt in mir so ein starkes Bedürfnis nach Exklusivität. Kann ich sonst nicht glauben, dass auch ich einen Wert habe?

Sie musste das alles noch einmal überdenken. Sie fuhr in der Nähe des Kanals, wo Karin und sie gemeinsam mit dem Boot unterwegs gewesen waren.

Die Stimme aus der Ferne

Anna starrte das Wasser des Stroms an, das die herausragenden Steine umspülte. Hohe Wassergräser wiegten sich unter dem Druck der Strömung. Anna irrte ein bisschen umher. Schließlich führte sie der Weg zu einer kleinen Kneipe, drinnen an den Wänden Fotos von Fotografen, die in renommierten Galerien keine Chancen hatten, ihre Werke auszustellen. Die Ausstellung hatte den Titel »Augenblick und Ewigkeit«. Sie ging in den kühlen Innenraum, wo außer der Kellnerin niemand sonst war. Direkt hinter der Tür hingen Fotos aus einem Haus, das von Mutter Theresa geführt wurde. Die junge Nonne in weißem Ordenskleid mit blauen Streifen, beugte sich über einem liegenden, bis zur Kraftlosigkeit abgemagerten Greis. Seine dunkle Haut spannte an abstehenden Knochen. Es war nur noch völlige Unbeweglichkeit in ihm und der Drang in die Bodenrichtung. Seine Augen jedoch glänzten und starrten das Mädchen bewusst verzückt an. Ihr Ordenskleid und das Gesicht beleuchtete ein grelles Licht, das vom Fenster fiel. Die Nonne hielt in ihrer Hand einen Krümel zerkochten Reis und wünschte, dass der Mann seinen Mund öffnete, aber er konnte es nicht, oder es war ihm noch nicht bewusst. Er sah unentwegt ihr Gesicht an, vielleicht hatte seit langem niemand mehr ihn selbst auf diese Weise angesehen. Er war noch imstande, die Schönheit ihrer indischen Gesichtszüge zu bewundern, die vergeistigt und durch ihre Hingabe für diejenigen, die hier starben, tief spirituell wirkte. Sie versuchte, ihm mit den Augen ein Zeichen zu geben, dass er seinen Mund öffnen sollte. Sie war schon fast amüsiert darüber, so angesehen zu werden, als wäre sie ein Engel.

Nein, er ist noch nicht tot, er ist noch hier und hat zu essen. »Iss!«, wiederholte sie leise, aber nachdrücklich.

Sie hatte noch so viele andere in diesem Saal, die auch nicht mehr in der Lage waren, selbstständig zu essen. Der alte Mann verlängerte diesen Moment, weil dieser Kontakt so zärtlich war. Sie saß am Rande seiner Pritsche und hielt einen Klumpen Reis in ihren zarten Händen. Er verspürte keinen Hunger mehr. Er brauchte nichts mehr zu essen. Er sah sie an und öffnete langsam den Mund, weil er wollte, dass sie wusste – er konnte noch verstehen, wozu sie dasaß, neben ihm. Irgendwann früher hatte er schon ein solches Gesicht gesehen, und er hatte das Gesicht einer Frau auch mit solcher Liebe anschauen können, er erinnerte sich aber nicht mehr, wer diejenige gewesen war – seine Mutter, die Frau, die er geliebt hatte, oder seine Tochter? Im Mund hatte er Klumpen, keinen Geschmack, selbst kauen war zu schwierig, ihn störte das, was er im Mund hatte, aber er wollte nicht, dass diese Person ihn verließ. Er fing an, den Kopf hochzuheben, und sie verstand sofort, dass sie ihm hochhelfen sollte ... Sie stellte sich hinter ihn, legte ihre Hände unter seine Achseln und begann, ihn leicht hochzuziehen. Seine Schultern berührten das Material ihrer Kleidung, er spürte ihren Atem. Es war wie einst in der Kindheit, als jemand ihn auch ab und zu hochgehoben hatte. Die Nonne stützte ihn noch eine Weile an den Schultern, weil sein Körper schwach war. Er fühlte ihre Hände und wollte es noch weiter fühlen.

Das ist meine letzte Begegnung mit einem anderen Menschen, dachte er, als sie ihn sanft wieder hinlegte. Er schloss leicht die Augen, um sich länger an diese Berührung, an diese Nähe zu erinnern. Und sie ging leise zu den anderen, auf sie wartenden Wesen.

Anna war tieftraurig, weil ihr Leben nicht so einfach und klar ein Geben für die Nächsten sein konnte. Der Tod ihrer Freundin zwang sie, über ihr eigenes Ende nachzudenken.

Ich bin unterwegs, und jeder Tag ist eine Erfahrung gegenüber Gott, der am Anfang und am Ende meines Weges ist.

Ohne Karin wusste ich nicht, dass man keine Angst vor dem Alter haben kann. Wo ist sie jetzt? »Es gibt eine solche Stelle, wo ich mich mit dir treffe, jenseits von Gut und Böse«. Schau in dich selbst hinein, nicht nach außen, dort gibt es die Einigkeit aller Dinge. Da gibt es keine Angst, keine Trennung, da gibt es keine Sünde. Es gibt nur eine Existenz im Licht. Deine Liebe hat mir geholfen, die Grenzen in mir selbst zu überwinden.

»Anna«, hörte sie plötzlich. Ich kann nicht gemeint sein. Hier, in dieser Stadt, kann mich niemand mit meinem Namen rufen. Sie blickte sich um, es war niemand da.

Ich habe mich verhört, ich bin ja hier wie in der Wüste, wie ein trockenes Blatt bewege ich mich mit jedem Windstoß, weil dieses Blatt keine Stütze hat, es ist nur es selbst. Anna nahm einen Stock und skizzierte ein Mandala auf dem Boden. Es war ein stark gezeichneter, von der Mitte aus welliger Kreis, von oben mit einem scharfen Zickzack durchgeschnitten.

Danach kehrte sie nach Hause zurück, zündete eine Kerze an und setzte sich auf den Teppich mit dem Gesicht zum Garten hin. Sie starrte geradeaus. Das Licht der Kerze mischte sich mit einem grünen Schein aus dem Garten zusammen. Beide Räume – der des Gartens und der des Zimmers - beeinflussten sich gegenseitig. Die vom Grün beleuchtete Luft schwebte nach oben. Das Himmelsgewölbe weitete sich wie ein blauer Trichter, in den Garten flossen ganze Lichtströme vorbei. Der flüssige Austausch zwischen oben und unten hielt an, und es gab keine Grenzen zwischen ihnen. Scharf zeichneten sich die Umrisse von Bäumen und Sträuchern ab. Der Blick schwebte hoch zum Himmel, genau wie in den Bergen, wenn er sich zu den Gipfeln erhebt und plötzlich im perlmuttfarbenen Himmelsraum dahinschmilzt. Das war auch ein Luftmandala, mit dem Licht einer Kerze in der Mitte.

Anna atmete gleichmäßig, und in diesem Rhythmus pulsierte die Luft um sie herum. Sie dachte, dass jeder ihrer Atemzüge zu dem gemeinsamen Weltpuls gehört, der stets andauert.

Alleiniger Gott, der Du ewig existierst, ich kann nur vertrauen, dass Du mich siehst und dass Du mein Weg bist, weil ich meinen nächsten Tag nicht kenne, und nicht weiß, wohin ich gehe. Wenn ich etwas falsch mache, entstehen Risse. Viele davon können den ganzen Weg zerstören, und ich erkenne ihn nicht wieder. Chaos untergräbt das Gefühl von Bedeutung, und deshalb ist es gefährlich. Es schließt uns in sich ein und lässt uns nicht frei atmen, so wie jetzt, wenn ich in den blauen Himmelstrichter hineinschaue, während er mich herbeiruft. Und sogar die zwei Amseln, die aus dem Busch heraushüpfen, werden in den Strom der Zärtlichkeit mit eingeschlossen. Vielleicht durchdringt das Licht bei jedem Atemzug auch mich, obwohl ich nichts davon weiß? Vielleicht ist es jederzeit bei meinem langsamen Sterben und stetigen Wachstum dabei?

Die Angst

Die Angst steckte die ganze Zeit in ihr, tagsüber nur lauernd, weil alles ins Tageslicht getaucht war. Aber es gab sie, weil einige unumkehrbare Dinge passierten: Jemand lag im Sterben, jemand verließ seine Familie, die Zeitungen berichteten über Kindesmissbrauch.Die Angst kroch in der Nacht hervor, aber es geschah nicht plötzlich. Sie lauerte die ganze Zeit in den tiefsten Schlupfwinkeln ihres Gedächtnisses, aber sie hielt sich noch fern von ihr. Sie spürte aber ihre ersten Anzeichen in sich.

Als ob noch alles gleich sei, aber schon drang etwas Neues, nicht Spezifiziertes unangenehm ein. Es war genug, dann »Angst!« zu denken, und sie explodierte wie eine Bombe. Die Angst konnte in jedem Schlupfwinkel, in jeder Ecke des Zimmers lauern, wie jemand, der längst tot war und plötzlich zu ihr gesprochen oder sie nur stumm angesehen hätte.

Es genügte also, dass sie anfing darüber nachzudenken, und sofort tauchte die Angst auf und drang sofort durch die Haut hindurch, durch eine schüttelfrostbedingte Gänsehaut.

Dann begann ihr Gehör, sich zu schärfen. Im Keller quietschte die Tür und eine plötzliche Notwendigkeit stellte sich ein, dies zu klären.

Das war die Leere, die sich in der Nacht um sie herum öffnete. Ihr Haus gab ihr dann keinen Schutz mehr, als ob es nicht mehr ihre eigenen Gegenstände um sie herum wären, keine Blumen, keine Möbel, nur eine finstere Leere um sie herum. Es war wie in einem Bunker, der sie in seinem Inneren einschloss, das von bösen Kräften bewohnt war. Die Luft war damit vollbeladen.

Sie konnte das nicht zügeln, das war kindisch, eigentlich nichts Bedeutsames, es steckte seit der Kindheit in ihr.

Sie erinnerte sich noch an die Erzählungen ihrer Nachbarin, die sie ihr zugeflüstert hatte. Dass auf dem Friedhof, auf dem

Grab eines Selbstmörders, ein Hund gelegen habe. Er habe große, glühende Menschenaugen gehabt und habe geknurrt. Als die Nachbarin gebetet habe, habe er sich plötzlich in Luft aufgelöst. Ein anderes Mal hatte diese Nachbarin an der Tür eine alte Frau getroffen, die weißhaarig war und komisch gelächelt hatte. Die Nachbarin hatte sie begrüßen wollen, aber sie hatte sich versprochen und »Du Gespenst« gesagt. Daraufhin hatte sich diese Gestalt auch in Luft aufgelöst. Die Dämmerung reichte alleine aus, dass die Angst zu herrschen begann.

Nein, nein, wozu all diese Schrecken, dachte Anna und drehte sich im Bett um. Sie war wieder zu Hause. In der Küche brannte Feuer im Herd. In der Ecke saß ihr Vater, er war sehr traurig.

»Das ist nicht gut«, sagte er, und schaute sie so an, wie damals, als er noch gelebt hatte, so ein bisschen von der Seite, mit einem leichten Lächeln, aber sehr aufmerksam. »Du weißt, dass du dich jetzt um sie alle kümmern musst. Sie sind ein Teil deines Herzens. Sei lieb, wenn du schon nicht mehr gut sein kannst.«

Das war in dieser Nacht gewesen, als Michael ihren Schlüssel mitgenommen hatte, und sie hatte lange um die Häuser ziehen und warten müssen, bis er zurückgekommen war. Sie hatte das schreckliche Gefühl gehabt, obdachlos zu sein.

Sie hatte ihn schließlich zu Hause angetroffen, völlig ahnungslos, was er getan hatte.

»Gib mir meinen Schlüssel zurück!«, hatte sie geschrien, und ihn mitleidlos getreten, als wären seine Beine ein Stück Holz gewesen, getreten für alles, was ihr hier widerfahren war, und dafür, dass es schwieriger gewesen war, als sie sich das vorgestellt hatte. Sie alle waren hier gut verwurzelt, gut eingerichtet – alle Einheimischen. Sie setzen dich wie eine Pflanze in den Topf hinein, und stutzen dich dann, weil du ja richtig wachsen sollst. Sie fingen immer mit einer Idee an, wie es richtig sein sollte, dann machten sie einem Plan, und schon war sie inmitten ihres Plans, schon endgültig in eine Schublade gesteckt, mit einer fixierten Bedienungsanleitung. Sie waren große Strategen. Wenn du diesen Knopf drückst – wird es diese Reaktion geben, wenn du die andere Taste nimmst – es leuchtet grün. Dazu benötigten sie auch all die sozialen Regeln und Verhaltensnormen. So konnten sie sich wohl fühlen, sie wussten – morgens sollte man duschen, den Tisch mit dem richtigen Fischbesteck decken. Jemand, der die Regeln änderte, war schuldig, agierte falsch.

Es war nicht möglich, sich morgens in warmer Nachtwäsche zu aalen, am Kaffee zu nippen und untätig ins Fenster schauen, wie die Finsternis vor der Helligkeit zurückwich. Solches Verhalten konnte nur eine einzige Bedeutung haben – es war ekelhaft, taktlos und unbrauchbar.

Aber letztendlich ist es gar nicht wahr, dass sie so sind. Ich bin wütend und verpasse allen irgendwelche Etiketten.

Sie lag im Bett und starrte an die Decke. In diesem Moment hatte sie nicht einmal Lust, herumzumeckern oder aus dem Fenster zu schauen. Eine totale Apathie.

Das Wochenende

Plötzlich schlug eine Autotür zu. Michael kommt am Wochenende, dachte sie, noch ganz in ihren schlechten Träumen über Krankheit und Tod versunken. Sie schleppte sich aus dem Bett hoch, verärgert, dass er gerade dann auftauchte, als sie sich gerade entschieden hatte, in der Welt von Krankheit und Einsamkeit zu bleiben. Sie ging zum Fenster und zog die Vorhänge auf. Im Garten gab es Nebel, er hatte feuchte Spuren auf den Blättern und auf dem Haufen von geschnittenen Zweigen hinterlassen, die niemand aufräumen wollte.

Michael ging schon nach oben, machte die Tür auf, er hatte noch seinen langen schwarzen Mantel an. Er kam auf sie zu, und ohne etwas zu sagen, packte er sie in den Saum seines Mantels ein. Es war warm.

»Nein, ich bin krank und weit weg von dir.«

»Nein, du bist hier mit mir, und ich lasse dich nicht in die Krankheit flüchten. Lass uns nur eine Weile zusammenliegen ...«

Er berührte sie, aber sie war weit weg, wollte nicht mit ihm zusammen sein. Das gab ihm eine andere Idee, ihr näher zu kommen. Getrieben von seiner Leidenschaft, ließ er sie nicht vergessen, dass er ihren Körper kannte. Aber sie hegte weiterhin ihre momentane Abneigung. Das sind die Grenzen meines Körpers, die ich nicht vergesse. Ich bin wie ein Stein, du kannst nicht in die Mitte gelangen, er ist überall verschlossen. Ihr war kalt, und er versuchte verzweifelt, sie zu wärmen oder nur ihre Akzeptanz zu gewinnen, nur die Erlaubnis, ihr nahe sein zu dürfen. Sie stieß ihn immer wieder weg. Schließlich stand sie auf, und er schaukelte noch auf den Knien, noch ganz in ihrer Nähe anwesend.

»Ich bin mit dir zusammen, nirgendwohin bin ich weggegangen, das ist alles nur deine Fantasie und deine Einsamkeit hier.«

»Ich weiß es nicht, ich muss auf die Toilette.«

Auf dem Bild, das in der Diele hing, schauten ein Mann und eine Frau ins Nichts – beide nackt und zusammengepfercht in einem Haus auf Rädern, das ihnen zu klein zu sein schien, gemeinsam eingeschlossen – ohne erotisches oder menschliches Interesse aneinander. Es war leer zwischen ihnen. Ihr Haus rollte und wackelte quietschend auf Abwegen, drinnen war es noch gemütlicher als draußen, aber die Liebe war schon längst verdampft. Zwei Tiere in einem Käfig, die sich nichts zu sagen hatten.

Anna mochte das Bild, weil es ihre Besorgnis, dass so etwas mit ihr und Michael passieren könnte, widerspiegelte. Sie konnte in ihr Land auch gar nicht mehr zurückkehren. Sie war dort der blaue Elefant in einer Welt, die sich nach einem Zusammenbruch langsam wieder erhob.

»Es soll bei uns Zuhause alles wieder gut sein«, sagte sie zu ihm.

Sie tranken Kaffee zusammen. Sie erzählte ihm von Karin. Michael kam auf sie zu und umarmte sie herzlich.

»Du fühltest dich sehr einsam und verlassen. Ist dir diese Geschichte mit Karin wirklich passiert?«

»Wirklich.«

»Es ist sehr seltsam, weil die Menschen hier nicht so direkt sind. Wir sprechen selten über Gefühle, wir reden über Fakten. Ich kann mir solche Geständnisse unter Freunden nicht vorstellen.«

»Karin war sehr besonders.«

»Es tut mir sehr leid, dass du dich so einsam gefühlt hast«, lächelte er ihr zu.

Sie sahen liebevoll einander an, wie neu gewonnene Freunde. Es war gut, dass es zwischen ihnen keine langen Gespräche gab. Nicht geben konnte. Anna verstand nicht, wenn eine Erklärung zu kompliziert war. Sie beherrschte die Sprache genug, um subtil zum Ausdruck zu bringen, um zu beschreiben, was sie fühlte. Sie brauchten somit nicht, an zu vielen Worten zu stolpern. Was konnte man besser sagen als das – komm zu mir, jetzt wird alles wieder gut, lass uns wieder die Gedanken vergessen, die sich in unserer Fantasie gebildet haben, und weiter zusammengehen.

»Weißt du noch, Anna, wie Gabriel García Márquez in einer seiner Kurzgeschichten schrieb?: ›Unser Leben ist nicht das, was passiert ist, aber das, woran wir denken, und was wir nicht vergessen‹, sagte Michael.

Ich schüttele das alte Mandala ab und ich gehe weiter.

III. Erkundung des Steins

Die Bilder

Opa, zeige noch einmal das Böckchen!«

An der Wand sprang ein Schattenböckchen herum, und eine kleine Omi mit Kopftuch hüpfte zu ihm herüber. Die Schattenfiguren zerrten aneinander und stritten sich um etwas Kleines:

»Rübchen! Gib mir das Rübchen zurück!«, schrie die Omi.

»Franciszka, es geht in dem Märchen nicht so zu«, sagte Opa, obwohl seine Aufgabe war, das Böckchen mit den Händen an der Wand hüpfen zu lassen.

»Wichtig ist, das Kind zu trösten«, sagte die Oma und mischte viele Märchen weiter zusammen. Die Enkelin schaute sich das Schattentheater vom Bett aus an und durfte noch ein bisschen länger krank sein. Sie wob dabei die eigenen Fantasien, Träume und die Großelterngeschichten mit ein.

Vor dem Einschlafen starrte sie lange in die dunkelste Ecke des Zimmers. Winzige Flammen flatterten dort. Das waren die Lagerfeuer am Ufer des Wassers. Die Leute liefen mit Fackeln herum, sangen und tanzten. An jedem Abend fing es auf gleiche Weise an, änderte dann aber plötzlich seinen Verlauf. Eine große Qualle war vom Meer herausgeschwommen worden und hatte das Feuer zugeklebt. Oder einer von den Jungen hatte sich ein kleines Mädchen geschnappt und es auf den trockenen Sand mitgezogen. Er hatte dem Mädchen den Mund geöffnet und ihm die rote Zunge hineingeschoben. Ein anderes Mal hatten die Jungs eine Henne gefangen und ihr den Hals so schnell umgedreht, dass sie keinen Pieps mehr gemacht hatte. Sie hatten sie dann so lange, in Lehm gebacken, bis die Schale trocken gewesen war, und dann die Lehmform zerbrochen. Die Henne war braun und ein wenig mit Sand bedeckt gewesen.

Also jedes Mal war es ein bisschen anders gewesen. Zu einem bestimmten Zeitpunkt war sie dann immer eingeschlafen.

Die seltsamsten Geschichten passierten, wenn die Eltern sich nebenan stritten. Anna versuchte, ihre lauten Argumente mit eigenen Geschichten zu übertönen. Dann gingen die schlimmsten oder die schönsten Geschichten los. Die reale Welt vermischte sich mit der aus ihrer Fantasie, die ihr half, die schlimmen Momente zu überstehen. Wenn der Vater die Mutter laut anbrüllte, brachte sie seine Stimme mit der Gestalt eines bösen Riesen, der sich in der Dunkelheit versteckt hatte, in Verbindung. Dieser war Anna hinterhergelaufen, und ihre Füße waren gleichzeitig in den Boden hineingewachsen. Sie hatte sie zusammen mit den Brettern herausgerissen und war auf ihnen wie auf Skiern gefahren – direkt in den Traum mit den ruhigen, schneebedeckten Hügeln.

Die Bilder halfen ihr, die Realität zu ordnen. Das war ähnlich gewesen, wie mit den Zeichnungen von Karin. Sie waren nicht immer ganz klar, aber zeigten deutliche Hauptlinien.

Es waren viele Bilder und Fotos auf dem Dachboden in Michaels Haus. Völlig verstaubt, luden sie nicht gerade dazu ein, sie kennen zu lernen. Eines Tages fing Anna an, sie zu ordnen, ihnen irgendeine Bedeutung zuzuschreiben. Das, was sie schon wusste, sollte sich damit, was sie aus ihnen herauslesen oder mit ihrem Vorstellungsvermögen durchleuchten konnte, miteinander verbinden.

Ich muss diese Stadt und dieses Haus mit ihren Geschichten kennen lernen, auch wenn es schwer für mich sein sollte. Die hiesigen Geschichten werden sich irgendwann mit meinen eigenen verbinden.

Anna legte auf den Teppich das Mandala, das sie von Karin bekommen hatte. Ihr letztes Kunstwerk. Kaum deutliche Zeichnungen von einigen Häusern, ein Fluss, ein Tisch, ein Bett, einige Utensilien – das alles verstreut in einem Kreis, der von einer abgebrochenen, spiralförmigen Linie durchzogen war. Kurz vor ihrem Ende hatte Karin Annas winziges Porträt, das sie im Schwimmbad angefangen hatte, fertig gestellt. Es war mit einer kleinen Feder gezeichnet, wirkte aber sehr realistisch, wie ein Foto. In ihren letzten, »fotografischen« Bildern hatte Karin die verborgene Natur der Porträtierten gesucht.

Ist das vielleicht ein Hinweis für mich, um aufmerksam alles zu betrachten, was es auf meinem Weg gibt?, fragte sich Anna. Ich fange mit den Sachen an, die sich in meinem Haus befinden. Sie sind verstreut, viele hatten lange existiert, bevor ich kam. Ich kenne ihr verborgenes Leben nicht. Ich werde nach ihrem verschollenen Sinn suchen, verbinde sie mit der Linie meines Mandalas.

Lange schnüffelte sie auf dem Dachboden in den verstaubten Kartons herum. Sie fand ein altes Album mit der Aufschrift »Indonesien«.

Die Fotos in Sepia hatten ihre Schärfe verloren, aber man konnte noch die mit kleinen Sträuchern bewachsenen Felder darauf erkennen. Ein schmaler Weg mit brauner Erde führte durch eine terrassenförmige Landschaft. Ein anderes Foto – in einem orientalischen Büro saß an einem aus Rattan gefertigten Tischlein ein stattlicher, blonder Mann in weißem Hemd. Er stützte seine Arme fest auf und sah Dokumente durch. Der Rest der Ansicht verschwamm in braunem Nebel des alten Fotos. Anna scannte das Bild ein und übertrug es mit Hilfe eines Fotoprogramms in den Computer. Nach einer Weile flackerte es auf dem Bildschirm.

Ich versuche, es zu schärfen. Hinter dem Rücken des weißen Mannes, der Michael ähnlich sah, gab es ein neues Detail.

Ich versuche, es noch einmal zu schärfen.

In der Tiefe des Büros erschien noch ein Arbeitstisch, und hinter ihm ein Hindu in einem weißen, knielangen Hemd, unter dem die Hose herausschaute. Der Mann blickte geradeaus. Auf der Stirn hatte er einen Punkt – das Segenszeichen. Vorhin war er nicht präsent, versank in der braunen Soße des alten Fotos. Jetzt erschien er so plötzlich, als ob er gerade hereingekommen wäre. Dieser Weiße, das ist bestimmt der Großvater Albrecht, den sah sie schon auf den alten Fotos, aber der Andere? Von dem Computer hinzugefügt? Sie schauderte – wie in der Kindheit, als die Schatten an der Wand begonnen hatten sich zu drehen und zu verwandeln.

Sie holte ein anderes Foto hervor. Auf einer Draisine sitzt eine Dame in einem langen Kleid. Die blonden Haare hinten zusammengesteckt.

Neben ihr zwei weiße Mädchen, in Kleidchen mit Rüschen. Großvater Albrecht umarmt die beiden und stützt seine Frau mit dem Arm. Ein dunkelhäutiger junger Mann fährt die Draisine. Das Einzige, was er anhat, ist eine kurze Hose, man sieht seine angespannten Muskeln. Das sepiafarbene Grün des Dschungels schließt sich über den Gleisen und bildet eine Art Tunnel.

»Ja, das ist der Großvater, der eine Teeplantage auf Sumatra geleitet hatte«, denkt Anna.

Sie weiß bereits aus Familienerzählungen, dass der Großvater alles verloren hatte und nach Europa zurückgekehrt war, mit gar nichts. Die Familie half ihm, eine Farm im Dorf am Meer zu erwerben. Schließlich adaptierte er sich dort, irgendwie, konnte jedoch nie in der kleinen Welt der Ortschaft aufgehen. Die Einheimischen haben ihn nie zur Gänze akzeptiert, denn er hatte mehr gesehen, war anders als sie. Und für ihn waren sie rüpelhafte Biertrinker, Wurst- und Sauerkrautfresser. Sie verwendeten keine exotischen Gewürze, verstanden weder Bach noch Beethoven noch Mozart, deren Musik Großvater auf einem riesigen Grammophon mit einem Schalltrichter hörte, das er aus Holland hatte kommen lassen. In der Familie bewunderte man seine Überlebenskunst; das, was er verloren hatte, konnte man eh nicht beziffern – was zählte, war seine Widerstandskraft gegen Schicksalsschläge.

»Er konnte leben, und nicht viel über die Zukunft nachdenken, er tat einfach, was er zu tun hatte«, erzählte die Tante wiederholt über ihn.

Auf dem Foto, auf dem er zusammen mit einem Pferd zu sehen war, stand er in seinen Reiterstiefeln so, dass man gleich das Getrappel der Hufe hören konnte, wenn er eine Runde um seine Plantagen machte. Die Einheimischen arbeiteten gerne für ihn, da er so »herrschaftlich« war, und so voller Energie. Dort, wo bisher der Dschungel wucherte, rodete er die Bäume und gründete Teeplantagen. Die Erträge waren stets üppig.

Großvater Albrecht kehrte während der Krise in den Dreißiger Jahren, nachdem er alles verloren hatte, mit drei Kindern zurück in sein Heimatland. Er konnte sich selbst und anderen vertrauen. Er kam bei seinem Bruder unter, von dem anderen Bruder bekam er einen Schrank und ein Bett, die Schwester gab ihm einen Tisch, einen Herd und ein wenig Geld für den Anfang. Dann lebten sie davon, was auf dem kleinen Feld wuchs. Nach einer Weile begannen sie, ein Haus zu bauen.

Großvater fotografierte den Hausbau, das kleine Stückchen Ackerland mit den Möhren, und auch sich selbst, im Hintergrund das Grammophon, in der Hand ein Kristallglas mit dem Wein. Paradoxerweise kamen diese paar Gegenstände per Schiff aus Indonesien. Alle anderen Dinge des täglichen Bedarfs waren in einem italienischen Hafen geblieben, denn Albrecht hatte kein Geld, ihren weiteren Transport zu bezahlen. Doch das Grammophon und die Fotokamera hatte er nie verkauft, nicht einmal in den schwersten Zeiten.

Gewiss sortierte er sein Leben in Zyklen von Fotografien. Und daher fand sie diesen Opa, den sie nie kennen gelernt hatte, sympathisch. Das Album mit den Familienfotos erwachte zum Leben. Es war die Landkarte der Vergangenheit von Michaels Familie – doch jetzt war dies auch ihre Vergangenheit. Sie musste diese mit ihrer Vorstellungskraft erweitern, aber nun war es nicht mehr nur ein schwarzes Loch. Sie würde später mit ihnen darüber reden, sie hatte jetzt Ansatzpunkte. Das war ja schon etwas. Auch wenn sie antworteten, dass sie sich nicht mehr erinnerten, auch wenn sie sagten, dass die Familie während des Krieges auseinander gerissen war, und sie viele Bilder nicht interpretieren konnten. Wer hat das Foto in Danzig aufgenommen, wer hat sich während des Krieges in dieser Stadt aufgehalten?

Und immer wieder kehrte Anna zu diesen Alben zurück, weil die Bilder ihr keine Ruhe gaben. Sie versuchte, sich diese Geschichten vorzustellen. Diese waren nicht völlig real, aber irgendwann füllten sie das Unbekannte aus, und das Haus war nicht mehr so leer und so neu für sie. Es hatte bereits seine eigene Geschichte.

Fotos, Bilder waren so wichtig für Anna. Nicht nur träumte sie in Bildern, sondern Bilder halfen ihr auch, die Topografie kennen zu lernen. Wenn sie mit dem Auto das erste Mal auf einem neuen Gebiet unterwegs war, war das für sie sehr kompliziert. Aber das nächste Mal konnte sie schon nach den gespeicherten Aufnahmen fahren. In ihrem internen Bildspeicher wickelte sie den Weg mit allen Details ab. Wenn sie zufällig von der Straße abbog, merkte sie das schnell, intuitiv wusste sie, dass dieses Terrain schon fremd war. Sie wendete um und suchte die Stelle, die ihr schon bekannt war. Sie fand den Weg wieder, auf Grund von sehr vielen Einzelheiten. Sie konnte sie nicht nacheinander nennen, sie formten zusammen ein Bild, das in ihr geblieben war.

Fotos oder Erinnerungsbilder behielten für sie die Atmosphäre der abgebildeten Stellen, hatten einen eigenen Sinn, eine eigene Botschaft. Auf den Tisch legte sie die alten Fotos und ihre eigenen, neuen. Die Letzteren enthielten für sie sogar einen Geruch. So war es auch mit diesem Foto aus Thailand.

In einem kleinen Dorf in der Nähe von Sikao hatte die Morgendämmerung begonnen. Anna war dann aus dem Hotel mit der Kamera hinausgegangen und überquerte den Zaun, der den Bereich in eine Zone für die Hotelgäste und eine für die Eingeborenen aufgeteilt hatte. Der schmale Pfad war zwischen den auf Pfählen gebauten und chaotisch gestreuten Häusern aus Holz oder Sperrholz verlaufen. Manche Häuser waren von einer Holzterrasse umfasst. Das flache Wasser, das aus dem Hafen bis hierher gekommen war, hatte darunter gestanden, es hatte muffig gerochen und Abfälle waren darin geschwommen.

Die Hunde hatten auf dem sandigen Weg friedlich geschlafen, sie hatten noch keine Lust zu bellen gehabt. Sie hatten erstaunt auf sie geschaut, die langsam auf dem Weg, der nicht für die Weißen bestimmt worden war, spazieren gegangen war. Dort hatten auch Müll, Abfälle, Topfscherben, zerfetzte Textilien, bunte Bänder herumgelegen.

Entlang der Straße waren zwei buddhistische Mönche, ins Gebet vertieft, gegangen. An den Seiten ihrer Kutten hatten die Reisschalen gehangen. Die Mönche hatten an einem Haus, wo bereits Licht gebrannt hatte, angehalten. Aus der Tür war eine Frau herausgekommen. Sie hatte heißen Reis im Topf gehabt. Mit dem Löffel hatte sie zuerst in die eine, dann in die andere Schüssel eine Portion Reis gefüllt. Es hatte kein Wort gegeben, die Frau hatte sich dann niedergekniet und von ihnen einen Segen erhalten. Es war ein tägliches Ritual gewesen, nur einmal am Tag, morgens, konnten die Mönche essen. Sie hatten Vertrauen gehabt, dass sich jemand finden würde, der ihre Schüsselchen auffüllen würde. Und wenn nicht, dann würden sie diesen Tag ohne Essen und nur mit einem Gebet überstehen. Anna hatte das Foto von weitem gemacht.

Anna fotografierte nicht nur auf Reisen, sondern auch in der Gegend um ihr Zuhause herum. Ein alter Mann kam eines Tages auf sie zu, als sie den Garten und die weichen Konturen

der Straße im Nebel, am frühen Morgen, dokumentiert hatte. Er wollte offenbar Kontakt aufnehmen. Nach dem Gruß, als er ihren Akzent gehört hatte, fragte er sofort:
»Woher kommen Sie?«
»Aus Polen.«
»Ich war 1940 dort«, sagte er und lächelte sie freundlich an. »Das waren meine schönsten Jahre. Mir gefiel ein Mädchen – Marysia, sie sah Ihnen ein bisschen ähnlich. Aber daraus ist nichts geworden. Es war Krieg, damals waren Mädchen nicht so wie heute. Hübsche Mädchen waren das in Ihrem Land, und auch sehr nett, lustig und gleichzeitig sehr vornehm. Ich war damals jung und auch in Ordnung.«

Anna starrte ihn fast zornig an. Hat er schon vergessen, wozu er dort gewesen ist, und wie sich die Soldaten in Bezug auf Frauen und Kinder verhalten haben?

Sie verließ ihn schnell, um nicht weiter zu hören, was er da gemacht hatte. Im Allgemeinen erzählten ehemalige Soldaten gerne, wo sie gewesen waren, was für Bäume dort gewachsen hatten, wen sie dort getroffen hatten – als ob sie keine Eindringlinge, sondern auf Reisen gewesen wären. Manchmal versuchte sie sie wissen zu lassen, was sie darüber dachte. Aber die alten Männer waren durch ihre Kommentare erstaunt.

Es war ja Krieg, wir wurden in die Armee eingezogen, was konnten wir dagegen tun?

Und sie schauten sie weiter so freundlich an, außerdem waren sie meistens die Einzigen, die bereit waren, mit einem Mensch auf der Straße zu reden. Und nur sie wussten etwas über ihr, Annas, Land. Manche jungen Menschen, die nach dem Krieg geboren wurden, wollten durchaus ihr Land kennen lernen, aber sie fragten vor allem, ob niemand ihr Auto dort klauen würde. Woher sollte sie das denn wissen?

Die Ausstellung

Vieles in Michaels Land war Anna fremd. Sie war dort noch nicht ganz ansässig, aber auch nicht mehr in der touristischen Phase, nicht mehr da, »um das Land zu besuchen«. Zu diesem Zeitpunkt sammelt man Bilder, Menschen, Architektur, Töne und Aromen wie Fotos für ein Album, das man später sowieso für lange schließt, von dem Ganzen emotional weit entfernt. Wir setzen voraus, dass die Einheimischen eine positive Einstellung uns, Touristen, gegenüber haben, weil wir nach einiger Zeit wieder verschwinden. Touristen bauen im Allgemeinen auch selten tiefere Beziehungen zu den Menschen und Orten, die sie besuchen.

Wurzeln zu schlagen war etwas anderes. Anna versuchte, sich in dieser nördlichen Stadt richtig anzusiedeln, dort, wo es im Sommer noch fast bis Mitternacht hell war. Der Raum und die Menschen, die sich aktuell darin befinden, werden gemeinsam zu Bausteinen, die mit Gefühlen markiert werden und aus denen dann eine Heimat entsteht.

Die Heimat muss nicht unbedingt ein Nationalstaat sein, es kann auch ein Ort, eine Stadt, eine Region sein. All dies, was uns emotional nahe ist. Ein Signal, dass das Heimatgefühl sich in uns herausbildet, ist, wenn es uns persönlich trifft, wenn jemand schlecht über diese Heimat spricht. Dieser Prozess dauert lange, und man weiß nicht, warum manche Felder in diesem Heimat-Mandala mit Gefühlen, Zeichnungen, Farben und dem Sinn schneller aufgefüllt werden als andere.

Anna fühlte sich hierzulande wie David Locke aus dem Film »Beruf: Reporter« von Michelangelo Antonioni. David landet als Reporter in der Wüste im Tschad. Er nimmt eine andere Persönlichkeit an und verwickelt sich versehentlich in Waffengeschäfte. Eines Tages fährt er mit dem Jeep durch die Wüste, um sich mit einem Kontrahenten zu treffen, den er nicht kennt.

Er fährt durch die Hitze, ohne sein echtes Ziel zu kennen, und fühlt sich wie in einem Vakuum. Sein Auto steckt im Sand, David Locke tritt verzweifelt auf die Räder, trinkt den letzten Wassertropfen aus, während er sich nirgendwo vor der Sonne verstecken kann. Plötzlich sieht er die Einheimischen auf Kamelen. Trotz seiner flehentlichen Gesten reiten sie weiter, hinter den Horizont, ohne ihn eines Blickes zu würdigen. David Locke erkennt in dem Moment seine Fremdheit, die Welt ist gefährlich anders, als er dachte.

Die »Alice«-Romane zeigen unvergesslich diese Art von Entfremdung.

»Wie kann sie nur so viel stricken«, dachte das verwirrte Kind bei sich. »Sie ähnelt von Minute zu Minute immer mehr einem Stachelschwein!«

»Kannst du rudern«, fragte das Schaf und reichte ihr dabei ein Paar Stricknadeln.

»Ja, ein wenig – aber nicht an Land – und nicht mit Nadeln«, fing Alice zu antworten an, als sich plötzlich die Nadeln in ihren Händen in Ruder verwandelten, und sie sich in einem kleinen Boot befanden, das zwischen Ufern dahin glitt: deshalb blieb ihr nichts anderes übrig, als ihr Bestes zu geben«.[6]

Anna fühlte sich manchmal so, als ob die Erde unter ihren Füßen wegrutschte. Plötzlich, ohne Vorwarnung, öffnete sich um sie herum die Fremdheit. Die vertrauten Menschen agierten plötzlich wie beeinflusst von Impulsen, die ihr unbekannt waren. Immer, wenn sie dachte, sie wüsste schon, wie sie sich hier bewegen sollte, machte sie plötzlich unbewusst Fehler oder ihr passierten irgendwelche Ungeschicklichkeiten, und alles änderte sich. Es konnte eine Kleinigkeit sein – im Tanz bewegte sie sich zu gefühlvoll oder sie sprach mit zu viel Emphase, und schon war sie für die Anderen fremd und später die Anderen auch für sie.

Manchmal war es eine ernstere Angelegenheit. Es gab eine

Menge Geheimnisse in der Geschichte hiesiger Menschen. Plötzlich enthüllten sie direkt neben ihr, auf vertrautem Gebiet, Fakten, die sie nicht vermutet hätte. In einem zufälligen Gespräch hatte sie einmal erfahren, dass das unweit von ihren Nachbarn gelegene Haus noch die KZ-Gefangenen gebaut und hier gelitten hatten. Anna war bereit zu fliehen.

Warum hatte sie solche Gedanken nicht in ihrem Familienhaus, in dem in der letzten Phase des Krieges die Rote Armee stationiert war? Da war auch etwas Schlimmes passiert, sicher, aber sie dachte fast nie daran.

Ich muss das verarbeiten, man darf nicht ständig auf der Flucht sein.

»Anna«, sagte Michael, »es gibt in der Stadt eine Ausstellung über die Verbrechen der Wehrmacht, vielleicht gehen wir zusammen hin? Diese Ausstellung ist wichtig, weil noch lange nach dem Krieg die Wehrmacht für eine unbefleckte Institution gehalten wurde. Nur die SS und die Gestapo verübten Verbrechen, die deutsche Armee war aber angeblich sauber. Daher verursachte die Ausstellung so viel Aufruhr und Proteste in jeder deutschen Stadt, in der sie gezeigt wurde. Die Rechten schrien, das eigene Nest sei beschmutzt worden, und die Anderen, dass man sich endlich mit der eigenen, bösen Legende auseinandersetzen sollte.«

Anna und Michael gingen zusammen dahin, aber sie war ein Nachfahre der Opfer, und seine Nation stand auf der Gegenseite. Konnte das ihre gegenseitige Nähe stören?

Im Museum sagte Anna kein Wort in ihrer Sprache, sie wollte nicht verraten, dass sie von denen stammte, die verfolgt worden waren. Das brachte keinen Ruhm, und Schuldgefühle bauten auch keine festen Bindungen auf.

In der Ausstellung konzentrierte sie sich auf die Sprache der Propaganda, weil dieses Problem sie noch in ihrem Land beschäftigt hatte, denn sie hatte die kommunistische Propaganda analysiert. Sie sah im Museum noch einmal, dass die NS-Propaganda fast die gleichen Merkmale trug. In der NS-Zeit war das Recht so reorganisiert worden, dass die Sprache der Beschreibung zu einem echten Werkzeug des Verbrechens geworden war. Wenn die Gegner als »schädliches Element« genannt wurden, war das schon Grund genug gewesen, sie zu vernichten. Juden, Kommunisten (und deren Anhänger), Aufständische und die so genannten unproduktiven Elemente wie Frauen und Kinder waren in den unterworfenen Ländern gemäß dem Gesetz getötet worden.

Anna und Michael gingen von einem Foto zum anderen und schauten sich gemeinsam alles an – die Hinrichtungen, die Gehängten, die Erschossenen.

Sie versuchten zu verstehen, warum sich die jungen Soldaten neben den Erschossenen fotografiert hatten. Ihre jungen Gesichter mit leichtem Lächeln waren leer und abscheulich.

Eine Notiz aus dem Brief eines Soldaten an seine Mutter: »Du wirst nach all dem in der Nacht vielleicht nicht schlafen können. Ich habe kein anderes Leben als das hier«. Er hatte ihr ein paar Fotos von der Exekution geschickt. Andere hatten auch solche Fotos gemacht, obwohl das verboten gewesen war. Aber in der Kantine hatten sie sich die Bilder gegenseitig gezeigt, weil ihnen im Großen und Ganzen langweilig gewesen war. Sie hatten mit den Grausamkeiten nicht zu schockieren versucht, eher hatten sie mit den Fotos, die sie trotz Verbot gemacht hatten, geprahlt. Anna sah nicht die Bestie in den Bildern, vielmehr die Traurigkeit und Leere dieser Jungs, die direkt nach dem Schulabschluss im Krieg gelandet waren. Die Propagandaposter hatten ihnen Ruhm und starke Erlebnisse versprochen. Dann hatte es nur Angst und Langeweile gegeben, und die einzige starke Erfahrung war gewesen, wenn sie einem jungen Mädchen ein Seil um den Hals gelegt hatten und gewusst hatten, dass dies die letzte Menschenhandlung in ihrem Leben sein wird. In einem Moment wird es hängen und so komisch mit den Beinen zappeln, obwohl es so jung und hübsch ist. Oder vielleicht hatten sie nicht so gedacht, weil sie die Schönheit des Mädchens nicht mehr automatisch hätten wahrnehmen können, sobald es der Nation der Untermenschen angehört hatte.

Der Soldat namens Franz, der so gerne Briefe an seine Mutter schrieb, hatte am Ende des Krieges die Russin Vera kennen gelernt. Darüber hatte er auch an seine Mutter geschrieben. Vera war nach Berlin zur Zwangsarbeit geschickt worden. Das hatte ihr das Leben gerettet. Nach dem Krieg hatten Vera und Franz geheiratet. Was hatten sie mit Franz‹ Fotos von seinem Aufenthalt im Osten gemacht?

Anna und Michael gingen zurück nach Hause. Michael kümmerte sich um den Stapel Rechnungen und Überweisungen, räumte seinen Arbeitstisch auf. Anna kam von diesen Emotionen aus der Ausstellung noch nicht los und ging zu ihrem Mann. Sie fing an, seine Haare zu streicheln. Er drehte sich heftig um und streng schauend sagte er:

»Zuerst die Pflicht, und dann das Vergnügen.«

Sie entfernte sich schnell und knallte dabei die Tür zu. Seine Schultern zitterten, er schaute ihr mit ängstlichen Augen eines Kindes hinterher. Er verstand nicht, worum es ging.

Hinterrücks angegriffen, konnte er nicht sofort reagieren, um sich zu verteidigen, da wurde er zum Kind. Und sie reagierte auf diese Weise alles Leid ab, das ihr hier widerfahren war.

Es war eine gefährliche Phase der Unsicherheit, die alles überlappte, was um sie herum war, angefangen mit der Sprache. Sie war nie sicher, ob sie die richtige Wendung gewählte hatte. Sie verstand seine Wutausbrüche nicht, und weil sie keine Angst vor ihnen haben wollte, so machte sie es schweren Herzens genauso. Erst dann erkannte sie die Emotion der Wut und konnte sie schmecken. Für einen Moment hatte sie das Gefühl der Macht. Und dann wuchs die Raserei in ihr, wenn sie sah, wie nervös er zitterte, wie sein Gesicht düster wurde. Ihr Zorn wuchs dann immer weiter und wurde immer spontaner. Es fühlte sich gut an, in der Lage zu sein, alles zu zerstören. Sie knallte die Türen so zu, dass die Farbe von der Wand abbröckelte, und die Tür sich einen Spalt dort öffnete, wo er sich gerade versteckte.

In jedem von uns steckt die Fähigkeit zum Zerstören. Sie kann in einem Moment explodieren und hat eine starke Anziehungskraft, sie gibt für einen Moment das Gefühl der Macht, der Freiheit. Es gibt wenige Personen, die frei davon wären.

Ballett

Er war sanft und zärtlich in dieser Nacht, wie Duval in John Neumayers Ballett »Kameliendame«.

»Früher träumte ich davon, dich anders, härter zu nehmen. Komm mit mir in den Garten ... Da gibt's keine Vergangenheit, alles blüht jedes Jahr neu ... Der Tisch in der Laube ist fest genug, um dich da drauf zu legen.«

Langsam nippten sie am Wein, dessen Düfte sich mit dem Gewürzaroma der Erde vermischten. Durch das Gitter der Pergola drang der Mondschein hindurch. Sie stellten die leeren Gläser ins Gras. Dann wurde er sinnlich, und sie nahm das ergeben hin.

Die Passivität der Erde hat sich in mir festgesetzt, und ich werde nicht weglaufen. Deine Hände, deine Hüfte haben mich gefangen genommen. Du bist wie ein großer Baum an einem Strom, der nicht an den Augenblick denkt, weil er schon immer da war. Du bist ein warmer Hauch des Mondlichts, in einen Tropfen Olivenöl verwandelt. Du bist wie ein flinker Hase, der im Gras hoppelt und plötzlich stoppt – sprachlos vor der Schönheit des Waldes. Du bist der Flügel eines Vogels, der mich im Flug leicht streifte und voller Sehnsucht nach dieser Berührung immer wieder zurückkehrt.

Er schaute sie lange an, berührte ihr Gesicht, ihre Schulter, ihren Bauch, lernte langsam und zärtlich ihren Körper kennen. Er wanderte über die warmen Hügel und Vertiefungen, und markierte die Spuren seines Wegs mit einem kühlen Stein. Diese Berührung ließ brennende Spuren auf ihrer Haut, die Kälte ertrank langsam in ihrer gemeinsamen Wärme ... Darin war ein Moment der Erkundung des Fisches, der in seiner Kindheit eines Tages an den sandigen Elbstrand herausgespült worden war. In seinen Händen war der Fisch lebhaft und warm gewesen. In das Wasser zurückgeworfen, war er noch lange auf dessen Oberfläche geblieben, als ob er nicht imstande gewesen wäre, von seinem Verfolger fortzuschwimmen, und dieser hatte sich danach gesehnt, ihn weiter kennen zu lernen. Und er wollte das wiederholen.

Jede Berührung zeichnete sich wie eine Klingenspitze auf der Haut ab, die Kälte schmolz und wurde in dem warmen Strom des unterirdischen Flusses mild. Sie war ein Teil von ihm geworden, weder das Alter noch ihre Gewohnheiten waren dabei wichtig, sie war nur für seine Berührung empfänglich. Der Mond war wohl auf die andere Seite des Gartens gerückt, weil eine samtene Dunkelheit sie eng umgab. Es war ein schöner gemeinsamer Tanz, bei dem endlich einige Emotionen, die noch von ihren Vorfahren stammten, durchbrochen wurden. Im Grunde genommen waren sie da jenseits von geografisch bedeutsamen Gesten, jenseits der Form, jenseits der Geschichte.

Die Schirmmütze

Ihr gemeinsamer Tanz blieb noch in ihrem Gedächtnis, als sie am Morgen die Zeitungen durchblätterte. Im Uni-Viertel sollte ein Film über den evangelischen Pfarrer Bonhoeffer gezeigt werden.

»Er gehörte einer geheimen Gruppe an, die das Attentat auf Hitler vorbereitet hat. Alle wurden kurz vor dem Ende des Krieges hingerichtet, als schon klar war, dass diese Ideologie verloren hatte. Das ist ein sehr guter Film«, sagte Michael.

Anna hatte im Moment genug von Märtyrern, aber sie ging ins Kino.

Im Film wird der Pfarrer Bonhoeffer wieder zum Leben erweckt. Er glaubt authentisch an Gott, und dass der Mensch ein freies Wesen ist. Er kann also nicht akzeptieren, die Freiheit an diejenigen abzugeben, die im Namen einer Ideologie entscheiden wollen, was gut und was böse ist. Nachdem die Nazis sich gegen die Juden ausgesprochen haben, ist er sich sicher, dass das eine falsche, unmenschliche Ideologie ist.

Anna musste sich zwingen, schon wieder zuzusehen, wie die Nazis sich überall – auf den Straßen, in Ämtern, Schulen und Kirchen – ausgebreitet hatten. Nach der Vorführung, als sie noch im Foyer des Kinos war, kam eine alte Dame auf sie zu und sagte:

»Ich hatte auch solche Nazi-Lehrer. Aber das ist ja nicht alles. Sie brachten mir das Pflichtbewusstsein und eine innere Disziplin bei. Schließlich kann man nicht alles in einen Topf werfen.«

Und sie fuhr fort, wie jemand, der das Bedürfnis hatte, ohne Unterbrechung zu sprechen. Anna antwortete nur ja oder nein, sie wollte nicht als Polin entlarvt werden. Sie wollte die Bekenntnisse der alten Dame nicht hören – Bekenntnisse, die vielleicht nicht ganz stimmten. Hier gab es häufig ältere Menschen, die ihr gegenüber betonten, in jener Zeit anständige Leute gewesen zu sein, sobald sie nur entdeckt hatten, dass sie eine Polin war. Auch die, die damals im Osten gewesen waren und etwas gemacht hatten, was sie nicht genau beschreiben wollten. Es war ein Job in der Verwaltung gewesen, sie hatten viele gerettet, behaupteten sie. Es kam dann unvermeidlich der Absatz über die Zerstörung von Hamburg. Sie wollte nicht schon wieder in eine Diskussion über Opfer an beiden Seiten verwickelt werden. Deswegen verließ sie die alte Dame und setzte sich zu Jutta, einer ihr unbekannten jungen Frau. Diese war von dem Film auch sehr beeindruckt.

»Diese Leute sind nie zur Rechenschaft gezogen worden«, sagte Jutta beim Kaffeetrinken. »Nach dem Krieg halfen sich die einstigen Nazis gegenseitig dabei, einflussreiche Positionen zu ergattern, sie waren Richter, Ärzte, Lehrer. Es herrschte ein Stillschweigen darüber. Nur die Studenten aus meiner Generation wollten in den Sechzigerjahren endlich das alles ans Tageslicht bringen.«

»Wie diese Leute nach dem Krieg mit diesem Wissen wohl leben konnten?«

»Sehr gut sogar, sie waren reich und wähnten sich in Sicherheit. Sie erklärten sich das alles damit, dass sie nur das getan hatten, was man von ihnen verlangt hatte. Eine Zeit lang arbeitete ich für eine Frau, die während des Krieges in einem Ministerium in Paris tätig gewesen war«, fuhr Jutta fort. »Sie hatte unter anderem Namenslisten für Transporte kopiert. Nach dem Krieg zeigte sie keine Reue. Sie habe nichts anderes tun können und sie habe nicht gewusst, was mit diesen Menschen passieren solle, sagte sie.«

Auf dem Rückweg schaut Anna sich aufmerksam um. Sie sieht viele alte Leute.

»Ich darf nicht durchdrehen«, denkt sie.

Und auch am nächsten Morgen konnte sie sich von diesem Gespenst immer noch nicht befreien.

Als sie in die Küche kam, hatte sie diese Wut wahrscheinlich immer noch im Gesicht stehen, weil Michael fragte:

»Habe ich etwas Falsches getan?«

»Nein, aber nimm, bitte, deine Schirmmütze ab, weil du mich damit an die, die damals zusammen marschierten, erinnerst.«

»Komm, lass uns was essen, das wird schon wieder werden.«

Sie nahm Sprotten aus dem Kühlschrank.- »Zum Frühstück essen wir Käse und Marmelade«, sagte er leise.

Sie stellte die Dose wieder zurück, aber sie war angespannt.

»Was kaufen wir für das Abendessen?«

»Weiß ich noch nicht, mal sehen, was kommt.«

»Das muss man doch planen«, sagte Michael nachdrücklich, und beide schwiegen vielsagend.

Anna erinnerte sich an etwas Vergleichbares, das ihr hier mal passiert war. Einmal hatte sie einer Tante beim Transport ihres Regals zu helfen versucht. Sie war für die Beförderung zuständig gewesen, also hatte sie die Route auch selbst bestimmen wollen.

»Du wirst auf mich keinen Druck ausüben! Du hilfst mir, gut, aber du wirst nicht für mich entscheiden!«, hatte die normalerweise subtile Tante gesagt und dabei mit der Faust auf den Tisch gehauen.

Sie hatte wie viele andere reagiert, die ihren Willen durchsetzen wollten. Anna sollte aufgeben. Es war ihr zuliebe. Ein ständiger Kampf um die Führung dauerte an – und darüber, wer Recht hat.

Ich habe Recht, und so ist es am besten! Es war logisch, aber nur die eigene Logik galt. Sie konnten nicht simultan an viele Dinge denken, und schon gar nicht viele Dinge gleichzeitig tun.

Dies ist das Chaos – pfusch ... pfusch ...

Sie fragten, um die Antworten zu bekommen, die sie selbst bereits parat hatten. Alles andere war falsch, unausgegoren.

Es war ihre persönliche Pfuscherei. Sie waren so gut organisiert, dass es nicht möglich war, neben ihnen tief durchzuatmen. Immer dazu bereit, den Anderen ihren Platz zuzuweisen. Sie gaben nur dann auf, wenn sie einem Stärkeren begegneten. Sie strebten rücksichtslos nach der Führung.

Anna wusste in der Tiefe ihrer Seele, dass ein solches Denken, solche Verallgemeinerung, Quatsch und eine Oberflächlichkeit waren; dass sie auch die Erinnerung an ihre Vergangenheit manchmal als Peitsche benutzte. So war es am einfachsten, wenn sie sich besser fühlen wollte, weil sie die Sprache nicht ausreichend lernen konnte, weil sie sie nicht verstehen konnten, oder weil sie nicht imstande war, eine bessere Route zu bestimmen.

Anna war schon im Bett, als Michael kam und ihren Arm berührte.

Sie fühlte sich wie ein ausgetrockneter Baum. Leicht fasste er ihre Ohren an.

»Anna, was ist denn heute mit dir, bist du traurig?«

»Ich bin schläfrig.«

Meine Haut ist wie Baumrinde, sie will nur vom Wind gestreichelt werden, komm nicht näher, deine Anwesenheit interessiert mich nicht. Ich möchte mich nur in meinem Traum wieder finden. Ich bin eigen, und ich möchte dir jetzt nicht begegnen.

Der Himmel über der Stadt

In der alten, schwarzen und mit Perlmutt verzierten Kiste fand Anna auf dem Dachboden ein verblasstes Foto. Es war zerkratzt und auf der Rückseite vergilbt. Sie konnte ihren eigenen Augen nicht trauen, dass es Warszawa sein könnte, gleich nach der Bombardierung. Aber gleich im ersten Moment dachte sie, dass es wohl tatsächlich Warszawa war. Eine mit Schutt und Asche bedeckte Straße führte diagonal durch ganze Viertel voller Häuserskelette mit abgerissenen Mauern, aus denen hier und da leere Fenster herausschauten. Man konnte noch die Kreuzungen ahnen, in einer Ecke war von oben sogar noch ein Radfahrer zu sehen. Das sah wie eine leere Bienenwabe aus, mit Staub bedeckt. An einer Stelle einige Bäume, die seltsam unberührt geblieben waren.

Darüber hatte mir einmal die Tante Helga etwas erzählt, dachte Anna.

»Als Kind saß ich während der Bombardements unserer Stadt einmal im Betonkeller. Das war die Aktion ›Gomorrha‹. Pausenlos hörten wir die pfeifenden Bomben und das Dröhnen der niedrig fliegenden Flugzeuge. Die Mutter versteckte meinen Kopf zwischen ihre Knie und betete laut. Ich weinte ständig, und ich schrie, meine Schwester und der Bruder auch. Es wurde zunehmend zum Ersticken schwül. Plötzlich bebte das ganze Gebäude und fing an, bis in die Fundamente zu zerspringen. Auf einmal wackelte alles, das Licht ging aus, und alle schrien. Ich dachte – es ist das Ende. Alle wollten nach draußen, aber vor der Tür stand eine alte Frau, die hysterisch wurde und nicht zur Seite rücken wollte. Die Menschenmenge warf sie beiseite, wie einen leeren Sack ….

… Bis heute überlege ich noch, was mit ihr wohl passiert ist. Draußen brannte alles. Einige wollten zurück, andere drängten aus dem Keller nach oben. Die Hitze war unerträglich. Als wir am nächsten Morgen aus dem Keller auf die Straße herausgingen, war der Brand schon vorbei. Wir hatten Glück«, erzählte sie. - »Der apokalyptische Feuersturm«, setzte Helga fort, »hat ein Gebiet von mehr als 20 Quadratkilometer umfasst. Der britische Kommandant Arthur Harris (›Bomber-Harris‹ oder ›Metzger-Harris‹ genannt) hat für Hamburg dieses Schicksal geplant. Das sollte die Bevölkerung demoralisieren und zum Aufstand gegen Hitler zwingen.

»Weißt du, warum aus dem Feuermeer nur der Turm der Nikolai-Kirche erhalten blieb, obwohl die Kirche selbst in Schutt und Asche lag? Weil die Flieger den Turm im Teppichbombardement anpeilten. Es war ihr Zeichen, um das Gelände zu identifizieren. Der Nicolai-Turm war ihr Orientierungspunkt. Harris hatte geplant, die Stadt in eine Wüste zu verwandeln. Es war die Hölle, eine unbeschreibliche Glut, in der vierzigtausend Menschen ums Leben gekommen sind.« Sie schwiegen eine Weile.

»Lange habe ich überlegt, ob ich dir von ›Gomorrha‹ erzählen sollte«, gestand Helga.

»Aber du möchtest mehr über diese Stadt wissen, also habe ich beschlossen, das zu tun. Zwar bedeutet das nicht, dass ich eure durch die Nazis zugefügten Leiden mit unserem Leiden gleichsetze, aber auch das ist hier passiert, und du solltest darüber wissen.«

»Es störte mich am Anfang, dass ich mich von euch ausgeschlossen fühlte, dass eure Geschichte mir nicht mitgehört. Bei den Familientreffen habe ich immer versucht, dieses Hindernis geschickt zu umgehen. Die Anderen vermieden es auch, und auf die Weise gingen alle daran vorbei. Ich werde dir auch gerne erzählen, was in dieser Zeit in meiner Familie passiert ist, wenn du das möchtest.«

»Sag mal, kann man behaupten, dass wir zu Recht gelitten

haben, weil wir den Krieg angefangen hatten?«, fragte Helga sie mit Tränen in den Augen.

...

»Ich weiß, dass so viele Leute in diesem Krieg ums Leben gekommen sind«, fügte sie hinzu, als sie merkte, dass Anna sie hart und, ohne ein Wort zu sagen, ansah.

»Helga, möchtest du, mit mir in den Film ›Der Pianist‹ gehen?«, fragte Anna hinterlistig, wohl wissend, dass für die Tante Musik sehr wichtig war. »Das ist ein Film über einen Pianisten, mit einem sehr guten Schauspieler in der Hauptrolle -- und von dem Regisseur Roman Polanski gedreht worden.«

»Ich weiß, das ist ein sehr guter Filmemacher, ja, lass uns zusammen reingehen«, sagte Helga mit der Absicht, den Frieden zwischen ihnen beiden wieder herzustellen.

Nach dem Film war die alte Dame so zittrig, dass Anna bereute, was sie getan hatte. Sie sagte jedoch zu ihr:

»Am meisten berührte mich die Szene, in der die Juden aus dem Warschauer Ghetto in die Waggons geladen wurden. Wie es im Voraus geplant worden war, bewegt sich der Zug langsam, dann ziehen die Juden ihre Verwandten selbst hoch, helfen ihnen, in den Zug einzusteigen, der ins Vernichtungslager fährt. Die Nazis haben ganz zynisch eine normale menschliche Reaktion ausgenutzt, dass man in der Nähe seiner Lieben sein will, wenn einen etwas bedroht.«

»Möchtest du mir sagen, Anna, dass das nur uns passieren konnte, weil wir so gerne alles genau planen und jemandem, der uns etwas befiehlt, so ergeben sein können?«

»Der Umschlagplatz. Tausende von Leuten, und nur eine kleine Gruppe von SS-Männern ...«, antwortete Anna.

»Das kleine Mädchen mit einem Kanarienvogel im Käfig«, schluchzte die Tante, und konnte nichts mehr sagen.

Anna fühlte sich wie eine Sadistin, weil Helga immer sehr gut zu ihr gewesen war und sie sich näher gekommen waren, aber an diesem Abend hatte es einen Moment gegeben, dass sie einander hart und misstrauisch in die Augen geschaut hatten.

Anna wollte das Thema wechseln, aber ihre Wut hatte sich bereits über alles ergossen.

»Gestern hat mir meine deutsche Bekannte, die neulich aufs Land gezogen ist, etwas Lustiges erzählt, etwas, was ihr mal passierte. Regina ist eine sehr ordentliche Frau und wechselt jede Woche ihre Bettwäsche. Sie lüftet sie draußen, aber sie hat zwei Paar gleiche Bettwäschesätze bei Aldi gekauft. Eines Tages hat ihre Nachbarin sie angesprochen: ›Denken Sie nicht, dass man jede Woche die Bettwäsche wechseln sollte?‹, denn Regina hat Woche für Woche die gleich aussehende Bettwäsche bezogen. Helga, kannst du dir so etwas bei uns vorstellen?«

»Ich sage immer, dass man das jede Woche tun sollte«, antwortete hart die Tante.

»Hier dein Kaffee, Helga, bitte.«

»Aber warum gibst du mir ihn in einer Teetasse?«

»Weil die anderen im Geschirrspüler sind!«

»Man kann ja eine Tasse auch von Hand spülen!«

Als Michael aus der Firma zurückgekehrt war, erzählte sie ihm das alles.

»Und sie nannte mich eine ›tüchtige‹ Hausfrau. Das ist nicht gerade mein Ideal.«

»Sie wollte dir ein Kompliment machen. Komm, lass uns ein bisschen zusammen sein. Manchmal ist es besser, die Dinge nicht zu ernst zu nehmen.«

Er schaltete die Musik ein und zündete die Kerzen an. Sie tanzten ein bisschen zusammen. Sie schaute in sein Gesicht, als ob sie ihn für immer behalten wollte, wissen wollte, was in ihm wirklich vor sich ging. Auch er betrachtete ihr Gesicht lange und ruhig, vertrauensvoll und zuversichtlich in diesem gegenseitigen Dialog.

Mit den Berührungen erwachten ihre Körper. Es war wie

ein Gespräch zwischen ihnen. Sie vertrauten einander. Sie erwiderte jede Geste – aber anders, weil sie beide unterschiedlich waren. Die pulsierende Musik wiederholte ihre Hingabe.

»Siehst du, wir sind zusammen, und nur das ist wichtig.««

Sie beobachteten die Amseln im Garten. Ihr Blick kreuzte sich mit deren flüchtigem Schielen, sie wurden irgendwo zwischen dem Gesang und der Suche nach den Würmern wahrgenommen. Das war auch eine konzentrierte Erkundung.

Die Fensterscheiben

Alles ist vergänglich, dachte Anna, aber viele Bilder bleiben in uns. Manchmal aktualisieren sie sich zu einem bestimmten Zeitpunkt und daraus ergibt sich eine neue Bedeutung.

So war es zum Beispiel mit den Fensterscheiben, die hier im Lande nie zufroren. Aber die Glasscheibe aus ihrer Kindheit war eines Nachts zugefroren. Sie hatte durch eine frostbedeckte Scheibe nach draußen geschaut. Es war Dämmerung gewesen, und es war immer kälter geworden. Von unten nach oben und seitwärts hatten kleine Eisblumen zu wachsen begonnen. Außerdem waren so verschiedene Schlösser, Flüsse und Bäume entstanden. Es hatte genügt, darauf zu pusten, und alles war in den Nebelschwaden des Atems geschmolzen, aber dann hatte das Bild begonnen, sich wieder zu konzentrieren und umzuwandeln. Das Haus war zur Wolke, und die Bäume – zur Haut eines Monsters geworden. Am Morgen waren die Frostzeichnungen in der Sonne geschmolzen.

In der Kindheit hatte sie auch einen Wassertropfen auf der beschlagenen Scheibe beobachtet, während die Mutter ihre Geschwister gebadet hatte. Die Tropfen waren die Scheibe hinuntergeflossen, hatten dabei einen dunklen Streifen auf das Glas gezeichnet. Durch diesen hatte man die nächtliche Dunkelheit gesehen – und die Lampen, die auf der Straße zu leuchten begonnen hatten. Man hatte das Bellen der Hunde und die lauten Rufe der Großmutter im Garten hören können. Ein Tropfen war schon am Fensterrahmen hinabgelaufen und hatte angehalten, in seiner Form ganz dem Pilz ähnlich, den der Vater am Morgen aus dem Wald mitgebracht hatte. Dieses Bild war noch in ihr, als sie in der Badewanne stand und ihre Hand mit dem warmen Wasser übergoss, das darauf eine glänzende Spur hinterließ.

Nach vielen Jahren schaute Anna in ähnlicher Weise auf Michaels Hand, auf der ein Tropfen herumwanderte, auf ihren Bauch fiel und dann auf ihre Hüfte weiter glitt. Sie spürte seine Berührung, er eilte nicht, auch er verfolgte den Weg des Tropfens, und als dieser nicht mehr da war, wiederholte Michael selbst dessen Strecke. Er näherte sich Anna und wartete auf ein Zeichen von ihr, dass sie auch weiter gehen wollte, sehr aufmerksam, als ob das zum letzten Mal sein sollte.

Er lernte ihren Duft kennen und blickte so aufmerksam, dass sein Blick erstarrte. Er konnte diesen Moment erkennen, wenn die Schauder an einer Stelle zusammenliefen, und kurz davor rückte er dann von ihr ab. Sie erholten sich eine kurze Weile. Ihre gemeinsame Wiese war voll vom Summen der Zikaden und Bienen, und sie warteten, dass dieses Summen in ihnen langsam zur Ruhe kam.

In dieser Zeit sind sie noch weiter gegangen, höher, wohl wissend, dass die andere Wiese noch intensiver nach Heu duften wird, und drohte, sie zu überfallen, aber sie flüchteten langsam, träge, vor der nächsten Flut der Zikaden und vor dem Zittern der leise schreitenden Ameisen.

Gedächtnisverstecke, die sie nicht kannten, öffneten sich, Gärten, deren Existenz sie nicht mal vermuteten. Es war alles in ihnen, aber es war schwierig, dies in Worte zu fassen. Worte sind zu langsam. Anders als Bilder, von denen in einem Augenblick hunderte durch den Kopf eilten und Dinge miteinander verknüpften, ohne die Zeit oder die Logik zu berücksichtigen, und dennoch hatte das alles einen Sinn.

Anna wusste, dass auch in Michael eine Welt existierte, die sie noch nicht kennen gelernt hatte. Wenn sie ihn umarmte, umarmte sie gleichzeitig schweigend auch diese Welt. Sie akzeptierten gegenseitig die Tatsache, dass in ihnen beiden Geheimnisse verborgen waren, die sie nie besitzen würden.

In der tantrischen Philosophie bedeutet das Zusammenleben mit einem anderen Menschen die Erfahrung von der Vollkommenheit der Realität. Diese Person kommuniziert schon durch ihre pure Anwesenheit etwas Wichtiges, aber auch durch ihre Andersartigkeit. Mann und Frau treffen sich in diesem Punkt, wenn ihre Verschiedenheit ihnen einen Grund gibt, in den Strom zusammenzusteigen.

Ich bin für dich wie ein Wasserkrug, stehe auf der Wiese und halte in den Händen zwei flatternde Vögel. Zwei andere fliegen an mir vorbei. Zwischen meinen Füßen verneigen sich Grashalme. Du kannst mein Geheimnis nicht erfahren, aber du kannst mit mir zusammen sein, hinschauen und mit mir liegen, so wie auch ich neben dir auf der Wiese liege. Die Sonne berührt mit ihren Strahlen die Grasbüschel, so wie ich deine Haare, die sich im Wind bewegen. Ein Gespür für die Ereignisse, ohne sie zu verstehen, wir sind ein Teil dieser Harmonie. Ich nähere mich dem Geheimnis, von dem die Wiese durchdrungen ist, wenn ich dich kennen lerne. Dort sind die Spuren unserer zeitweiligen Dauer.

»Es gibt nichts Dauerhaftes, wir sind vergänglich, vergiss das nicht.«

»Alles ist vergänglich, sagen die Buddhisten. Die Haltbarkeit der Welt ist unsere größte Illusion. Wir sind nur durch den Körper und die Bilder unseres Gedächtnisses gezeichnet. Sie verleihen den vorübergehenden Augenblicken unserer Existenz einen Sinn.«

Vogel und Pierrot

Es begann zu regnen, was in dieser Stadt häufig vorkam. Regentropfen wanderten die Glasscheibe herunter. Gleich fließt ein Tropfen in einen anderen hinein. Der Tropfen schwillt an, bleibt eine Weile noch rund und fällt dann schwer herunter, wird wieder flach, sein Rutschen wird langsamer, bis er wieder auf eine andere Träne der Feuchtigkeit trifft. Das ist ein konzentriertes Jetzt, eine tägliche Meditation.

Eine in der Fotografie festgehaltene Zeit. Anna machte ganze Bilderreihen, um das Gesicht von Menschen zu verstehen. Michaels Gesicht konnte sich plötzlich sehr ändern, manchmal geschah das wahrscheinlich unter dem Einfluss der Beleuchtung, so dass er ihr wie jemand erschien, den sie nicht kannte. Anna fotografierte sein Gesicht, seine Hände in der Hoffnung, dass sie dieses ihr vertraute Bild festhalten könnte. Er verteidigte sich vor dem Objektiv, als ob ihm jemand die Seele wegnehmen wollte. Das Gesicht versteifte sich und verwandelte sich in eine von den Masken aus dem Fernsehen, die nur ein Medium waren, das Informationen weitergeben sollte. Solche Gesichter konnte man auch auf der Straße sehen, sie alle trugen noch ihr Korsett, das notwendig war, um funktionell arbeiten zu können.

Ich muss dich zuerst entzaubern, dachte sie, als er nach der Arbeit nach Hause zurückgekehrt war. Zuerst versuchte sie, seinen Körper aus der obligatorischen Steifheit herauszuholen, dann wischte sie mit den Händen, als wäre es Staub, all das, was an der Oberfläche der Haare, auf dem Gesicht, auf den Armen lag. Ihre Bemühungen endeten nie mit vollem Erfolg, für eine Weile fiel er plötzlich wieder in die frühere Steifheit und zog sich schützend zurück.

In der Dunkelheit konnte sie Michel finden, der dann ein schwarzer Vogel war. Er war warm und in sich versunken, aber ihr vertraut, weil sein Herz ganz nah bei ihr schlug. Es klopfte nicht mehr voreilig, und es war nur ein gewöhnlicher Sinn in diesem Pulsieren. Michaels Ohren waren warme Muschelschalen, die ganz darin vertieft waren, der Nacht draußen zuzuhören. Seine Haare waren weich. Sie streichelte sie, der Kopf wurde immer schwerer. Sein Körper beruhigte sich und schloss sich in sich selbst ein, wie ein einschlafender Vogel, zu einem flauschigen Ball zusammengeknüllt. Manchmal bewegten sich die Beinmuskeln unbewusst wie bei einem schnellen Lauf. Er floh dann aus dem Haus, auch im Traum, weil er glaubte, dass das Haus ihn gefangen hält, dass es etwas von ihm will, bevor er das selbst begehrt.

Er konnte mit dem Haus nicht so verfahren, wie ein Vogel mit dem Nest. Der Vogel ist ruhig, bis ihn das Gras ruft. Dann wird er so lebhaft, wie Grashalme oder wie ein darunter herumlaufendes Insekt. Der Vogel läuft ihm hinterher, erwischt ihn. Danach sitzt er auf dem Ast und singt dankbar – das ist seine Erfüllung.

Anna entdeckte langsam Michaels Vogelnatur. In der Dunkelheit durfte man seine Federn berühren und dem Atem lauschen, aber man durfte ihm nicht zu nahe kommen.

Ich darf dich nicht erschrecken, ich schaue dich von weitem an, weil du keine hastigen Gesten magst. Zwischen der ausgestreckten Hand und einer zurückgezogenen Berührung, schaue ich dich zärtlich an.

Anna und Michael waren so verschieden, wie ein Vogel und der romantische Pierrot. Diese Figuren waren die ersten Geschenke von den Freunden hier.

Vogel und Pierrot sind wahrscheinlich so wie wir – seltsam, aber das ist offensichtlich akzeptabel. Vielleicht sollten wir uns nach anderen seltsamen Vögeln um uns herum umsehen, dachte Anna.

Der Vogel aus Stein war den Amseln aus dem Garten ähnlich, die Schritt für Schritt Anna hinterherliefen, aber seine wahre Beweglichkeit war im Stein versteckt.

Pierrot bedachte womöglich das Geheimnis des Vogels, seine plötzlichen Aufstiege oder das Bremsen auf der Rabatte mit Stiefmütterchen. Er dachte nicht über sein Alter nach, versunken in die Geheimnisse des Lebens, merkte nicht, dass sein Gesicht schon Falten deckten, obwohl er es jeden Tag puderte.

Sie waren zusammen wie Vogel und Pierrot, undurchschaubar füreinander, nicht passend zueinander, und trotzdem konnten sie ihre Rollen tauschen. Und nur diese Austauschbarkeit innerhalb dieser beiden Rollen passte sie aneinander an.

Ungezwungen fühlten sie sich nur in der Körpersprache, obwohl ihre Gestik und Mimik auch unterschiedlich waren. Er rief die aus den Kriegsfilmen bekannten Gesten der Feinde herbei, wenn er hastig seine Hand hochhob. Dann war es nicht er, sondern der Fremde, der manchmal in seinem Körper lebte. Laut und deutlich etwas zu erklären, konnte in ihr Angst hervorrufen, die von den vielen Erzählungen der Familie über die Okkupation herrührte. Ein strenger Gesichtsausdruck konnte ihr mitleidlos erscheinen. Sie mussten das alles nach und nach lernen, um sich in dieser Sprache aus Gesten und Mienen nicht zu verlieren. Unmerklich veränderten sie sich ständig, sie fing an, schneller und deutlicher zu sprechen, und seine Äußerungen verloren etwas von ihrer üblichen Schnelligkeit, ab und zu von ihren Fragen nach Bedeutung mancher Wörter unterbrochen. Jedes Gespräch zwischen ihnen war voller Spannung und Erwartung, ob man mit viel Mühe zum Ende des Satzes kommen und ob das Gesagte zum Schluss auch klar sein wird. Nur Geduld und eine ständige Aufmerksamkeit konnten in dieser Realität Brücken bauen.

IV. Ansiedlung

Die Sprache

Morgens, an einem Wochenende, setzten sie sich mit den Kaffeetassen auf den Rasen.

»Ich mag den dunklen Ton deiner Haut«, sagte Michael, und schaute liebevoll auf ihre Hände.

»Dass ich einen dunklen Teint habe, erfuhr ich erst hier. Weißt du noch, wir haben den Hausmeister von Tante Helga getroffen, und er sagte, ›Ihre Frau ist ein bisschen dunkel‹, und schaute mich prüfend an.

»Was willst du, er ist ein einfacher Mann. Wenn du hier leben möchtest, solltest du die Leute so mögen, wie sie sind, und die Stadt mit allem, was es hier gibt.«

»Gestern – gestern wurde in der U-Bahn ein Inder von einer Gruppe Skinheads umzingelt. Ich zitterte, weil sie ihm immer näher kamen, ihn immer mehr zur Seite drängten. Ich hatte Angst, etwas zu sagen, weil sie gemerkt hätten, dass ich auch keine Deutsche bin. Die anderen Menschen sahen weg. Gleich werden sie ihn schlagen, dachte ich, und ging zur Rolltreppe. Plötzlich sah ich eine Polizei-Patrouille kommen. Der Inder ging auch schnell in Richtung Rolltreppe. Die Skinheads zerstreuten sich, folgten ihm nicht. Ich stieg in den Bus, der Inder auch. Er setzte sich ganz hinten hin, ich konnte seinen schweren Atem hören, er fühlte sich sehr einsam. Aber ich ging auch dann nicht auf ihn zu. Ich schämte mich, dass ich mich nicht anders verhalten hatte.«

»Denke nicht mehr darüber nach. Lass uns eine Fahrradtour machen, wenn ich etwas Ordnung auf dem Schreibtisch gemacht habe.«

Anna legte die Becher in den Geschirrspüler und dachte: In meinem Land hatte ich keine Angst, Pakete zu den Familien von politisch Gefangenen zu bringen, und hier erschreckte ich mich vor ein paar Burschen.

Als ich in San Francisco lebte, hatte ich keine Probleme damit, eine Ausländerin zu sein. Ich fühlte mich nicht schlechter damit, dass ich Sprachfehler machte, und ich sprach in der Öffentlichkeit deswegen nicht leiser. Manchmal fragten mich die Leute wegen meines Akzents, woher ich stamme, und es war eine Gelegenheit für einen Smalltalk, was schön war, auch wenn das mal lustig endete: Ich sagte, ich stamme aus »Poland«– »Ach so«, war die Antwort, »O.K., ich weiß, aus Holland!«.

Hier machte sie zwar niemand darauf aufmerksam, aber man baute um sie ein hochmütiges Schweigen herum, als hätte sie sich schämen müssen. In den Vereinigten Staaten fühlte ich mich nicht fremd und hatte keine Hemmungen, am gesellschaftlichen Leben teilzunehmen.

Sich hier anzusiedeln ist nicht leicht, dachte sie, ihre Farbstifte vom Tisch sammelnd. Ihr Mandala erinnerte an einen Tunnel, mit dem man in eine andere Welt gelangen konnte, so wie auf dem Bild von Hieronymus Bosch »Der Aufstieg in das himmlische Paradies«. Ihre Zeichnung war bloß abstrakter, statt Menschen sah man geometrische Formen und in der Mitte – eine gelbe Kugel auf einem rotem Kreis. Hier gibt's kein Paradies, und ich bin immer noch dabei, mich auf die andere Seite zu begeben, aber es ist ein mühsamer Prozess.

»Fahren wir zum Fluss?«

»Noch nicht, ich muss noch ein paar Überweisungen machen und meinen Schreibtisch aufräumen«, antwortete er aus seinem Zimmer.

Anna zog ihre Turnschuhe an und lief in den Wald, wo ihre übliche Joggingstrecke war. Es begann zu regnen.

»Es regnet heute, Nieselregen«, sprach sie einen Mann aus der Nachbarschaft an, den sie bereits ein paar Mal getroffen hatte. Er schaute sie mit Staunen an. Sie sah zwar aus, wie die anderen Damen, die Jogging machten, aber alles zusammen war irgendwie komisch. Er lächelte still zurück und ging weiter. Er fragte auch nicht, woher sie stammte, weil man solche Fragen nicht stellt. Die Hanseaten sind diskret und nicht spontan, dachte Anna, und beschuldigte sich gleichzeitig, so stereotyp zu denken.

»Pieska pogoda«, »kapuśniaczek«, metaphorische Begriffe aus ihrer Sprache. Auf Deutsch hieße es »Hundewetter« oder »Sauerkrautsuppenwetter« – nein, Unsinn! Das war's genau. Es fehlten ihr Sprüche aus der Umgangssprache. Ich kann nicht leicht mit Worten jonglieren, nicht nur mein Akzent erschwert ein kurzes Geplauder mit Bekannten.

Sie kehrte entlang der Straße, in der sie schon ziemlich lange wohnte, nach Hause zurück, und niemand kannte sie hier, vielleicht nur die nächsten Nachbarn. Es regnete, aber plötzlich hörte es auf, die Sonne kam heraus. Sie sah – die beiden Nachbarinnen waren schon im Garten.

Michael ist noch nicht fertig, ach was ... – was soll ich alleine zu Hause bleiben? Gehe ich zu ihnen rüber, bleibe eine Weile da stehen, quatsche ein bisschen, freue mich, hier mittlerweile wiedererkennbar zu sein, und kehre zurück. So kann ich ja die Sprache üben und neue Ausdrucksformen lernen. Also los, ich muss meine Unsicherheit überwinden!

Als sie schon fast am Zaun war, hielt sie plötzlich an. Wie, einfach so zu schwatzen? Sie kann zwar schon sprechen, aber schwatzen kann sie noch nicht ... Auch nicht, andere einfach so anzuquatschen. Und außerdem – wäre das gerechtfertigt?

Und das letzte Wort explodierte in ihr, wie eine Bombe. Ich beginne, hier wirklich zu wohnen, dachte sie mit Schrecken. In der Tat, sie verwendete gerade Kategorien, die hier häufig verwendet wurden. Ist das gerechtfertigt, jemanden ohne wichtigen Grund bei seiner Wochenendruhe zu stören? Was könnte ihren Wunsch begründen, ihnen gegenüber in Erscheinung zu treten? Hier war es an der Tagesordnung, sein Recht beweisen zu müssen: Ruhe am Sonntagvormittag, besseren Platz am

Tisch oder in der Erbordnung oder generell den ersten Platz zu haben, weil man hier seit Generationen lebte. Und sie, die Fremde, sollte darüber entscheiden, wann ein Geplauder anzufangen war? Dazu war sie überhaupt nicht berechtigt! Sie ging wieder schnell zurück, bevor sie sie wahrnehmen konnten, und sie war wieder alleine, nur mit sich selbst.

Sie lächelte die an ihr vorbeigehenden Leute an, aber sie erwiderten das nicht. Vielleicht glaubten sie nicht, dass es ihnen galt, oder dachten, sie wäre nicht normal und würde alle anlächeln. Sie selbst war auch nicht besser. Einmal als sie mit dem Rad am Alsterufer gefahren war, hatte sie eine junge Frau mit einem überirdischen Lächeln gesehen. Die Frau hatte für einen Moment angehalten … – klar, sie hatte bestimmt nach etwas fragen wollen.

Sie war Meschugge, hatte Anna gedacht, und war weitergestrampelt, hatte dann aber bereut, dass sie die Frau nicht angesprochen hatte …. Aber wie in einer fremden Sprache »ansprechen«? Schon am Anfang, wenn es so wichtig ist, natürlich und sanft zu beginnen, hätte sie ja mit der Sprache gerauft, und es wäre schlecht ausgefallen, wie ein Stottern oder sonst etwas Anomales. Schon bei der Anrede verschickte sie Signale, dass es nicht ihre Sprache war, sie konnte das nicht vermeiden. Jeder reagiert in solch einem Fall mit Distanz oder verärgert, weil die Sprache so steif und nicht fließend ist. Und dann zerbricht die Stimmung einer gewöhnlichen, lockeren Anrede. Manche reagieren dann ängstlich und signalisieren, dass sie das Gespräch sofort beenden wollen. Und diese Frau hätte ihr auch nicht mehr zugelächelt.

Oder vielleicht strampelte ich weiter, weil ich mich endlich auch so kühl verhalten konnte, wie andere mir gegenüber. Vielleicht denke ich schon selbst darüber nach, ob ich ein Recht auf meine Ruhe in dieser Situation habe. Es hätte ja ein Stau entstehen können, wenn wir beide auf dem Laufweg stehen geblieben wären, geredet und andere gestört hätten. »Den Weg frei halten!«, hätten manche gerufen. Nein, das wollte ich mir definitiv nicht antun. Außerdem hatte ich mein Ziel und meine Aufgaben vor Augen, und mir hätte die Zeit gefehlt.

Alle waren hier ganz konzentriert auf ihren Sport, es herrschte eine rigorose Ordnung, es galt Rechtsverkehr, den mussten auch Kinder und Hunde respektieren. Das alles war bequem und logisch, aber machte jeden spontanen Umgang miteinander völlig unmöglich.

Abgesehen von der Sprache, gab es für Anna ganze Gebiete, die wie weiße Flecken auf einer Landkarte waren. Dann scheute sie sich manchmal nicht, nach Fakten zu fragen, sich querzustellen – auch – wenn sie wusste, dass das zu keinem bequemen, ausgewogenen Gespräch führte.

In der Freimaurerloge hatte sie, in ihrer nachlässigen Sprache, den Meister gefragt, was die Freimaurer außer ihrer sterilen Existenz der heutigen Welt noch beibringen könnten. Der Redner hatte die Anwesenheit von Fremden nicht erwartet und sie daraufhin mit Wut attackiert. Die Leiterin der Gruppe hatte sie verteidigt, weil Anna die Studiengebühren bezahlt und somit das Recht hatte, ihre Fragen zu stellen. Ihre Kollegen aus der Gruppe waren ein bisschen angewidert gewesen, weil Anna der nötige Abstand gefehlt hatte, eine Prise Nonchalance in der Formulierung der Frage, eine Leichtigkeit. Sie hatte schwerfällig, aggressiv und zu direkt geredet. Die gute Beherrschung der Sprache ist ein Zeichen von Kultur, und alleine die Fähigkeit zu kommunizieren, war nicht ausreichend gewesen, um das Wort zu ergreifen. Außerdem war das Kennenlernen einer Freimaurerorganisation das Ziel der Gruppe gewesen, daher war das Verhalten von Anna als unnötig und fremdartig eingeschätzt worden, weil mit Emotionen und einer Bewertung aufgeladen, das war kaum diplomatisch gewesen. Man musste mit der Sprache vertraut sein. Fragen sollte man freundlich formulieren und die Anforderungen deutlich mit einem scharfen »Bitteschön« am Ende, wie ein Sausen der Peitsche. So hatte auch der Freimaurer reagiert: – »Das gehört nicht zum Vortrag, bitte schön«. Und alle hatten gewartet, dass Anna die Klappe halten und nicht mehr mit den schlecht formulierten Fragen stören würde.

Für eine gewisse Zeit bedeutete es für Anna, in solchen Situationen nicht zu reden, sondern nur zu sitzen und zuzuhören, sonst fühlte sie sich deplatziert. Ein »Sitz« war auch eine Sache, von der der Leitassistent bei der Lufthansa-Reparaturabteilung erzählt hatte.

»Dieser Fluggast, eine Dame, war sehr dick, und nachdem sie sich auf die Toilette gesetzt und mit ihrem Körper die gesamte Oberfläche bedeckt hatte, dann die Spülung gedrückt hatte und daraufhin ein Vakuum entstanden war, wurde diese Frau angesaugt. Sie wurde erst nach der Landung befreit.«

Als Antwort darauf hatte der Mann ein verfeinertes, verstecktes Lächeln geerntet. Nur ein Dickerchen aus der Gruppe hatte sich das zu Herzen genommen und auf dem weiteren Weg der Lufthansa-Besichtigung hatte sie Anna erklärt, was für eine Diät diese anwenden sollte, um so etwas zu vermeiden. Sie hatte das sehr genau gewusst.

Für Anna war schwierig gewesen, sich zu den Leuten durchzuschlagen. Sie hatte viele Personen aus der Gruppe gekannt, aber niemand hatte sie bis jetzt eingeladen. Vielleicht benötigte so etwas mehr Zeit, oder musste früher und besser organisiert werden. Schließlich hegte sie den Gedanken, dass hier nur Kinder oder Verrückte spontan waren.

»Ein schönes Wetter heute« – plötzlich wurde Anna bei Aldi von einer Blondine angesprochen, als sie gerade den Käse aus dem Regal herausholte.

»Ja«, antwortete sie kurz, um nicht sofort darauf hinzuweisen, dass sie eine Ausländerin war. Sie freute sich sehr, angesprochen worden zu sein.

»Ich mag es sehr, neben dem Kühlschrank zu stehen – oder wenn es kühl ist. Ich muss Ihnen sagen, ich bin zu 100% behindert. Mir wurde Blut übertragen, aber zu spät. Ich habe eine sehr seltene Blutgruppe. Es gibt nicht viele Leute mit dieser Blutgruppe. Ich habe schon ein paar Mal mein Blut für einige Eskimos und für einen Japaner gespendet. Vielleicht mag ich deswegen Schnee und Frost?«

»Welche Blutgruppe haben Sie denn?« fragte Anna spontan, auf diese ungewöhnliche Tatsache neugierig geworden. Diese Frau merkte in diesem Moment, dass sie mit einer Fremden zu tun hatte, und entfernte sich schnell, ohne Anna zu antworten.

Was ist bloß an mir, dass auch diese vor mir geflohen ist? Vielleicht ging meine Frage zu weit, oder sie merkte, dass ich fremd bin? Oder war ich vielleicht anders angezogen, als die Hiesigen?

Wo ist die Grenze, ab der ich merke, hier nicht zu Hause zu sein? überlegte Anna, während sie ihren Kleiderschrank inspizierte. Es waren zwei Stapel entstanden – einer für die Recyclingtüte und der andere zum Weitertragen. Die Kleidung muss man von Zeit zu Zeit auswechseln. Eine ihrer Bekannten hatte mal gesagt: »Du befreist dich, das ist besser, als zum Psychoanalytiker zu gehen. Kleidung, alte Schuhe zur Altkleidersammlung bringen, und dann zum Friseur gehen. Du wirst dich wie neu fühlen«.

Das muss ich auch noch lernen, weil eine bestimmte Art sich anzuziehen, sich selbst zu präsentieren bedeutet. Das ist auch wie eine Sprache. In ihrem Land war es früher schade gewesen, etwas wegzuwerfen, man hätte es vielleicht noch brauchen können, es hatte an allem gefehlt. Man hatte alte Kleider mit neuen kombinieren müssen. Ich habe meine alten Gewohnheiten nicht hinter mir gelassen, dachte Anna.

Die Phantasie

Der Mensch hat seine eigene Haut, darauf trägt er die Kleidung, dann gibt es seine Wohnung, den Garten und die weitere Umgebung. Früher, als sie noch in ihrem Land gelebt hatte, hatten all diese Schichten nebeneinander existiert, sie waren selbstverständlich gewesen, und es war klar gewesen, dass manche vertrauter gewesen waren, an die anderen hatte sie keinen Gedanken verschwendet.

In ihrem neuen Haus fühlte sie sich teilweise zu Hause, aber das Haus hatte auch seine eigene Vergangenheit und seine Geheimnisse, die sich manchmal unerwartet offenbarten, wie unbekannte Kleidungsstücke oder alte Briefe. Es ist merkwürdig, welche Bedeutung Fakten haben, an die wir uns erinnern, für das Entstehen eines Heimatgefühls, dachte Anna. Es existiert für mich zu Beispiel keine Frau Penzel, meine Nachbarin, die nie mit mir redet, und für sie existiere ich wahrscheinlich auch nicht. Dieser Teil des Raumes neben mir ist für mich fremd. Aber immer noch wichtig ist für mich Urszulka, die Tausende von Kilometern von hier entfernt wohnt.

Seit der ersten Klasse waren sie in den Pausen Arm in Arm herumspaziert. Kein anderes Kind hatte mit ihr etwas zu tun haben wollen, weil sie einmal Läuse gehabt hatte. Urszulka hätte sich für Anna totschlagen lassen, sie hatten sich für eine lange Zeit angefreundet und waren auch zusammen in die Ferien gefahren. Sie waren in einem Zelt gewesen, als der Mensch zum ersten Mal auf dem Mond gelandet war. In dem Saal einer kommunistischen Kantine hatten sie sich das dann angeschaut, in einem Ort am Meer, wo sie ihr Zelt bei alten Leuten im Garten aufgeschlagen hatten. Vor dem Schlaf hatten sie die Ohrwürmer fortgejagt, die sich in den Zeltecken versteckt hatten, oder hatten sie mit Seifenschachteln zerquetscht. Diese Freundschaft hatte nicht gehalten, Anna war ins Ausland gezogen, aber als sie Urszulka zufällig in ihrem gemeinsamen Heimatort getroffen hatte, war alles wie früher gewesen. Anna hatte sich zu Hause gefühlt.

»Vermisst du die Heimat nicht?«, hatte Urszulka Anna gefragt.

»Wenn ich morgens bei mir ins Auto einsteige, bin ich nachmittags schon hier. Ich habe auch manche Zeitungen von hier, das Fernsehen, und ich kann jeden Tag telefonieren.«

Aber das war nicht die ganze Wahrheit gewesen. Man konnte nicht sagen, dass sie ihre Heimat vermisste, aber ihr Leben hinter der Grenze war ganz anders als früher. Es wäre schwierig gewesen, Urszulka das alles in einem Augenblick zu erklären. Sie hatte also geantwortet:

»Weißt du, da könnte ich niemanden zufällig treffen, so wie dich heute, und auch niemanden, der sich so wie du freuen würde.«

Urszulka lächelte sie an, so wie früher, als sie Mädchen gewesen waren, und Annas Worte nur als ein nettes Kompliment betrachtet.

»Nun, wenn du dort nur solche Probleme hast, kannst du dich glücklich schätzen«, sagte sie zum Abschied. Auch hatte sie wahrscheinlich nicht darüber nachgedacht, wann sie sich wiedersehen würden. Anna gehörte ja auch zu Urszulkas Welt, und existierte weiter in ihrem Gedächtnis, in der vertrauten, gut bekannten Vergangenheit. Und wenn die beiden an das Tal ihrer Kindheit dachten, fühlte sich das für sie vertraut an, weil sie beide dort zusammen gewohnt hatten.

Unser Gedächtnis und unsere Fantasie geben uns das Gefühl, sich geborgen oder fremd zu fühlen. In ihrem neuen Wohnort konnte Anna keine Urszulka aus der Schule treffen, aber Michael konnte das, und diese Möglichkeit erwärmte den Raum, in welchem er lebte.

Die Oase

Sie rasten auf der Autobahn. Die Bäume formten einen Tunnel, und der Metallzaun an der Seite strömte zu einem gleichförmigen Streifen zusammen. Die Autos bogen schnell auf die rechte Seite ab, um ihnen Platz zu machen, fast sprangen sie ab.

»Fahre langsamer, es gibt keinen Grund, sich zu beeilen«, flehte sie ihn an, aber er drückte noch stärker auf das Gaspedal.

»Bist du verrückt geworden? Ich habe Angst ...«
»Störe mich nicht, damit es nicht noch schlimmer wird.«
Sanft berührte sie seine Hand.
»Hör auf, Michael, ich bitte dich, ich fürchte mich wirklich.«
»Gerade darum geht es mir«, schob er ihre Hand weg, lachte nervös und starrte auf die Fahrbahn aus Beton.

Nach einiger Zeit verlangsamte er, aber sie hatte noch große Augen und hielt ihre verschwitzten Hände in den Sitz gedrückt.

»Verhalte dich nicht wie eine Lehrerin.«
»Wie kannst du dich so verhalten!«
»An allem bin ich schuldig, ja? Nachdem wir so lange im Stau gesteckt hatten, musste ich die verlorene Zeit nachholen, sonst erscheine ich zu spät bei meinem Termin. Du sitzt hier ruhig, und ich muss dort rechtzeitig ankommen.«

Anna konnte nicht verstehen, was in ihm steckte, in vielen anderen hier, die versuchten, sich auf der Autobahn gegenseitig zu überholen. War das der Wunsch, ein Risiko zu erleben, zu überleben, sich dem Tod zu nähern, oder vielleicht nur die eigene Perfektion zu überprüfen? Die Menschen hier konnten stundenlang über Straßen, Topografien, Karten reden und wie man am schnellsten sein Ziel erreichen konnte. Es gab auch sehr viel Aggression auf der Autobahn.

»Lass uns von der Autobahn herunterfahren, ich muss mich beruhigen.«

Sie hielten an einer kleinen Lichtung im Wald. Es war sehr heiß, kurz vor einem Gewitter. Sie setzten sich ins Gras und fingen an zu reden.

Sie wanderte mit ihren Händen in seinen Haaren, auf seinen Schultern herum, um ihn zu beruhigen und seine Grenzen zu markieren. Sie konnte zum Beispiel nicht gleichzeitig Kopf und Füße berühren. Er half ihr nicht dabei, aber er mochte das, wenn sie seine Randgebiete zu erkunden versuchte.

Sie berührte ihn zärtlich. Sein Haar atmete die Wärme, aber die Knie waren gleichzeitig steif und viel kühler. Die Haut am Rücken verriet die verborgenen Muskeln, die sich unter Annas Fingern reckten, während zur gleichen Zeit der Bauch viel weicher war und träge atmete. Es war großzügig, dass er ihr erlaubte, ihn so zu erforschen.

»Und jetzt sind wir zusammen in einer Fantasie …«

»Du bist ein Mädchen aus der Oase«, fing er langsam an. »Die schnelle Gazelle kann man nicht fangen, aber sie nähert sich immer mehr, durch die Sandhügel und vertrocknete Sträucher hindurch, die ihre Füße verletzen. Schweißtropfen laufen das Gesicht und den Rücken hinunter, fallen auf den Sand und versickern darin. Völlig außer Atem geraten, setzt sie sich auf den heißen Sand und wartet, dass die Dämmerung kommt. Eine sehr lange Zeit konnte sie bis jetzt so bewegungslos warten, auf die untergehende Sonne starren und dem Zirpen der Insekten im dünnen Gras zuhören.«

»Er geht jetzt durch die Hügel, geräuschlos sind seine Füße. Alle schlafen rund um das verblasste Feuer. Unter dem Vorhang der Nacht kann er jetzt besser an sie herankommen.

Er ist neben ihr. Seine Hände gleiten auf dem feuchten Körper hin und her und wiederholen in gleicher Weise den Weg – vom Kopf, über den Hals, die Brust, die Schulter und noch weiter. Salzig schmeckt der Schweiß. Er hält sie fest, damit sie nicht wegläuft, weil sie in den harten Tamarisken-Büschen gefangen ist. Die Sonne bricht in ihr aus, als sie mit der Fügsamkeit der Gazelle ihn in sich festhält.«

»Du bist ein Gazellenmädchen in der Wüste, man hört das Getrappel der entgegenkommenden Pferde der Berber, wo verstecken wir uns vor ihnen?«

»In uns selbst vertieft. Wir sind eine heiße Sanddüne, die Außenwelt hat keinen Zugang zu uns. Die Zeit ist, was bisher geschehen ist, etwas, worin alles erhalten ist, und was parallel zu uns existiert. Aber jetzt sind wir außerhalb der Zeit. Einzeln und doppelt gleichzeitig, erkunden wir diesmal zusammen von draußen, wie die Zeit in der Sanduhr durchrieselt.«

»Der einzige Moment, der alles andere unwichtig macht – in einer anderen Person versunken zu sein. Du bist ein Gazellenmädchen aus der Oase, ich bin mit dir zusammen. Du schüttest den Sand um. Wenn du mit mir zusammen bist, ist alles andere unwichtig. Die Zeit ist reine Persistenz an und für sich, unsere Körper markieren den Raum. Dieser Raum ist sicher.«

Die Sturmluft kühlte sich ab und sie fuhren ruhig weiter.

Sich die Stadt vertraut machen.

Anna bereitete einen Plan für eine allmähliche, bewusste Erkundung ihres Wohnorts vor. Der wird sich nicht von alleine vertraut machen, man muss ihn mühsam studieren – die Straßen, die Kreuzungen, all die markanten Ecken. Das alles sich merken, aufschreiben und irgendwann wird es vielleicht auch ein Bestandteil von ihr.

Eine Stadt erfährt man mit Augen, Ohren, mit dem Geruchssinn, schließlich mit der eigenen Haut. Im Norden der Stadt, dort, wo der Sand war, kam der Frühling später, obwohl die Luft dort sich mehr erwärmte und trockener war; wiederum im Süden erschien er eher. Dort floss die Elbe mit einem breiten Band, und die Alster ergoss sich zu einem riesigen See, dort war die Luft feuchter, der Wind wehte häufiger. Aus dieser Richtung kamen meistens die Flieger, die den Flughafen im Norden ansteuerten. Viele Male hat sie diese Stadt aus den Fenstern von Flugzeugen bewundert. Zuerst sah man das Band der Elbe, und dann einen großen Hafen, in dem Container Gebäude bildeten, wie aus bunten Bausteinen. Man sah die Schiffe und die Kirche St. Nikolai, dann überflog die Maschine den Stadtteil Barmbek, und wenn sie sich dem Flughafen näherten, konnte sie ihr Haus sehen – denn es stand in der Nähe eines weißen Klotzes, den man vor dem Hintergrund anderer Ziegelhäuser in ihrem Stadtteil sehen konnte. Dann kam die City Nord, dann der Flughafen. Dort fühlte sie sich nicht fremd, dort war sie einer von vielen Menschen auf der Durchreise. Hier hatte niemand Wurzeln.

Die Stadt veränderte permanent ihr Aussehen. Dort, wo zuvor Lagerhallen, Fabriken, Werkstätten waren, entstanden große Büros und phantastische Wohnungen in renovierten Fabrikhallen, Ausstellungsräume wurden in ehemaligen Kfz-Werkstätten eröffnet, aus alten Kinos wurden große Kino-Komplexe mit zahlreichen Sälen … Anna begann, diese Veränderungen systematisch zu erforschen.

An vielen Orten tauchten plötzlich Baustellen auf, für die zunächst alles Vorige abgerissen werden musste. Dabei veränderte sich auch die Verkehrsführung, die Bewegung der Autos, die bisher zwischen Häusern, Bauplätzen und Gärten pulsierte. Anna wurde stets von diesen Veränderungen überrascht. Kaum hatte sie eine Route für sich verinnerlicht, musste sie diese wieder ändern, weil eine Baustelle auftauchte.

Sie begann die Stadt zu erkunden, zuerst in den weit vom Zuhause entfernt gelegenen Stadtteilen, von Bahrenfeld und Altona aus; ihre Architektur der aus Ziegelsteinen erbauten Fabriken erinnerte sie nämlich an jene Stadt, in der sie geboren wurde. Dort zerfielen die Mauern der Fabriken, und die Häuser aus der Zeit zwischen den zwei Weltkriegen, und bei jedem ihrer Besuche dort beobachtete Anna ihren fortschreitenden Zerfall. Hier wurden solche Mauern sorgfältig restauriert und konserviert, und obwohl sie verwandelt wurden, so behielten sie doch ihren alten Charakter.

An einem Sommernachmittag strahlten die Mauern die während des Tages gespeicherte Wärme aus. Die zwischen den Häusern gepflanzten Bäume bildeten Oasen aus Grün. In einer davon, an einem kleinen Teich zwischen einem Warenlager und einer Rampe, an der ein Restaurant war, fand sie ihre Gruppe von der Universität. Sie hat reguläre Studien der Stadt aufgenommen – und das hier war ihre erste Unterrichtsstunde im Fach »Bewohnen«. Sie rechnete damit, dort Menschen zu treffen, die zu ihren Bekannten werden konnten.

»Eines Tages werde ich sie zufällig auf der Straße treffen, und dann wird diese Stadt wirklich zu meiner Stadt«, dachte sie hoffnungsvoll.

»Wie schön unsere Stadt doch ist«, sagte sie zu einer älteren Dame aus der Gruppe, einer von vielen bei diesem Ausflug.

»Das ist meine Stadt«, sagte Siegrid, und eignete sich auf diese Weise die Stadt an.

Anna konnte ja noch nicht behaupten, es sei auch die ihre; sie beherrschte die Sprache noch nicht gut genug, es hätte falsch geklungen.

»Ich bin die einzige Ausländerin in der Gruppe. Aber durch die Haut spüre ich, dass mich derselbe Windhauch umweht. Also ist es auch meine Stadt.«

»Es ist meine Stadt!«, stritt sich die ältere Dame lächelnd mit ihr. »Aber sie verändert sich so sehr, dass ich mich entschlossen habe, mich für diesen Kurs einzuschreiben. Ich bin Sigrid«, stellte sie sich vor.

»Hier habe ich vor dem Krieg gearbeitet. Die Straße hatte keinen Asphaltbelag, ich fuhr mit dem Fahrrad in die Fabrik. An einem Morgen gewitterte es, der Regen ging nieder, und ich hatte noch eine gute Strecke bis zur Fabrik. Da nahm ich das Fahrrad auf die Schulter und rannte los, und kam noch rechtzeitig an«, erzählt Sigrid, und atmet schwer, als ob sie sich wieder in dieser Situation befände.

Sie erinnerte sich an die alte Stadt, an das Bombardement im Krieg. Damals hatte sie in Altona gelebt, und den riesigen Feuerschein der brennenden Stadt über mehrere Tage gesehen.

»Es war grauenvoll, uns so zu verwüsten, die Bomben fielen auf die Zivilbevölkerung. Hier gab es doch keine militärischen Ziele!«

»Aber sie können nicht behaupten, dass das in Ordnung war. Es war gegen jegliche Kriegsregeln«, erwiderte Sigrid und schaute die anderen Teilnehmer an.

Dieses Dutzend älterer Menschen, die da standen, inmitten alter Fabrikmauern, hatte es ebenfalls erlebt, und erlebte es jetzt wieder. Sie alle schauten Anna mit ihren alten Augen an, wie eine Gruppe Trolle, die plötzlich traurig geworden waren. Anna merkte, dass es um sie herum leer wurde.

»Das Thema unseres Kurses ist Architektur«, mischte sich Erika, die Leiterin, in das Gespräch ein. »Man kann die Vergangenheit nicht verändern. Mit der Architektur verhält es sich anders. Die neue entsteht anstelle der alten.«

Die Leiterin des Seminars war eine »grüne« Feministin, sie gehörte der Partei der Grünen an und war in Annas Alter. Anna dachte voller Hoffnung, dass Erika ihr gegenüber wohl mehr Sympathie empfinden würde, als für die alten Damen, die hier geboren waren. Sie alle schienen nicht nur konservative Hausfrauen zu sein – auch ihre Ansichten waren dieser Art.

»Ich bin auch in den Achtzigerjahren hergekommen, nach meiner Scheidung. Und ich habe mich in diese Stadt verliebt. So hat sie mir für eine Weile meine alte Liebe ersetzt«, erzählte Erika.

»Vielen Dank für Ihre Hilfe in dieser schwierigen Situation«, flüsterte ihr Anna zu. »Es war sehr wichtig, in diese Gruppe aufgenommen zu werden. Vielleicht wird diese Stadt eines Tages zu meiner Heimat, denn ich kann mich nicht mit diesem ganzen Land identifizieren. Aber weil ich jetzt hier lebe … Sie haben als Stadtführerin sicherlich viel Erfahrung mit solchen Gruppen.«

»Ich bestreite meinen Lebensunterhalt durch Buchveröffentlichungen, Zeitungsartikel über die Stadt und Stadtführungen. Es ist nicht viel, aber ich habe auch keine großen Bedürfnisse.«

»Sie sind sehr offen. Das ist eine Überraschung für mich, dann man sagt doch, dass die Bewohner der nördlichen Bundesländer distanziert und kühl sind.«

»Ich komme aus Köln«, sagte Erika. »Außerdem sind das alles Stereotype, mit denen man den Menschen die Köpfe vollstopft – wenn sie nicht intelligent oder nicht mutig genug sind, eigene Meinungen zu haben. Anders denken, das ist das Wichtigste.«

»Hier verbindet man das Alte mit dem Neuen. Dazu braucht

man Kreativität und muss sich auch gegen die Klischees stellen«, fügte sie hinzu.

Sie führte die Gruppe weiter durch dieses Fabrik- und Arbeiterwohngebiet.

»Pioniere der Veränderungen in diesem Stadtteil waren zuerst junge Künstler, Architekten, die in diesem Stadtteil große und bezahlbare Wohnungen und Ateliers suchten. Die verlassenen Fabrikgebäude waren für die Wohngemeinschaften, die Renovierungs- und Anpassungsprojekte starteten, sehr interessant, auch finanziell. Manchmal arbeiteten sie auf dem Bau mit eigenen Händen.

So vollziehen sich die Veränderungen auch in uns selbst. Wenn wir auf uns aus einer anderen Perspektive schauen, entdecken wir neue Talente und sogar unser Erscheinungsbild wird sich dadurch ändern. Zunächst müssen wir an uns selbst arbeiten, kreativ sein.«

»Dafür sind wir in diesem Kurs«, lautete es aus der Gruppe.

Die Leiterin holte ihre Notizen heraus, Stiche von den Details, Fotografien von den Objekten, die sie gerade vorstellte.

»Wir bewundern alte Fabrikmauern mit den Verfärbungen und mit den Spuren der Erosion auf den Ziegeln, diese sind wie alte Mosaiken.

Die Glaswand schützt diese Mauer und unterstreicht ihre Schönheit, sie ist einmalig. Dieses Stück alter Bahnstrecke hängt in der Luft und hat hier die Funktion einer Pergola. Es ist ein Beispiel für den Humor in der Architektur. Es harmoniert schön mit dieser Architektur und dem Grün der Umgebung.

Jede Form zeigt etwas«, fügte Erika hinzu. »Die modernen Gebäude waren früher Arbeiterkasernen und wurden so wunderschön modernisiert. In den Ecken wurden Treppenhäuser mit Spitzdächern gebaut, obwohl die Häuser früher Flachdächer hatten.«

»Man sagte früher bei uns, dass es die Flachdächer nur bei den Juden oder Kommunisten gab.«

»Bei meinen Eltern war das Dach auch flach, obwohl sie weder Kommunisten noch Juden waren«, kommentierte jemand.

»Aber gerade hier befanden sich ganze jüdische Straßen. Was im Krieg nicht ausgebombt wurde, wurde später in Rahmen einer Modernisierung abgerissen«, erzählte ein anderer Kursteilnehmer.

»Wo war der jüdische Friedhof?«, fragte Anna.

»Er ist dageblieben, aber man muss eine besondere Genehmigung für die Besichtigung haben.«

»Ich möchte das gerne machen«, setzte Anna fort. Die Gruppe schaute sie aufmerksam an.

Wahrscheinlich halten sie mich für eine Jüdin, dachte Anna widerwillig. Aber warum denke ich so unfreundlich darüber nach? Bin ich auch gegen Juden als Fremde?

Als die Gruppe anschließend in das Café in dem alten Fabrikgebäude ging, stellte sich Anna neben einen massiven Maschinenkörper hin, sie fühlte sich der Maschine ähnlich, sie gehörte nicht dazu, war wie ein Zitat aus einer anderen Welt. Plötzlich rief Sigrid sie an ihren Tisch, Anna bestellte dann ein großes Bier, wie die Anderen. Sie schauten sie an und lächelten ihr zu, diese vom Bier plötzlich verjüngten Trolle. Die grauhaarige Frederike schaute auf Sigrid und gestand plötzlich:

»In der Nacht muss ich mindestens zweimal aufstehen. Wenn der Mensch älter wird, lockert sich alles«, und sie berührte dabei zärtlich die Hand ihres Mannes. Alle lachten verständnisvoll mit, und es war einfach und gemütlich.

»Worüber sprecht ihr?«, fragte Elisabeth, weil sie nicht aufmerksam zuhörte.

Alle schauten sie belustigt an, weil man wusste, dass sie schwerhörig ist.

»Was denken Sie darüber?«, wird Anna gefragt.

»Ich denke, dass ich, wenn ich mich eines Tages wieder in diese Ecke begebe, schon einige Erinnerungen an sie haben werde. Vielleicht wird Sigrid mir auf der Straße etwas zurufen?«.

»Wir Hamburger sprechen selten jemanden auf der Straße an«, sagte Sigrid, und pustete den Bierschaum beiseite. »Aber für dich tue ich es gerne!«

Anna hatte mittlerweile schon ihre eigenen Lieblingsplätze: Altona, Schanzenviertel, Ottensen, Eimsbüttel. Sie hatte ihr eigenes Bild von der Stadt, die langsam ihre weitere Haut bildete. Dieser Prozess war wie ein Kreis oder eine Spirale, man musste das immer bewusst wiederholen. Die Fremdheit wurde akzeptiert und verwandelte sich in eine Vertrautheit, aber nachts plagte sie ein merkwürdiger Traum.

Verschollene Häuser

Es war ein altes Stadtviertel mit Jugendstil-Gebäuden, die dicht nebeneinander wuchsen und ein Labyrinth bildeten. Viele dieser Häuser – oder manchmal nur einige der Stockwerke – waren Ruinen. Es war schwer vorstellbar, dass jemand dort wohnte. Sie sah jedoch einen alten Mann, der dort vorbeihuschte. Sie folgte ihm. Sie hatte den Eindruck, dass er davon wusste und dies auch so wollte. Diese dürre Gestalt trabte vor sich hin, tief gebückt, aber er legte, wenn auch langsam, stets eine Strecke zurück. Sie lief hinter ihm her.

Plötzlich öffnete sich ein großer Saal mit Balkonen und Kolumnen, umschlungen von Steinpflanzen, wie in der Architektur von Gaudí. Den dreischiffigen Saal stützten viele Säulen in Form von Palmen. Das Gewölbe war in mehrere Rippen aufgeteilt und hing leicht wie ein Spinnennetz. Durch die großen Fenster fiel das Licht direkt auf das Pult. Die brennenden mehrarmigen Leuchter beleuchteten die unterhalb der Kolumnen versteckten Männer mit ihren Gebetsschalen.

Sie hörte ihr monotones Murmeln.

Der alte Mann sah ihre Begeisterung. Er kam auf sie zu und sagte:

»Wir existieren in der Metapher, an der Grenze zwischen Traum und Wachzustand. Früher war hier ein gesamter Vorort, jetzt ist davon nur der Friedhof hinter der Mauer geblieben.«

Sie schauten zusammen aus dem Tempelfenster. Unmittelbar dort lag die Papageienstraße, gelegentlich liefen dort Damen mit Hüten sowie Männer in Frack und Bowler entlang. Ein Junge mit einem Käsebutterbrot in der Hand lief auf die Straße, aus seiner Tasche hing das Tüddelband heraus. Aus einem Fenster drangen Babyweinen und Radiomusik nach draußen.

»Es gibt noch eine Menge Dinge aus alten Tagen. Wir bewahren sie sorgfältig auf.«

Im nächsten Zimmer standen auf dem Tisch, der mit besticktem Stoff geschmückt war, geschnitzte Silberkelche und ein jüdischer Chanukka-Leuchter, dessen Arme an einen Zweig mit Blättern erinnerte. Weiter hinten lag die Thora und hinter ihr ein Krug und eine fantasievoll gewellte Schale, außerdem ein silbernes Horn und ein Amulett in Form einer Hand. Sie starrte auf die Wände, in denen irgendwelche Verstecke waren. Dann kehrten sie wieder zur Haupthalle zurück.

Der alte Mann führte sie weiter durch die verlorene Stadt. Vor ihnen war das Portal eines anderen Tempels zu sehen – große Pfeiler und neben ihnen rechteckige Fenster mit abstrakter Glasmalerei. Hoch in der Attika – ein halbrundes Fenster mit fünf Scheiben, wie bei einer Blume.

»Es wurde hier viel zerstört, aber wir existieren weiter.«

Sie verabschiedete sich von ihm auf der gewundenen Treppe mit einem glatten Holzgeländer. Gab ihm eine Silbermünze. Das war eine Menge. Der alte Mann hielt ihre Hand fest.

»Ich habe ein Buch. Möchtest du es sehen?«

»Welchen Titel hat es? «

»Kinderpornografie«.

Sie gingen die Straße entlang an einer Synagoge vorbei, die Treppen führten hoch zu einem niedrigen Dachboden mit vielen kleinen Fenstern in dickem Mauerwerk. Da zog ihr Führer aus dem staubgrauen Regal ein Buch heraus, eingebunden in Leder. Er pustete den Staub weg und übergab es respektvoll in ihre Hände.

Sie öffnete den Umschlag. Auf dem dünnen Leder sah sie zarte, wie von Kinderhand gemalte Zeichnungen. Die Seiten entrollten sich wie eine Ziehharmonika und gingen ineinander über. Jedes Bild war eigenständig, aber gleichzeitig eine

Fortsetzung des vorherigen. Anna bildete ihre Welten ganz ähnlich. Das hier waren Zeichnungen von täglichem Geschehen, Markthandel, Gemüse, Blumen, mit Kindern spielende Hunde. Es war aber nirgends Pornografie zu sehen. Der Alte grinste boshaft:

»Nur so können wir unsere Bücher verkaufen.«

Sie nahm das Buch mit.

Sie wachte ganz glücklich auf, mit der Hoffnung auf eine neue Suche.

Das Kino

Anna wartete nicht mehr auf ihren Mann. Gut, wenn er zu Hause war, aber sie wartete nicht mehr auf die gemeinsamen Abende. »Duvals Tanz« brauchte sie nicht mehr. Nach solcher Intimität spürte sie wieder Entfremdung. Sie schaute auf seine Hände, als ob sie ihr unbekannt wären. Auch das Gesicht schien ihr steif zu sein, nur zu einem professionellen Lächeln bereit. Er war, wie er war, und er interessierte sie nicht mehr. Sie schaute ihn mit Abneigung an, weil es seine Schuld war, dass sie hierhergekommen war und in dieser unbekannten Welt feststeckte. Und gerade in dieser Zeit entdeckte sie ihre Leidenschaft für eigene Nachforschungen. Auf eigene Faust, ohne jemandem davon zu erzählen, suchte sie die ihr noch unbekannten Gebiete auf. Sie brauchte dann nicht zu erklären, warum sie sich mit irgendwelchen Sonderlingen besser fühlte, als mit erfolgreichen, so genannten normalen Bürgern.

Sie trieb sich in der Stadt herum – wie im Rausch. Sie ging durch die engen Straßen – Brunnenstraße, Fischstraße, Donnerstraße. Schaute sich die Häuser an, betrachtete Leute mit Einkaufstaschen oder biersaufende Männer. Sie selbst ging in die Cafés und sprach beim Alsterwasser mit dem Kellner. Sie berauschte sich an ihrer Freiheit. Als eine Dame in gewissem Alter konnte sie mit zufälligen Bekanntschaften reden, in ihre Augen schauen und das Leben hier suchen – ohne den Verdacht zu erwecken, sie würde ein Abenteuer suchen. Müde nach der Wanderung ging sie ins Kino. Dort fühlte sie sich am besten, hier waren viele ähnliche Menschen, die mit anderen zusammen sein wollten, um gemeinsam imaginäre Geschichten zu erleben. Das war die moderne Gemeinschaft in großen Städten.

Am liebsten mochte sie das Kino »Zeise«. Man ging durch ein hohes Fabriktor hinein. Über der Halle, wo früher eine Gießerei untergebracht war, hing auf dem Stahlgerüst das Glasdach. Hinter ihm sah Anna am Abend den rostroten Sonnenuntergang und den Himmel voller Sterne, als sie herauskam. Das war ihre metaphysische Perspektive.

Alte Mauern mit ihren Pilastern und Vorsprüngen aus dunklen Ziegeln waren unversehrt geblieben.

Auf beiden Seiten ragten verglaste Pavillons hoch – die Filmbibliothek und die Boutiquen. Die Zusammensetzung von Glas, Stahl und Ziegeln wurde durch die hier und da herunterhängenden, farbigen Stoffe aufgeweicht. An die hohen Wände drückten sich kleine Cafés, eine dezente Beleuchtung machte aus ihnen wahre Oasen der Intimität in dieser nüchternen Fabrikarchitektur. In den Boutiquen herrschten die noch unbekannten Künstler, die Preise waren also niedriger, und man konnte etwas Günstiges ergattern oder einfach nur schauen. Niemand fühlte sich hier als Eindringling oder als Pfeffersack. Es waren viele Menschen in unterschiedlichem Alter, in abgenutzten Pullovern oder fantasievollen alten Jacken. Solchen Stil gab es dort.

Weiter öffnete sich der Kinosaal. In einem stickigen Raum saßen viele Leute, es gab noch einen freien Platz neben einem schlanken Mann. Er schaute sie aufmerksam an, als sie nach einem freien Sitz fragte. Es schien, dass ihn ihr Akzent interessierte. Es wurde dunkel im Kinosaal, und Anna fiel tief in die Filmrealität hinein.

Ricky- in Sam Mendes Film »American Beauty« – registriert mit seiner Kamera alles, was ihm auf seinem Weg zufällig begegnet: eine alte sterbende Frau, den Straßenverkehr, eine im Wind tanzende Plastiktüte. Er blickt aufmerksam durch das Kameraobjektiv. Akzeptiert die Welt so, wie sie sich vor seinen Augen zeigt. Anna betrachtete begeistert die Scene mit der tanzenden Plastiktüte. Das ist eben Kino. Einen Müllfetzen so zu zeigen, dass man die gefühlvolle Zerbrechlichkeit und Vitalität der Materie sehen kann. Die fünfzehnminütige Aufnahme, gedreht von einem achtzehnjährigen Amateurdokumentalisten, zeigte eine solche Umwandlung, bei der die Materie vergeistigt wird. Ein völlig subjektives Bild, obwohl gleichzeitig nur eine dokumentarische Aufnahme. Nichts – nur eine Plastiktüte im Wind.

»Ja, es war schön präsentiert«, sagte Uwe, der Mann neben ihr, als das Licht eingeschaltet wurde, und fügte hinzu: »Sie sind eine Slawin, nicht wahr, aber ich weiß nicht, aus welchem Land, vielleicht Tschechin? Ihr alle habt eine solche Zartheit und Süße im Gesichtsausdruck.«

»Was denken Sie über diesen Film?«, fragte Anna, und fing sofort selbst zu reden an, weil sie diese warme Aufmerksamkeit sehr beeindruckt hatte.

Er lud sie ins Café »Eisenstein« nebenan ein. Dessen Name war Sergej Eisenstein, dem russischen Regisseur aus der Stummfilmzeit, zu Ehren verliehen worden, und auch deswegen, weil in gleicher Epoche die Produktion von Schiffsschrauben stattfand.

»Selbst Eisenstein hätte die Szene mit der Folie nicht besser zeigen können. Erinnern Sie sich an die Szene auf den Treppen in ›Das Panzerschiff Potiomkin‹?«, fragte Anna.

»Diese Folie war ein sehr gutes Filmmotiv, aber besser, wenn solche Folien aufgeräumt werden und nicht die Umwelt vergiften. Der Film ist typisch für die Kultur junger Menschen, auch für die amerikanische Kultur. In Kleinem einen ganzen Kosmos zu sehen, so, aber wichtiger ist es, diesen Kosmos besser einzurichten.«

»Hier ist vieles so gut organisiert, das nimmt mir die Luft zum Atmen, manchmal es ist nicht möglich, dabei frei zu denken.«

»Liebe Frau, das ist alles nur die Philosophie von jungen Menschen. Als Kind habe ich noch den Krieg erlebt, ich weiß, was Chaos und Hunger bedeuten. Und ich weiß auch, was eine gut gekleidete Frau, ein Glas Wein und eine gute Stimmung bedeuten.«

»Diese tanzende Folie ist wie bei den Buddhisten – in dem Wassertropfen eine ganze Welt zu sehen …«

»Ihr Slawen versteht euch sehr gut mit den Amerikanern, weil ihr auch manchmal so emotional wie Kinder seid, voller Begeisterung. Wir denken mehr praktisch, wir organisieren genau, ohne Abweichungen. Wir verstehen sehr gut die Mathematik und die Musik, die eine Verkörperung der Mathematik ist und die Genauigkeit der Ausführung fordert – keinen Pfusch.«

»Ja, ich weiß, bei vielen Familien hier habe ich an den Wänden alte Landkarten gesehen. Bei uns wurden viele dieser Dinge zerstört, aber vielleicht stimmt es, dass Strategien, Pläne, Diagramme nicht unsere Stärke sind.«

»Vor jeder Reise studiere ich die Karten, ich mag die Topografie und eine exakte Beschreibung meines Weges. Von Beruf bin ich Texter, ich schreibe Werbetexte.«

»Ich mag auch Intuition, und bei der Abweichung des Weges versuche ich, auch Freude daran zu finden.«

»Wenn Sie keinen Zeitdruck haben. Ich bin kein Mensch aus Holz, es ist nicht gut, die Wirklichkeit durch die nationalen Klischees zu sehen.«

»Erfahren Sie manchmal Momente von reiner Existenz?«

»Vielleicht, wenn ich durch den Garten mit einem Glas Wein gehe und die Vögel höre, aber es genügt, dass jemand aus der Nachbarschaft laute Musik einschaltet, schon wacht in mir der Richter auf, der weiß, dass niemand das Recht hat, den Anderen zu stören. Deswegen gibt es so viele Anwälte bei uns« – fügte er hinzu und lachte.

»Ich muss schon wieder zurück nach Hause.«

»Ach was, die Kinder warten ja nicht, und der Mann ist

wahrscheinlich nicht immer treu«, provozierte Uwe. »Wann treffen wir uns wieder? Ich werde Sie anrufen!«

Ein gut geschnittener Anzug

Am Morgen schloss sie hinter Michael ab. Die Tür schlug dumpf zu. Sie war schon wieder alleine. Die Freesie draußen warf einen goldenen Schein an die Wand. Reine Existenz, es gab keinen Grund zu handeln.

In ihrem Land hatte das Leben früher nach viel Aktivität verlangt, nicht nur die regelmäßige Arbeit, sondern auch eine ständige Jagd nach notwendigen, täglichen Dingen, weil es in den Läden häufig nur leere Regale gegeben hatte. Schon früh am Morgen musste man kombinieren, um etwas in den Topf zu stecken. Viele Dinge fehlten, dadurch war eine permanente Improvisation notwendig. Kulinarische Rezepte konnten nie exakt ausgeführt werden. Man zog solche Kleider an, die man im Laden gerade gefunden hatte. Auch Bücher oder Musik konnte man nicht frei wählen, vieles war verboten oder nicht erreichbar, man las das, was man ergattern konnte, man hörte Musik, die zufällig in westlichen Radiostationen gelaufen war.

In diesem über viele Jahre unfreien Land, war die große Improvisation zum Teil des Lebens geworden, man hatte in ständigem Schwebezustand gelebt. Es war wichtig, jeden besseren Moment zu schmecken, jedes Stück heimlich gewonnener Freiheit.

Es war auch entscheidend gewesen, das zu wählen, was in diesem Moment gerade wichtig war. Waren in den Laden gerade Kinderschuhe »geworfen« worden, unterbrach man dann eben die Lektüre von »Das Gesicht der Anderen« von Emmanuel Levinas und kümmerte sich um die Kinderschuhe. Man musste diese Art von unsicherer Existenz mit wenigen Möglichkeiten für die eigene Gestaltung eben akzeptiert.

Ich muss aktiv sein, zu den Leuten hinausgehen. Aber wird es besser auf der Straße? Ich werde von einer ganzen Menge Menschen umgeben sein, alle werden mit etwas beschäftigt und hektisch sein und die Zweckmäßigkeit ihres Verhaltens sichtbar. Ohne Ziel waren nur Obdachlose, die in belebten Punkten der Stadt herumsaßen, obwohl auch sie mit ihren Bechern warteten, dass die Münze klingeln wird. Manchmal ermunterten sie dazu, den Wunsch »schönen Tag!« summend.

Da, wo überall eine zügellose Zweckmäßigkeit herrschte, konnte Anna sich nicht vor alle hinstellen und gestehen: Ich habe kein Ziel! Es wäre albern, so etwas zu sagen.

Mal sehen, vielleicht könnte ich mir ein kleines Ziel einfallen lassen – ich trinke eine Tasse Kaffee in der Mönckebergstraße. In dieser Hauptstraße gibt es immer eine Menge Leute, ich werde erraten, was sie von Beruf sind. Aber nebenan, nicht weit von mir, findet sich bestimmt eine Andere, die auch einen Kaffee trinkt, um etwas Sinnvolles zu tun, und dann verhöhnen meine Einsamkeit und Sinnlosigkeit mich selbst. In einer Menge von sehr beschäftigten Menschen konnte man solche Frauen sofort erkennen. Meistens waren es Damen um die Fünfzig, deren Kinder das Haus bereits verlassen hatten, und für sie war es zu spät, sich eine neue Arbeit zu suchen. Sie versuchten aber nicht, Kontakt untereinander aufzunehmen, auf der Straße wäre das nicht so einfach. Dafür waren Klubs, Vereine, Interessenkreise da, in denen man seine Mitgliedschaft regelmäßig bezahlen musste. Es gab auch viele ehrenamtliche Beschäftigungsmöglichkeiten, wie die Sterbehilfe oder Sozialarbeit in der Kirche, in Krankenhäusern, Kasernen und Altersheimen. In dieser ersten Phase der Immigration war Anna aber nicht stark genug, diesen Weg zu gehen.

Ein Bild einer alten Frau, die auf der Straße Passanten anhielt und mit ihnen in einer unverständlichen Sprache reden wollte, verfolgte sie. Das war einmal in der Mönckebergstraße passiert, als Anna ihren Kaffee an einem Tisch am Rande des Bürgersteigs schlürfte. Die Frau hielt in etwa ihr gegenüber an und versuchte, von der Straße aus mit ihr Konversation zu machen. Anna ging nicht auf sie zu, weil der Kaffeerest in der Tasse sie davon abhielt – und die Tatsache, dass die Fahrbahn nicht mehr zur Cafeteria gehörte. Aber vielleicht hätte das Gespräch etwas Wichtiges für sie oder diese Frau bedeutet. Anna trank den Kaffee aus und sah zu, wie diese Frau wegging, auf der Suche nach jemandem, mit dem sie ein paar Worte hätte wechseln können.

Anna hatte auch nicht einen Moment für Tośka angehalten als diese sie auf der Straße angesprochen hatte, um über Poesie zu reden. Tośka hatte in Annas Stadt ein paar Straßen weiter gewohnt und etwas geschrieben, aber heimlich, weil es für ihre Familie bedeutet hätte, dass Tośka verrückt gewesen war. Sie hatte ihre Gedichte nur einmal ihrer Mutter gezeigt.

»Das ist Quatsch«, hatte die Mutter gesagt und weiter die Karotten geschält.

Tośka hatte sich in dieser Familie wie auf einer einsamen Insel gefühlt. Sie hatten sich nur in der Sprache einfacher Handlungen verständigt, und deshalb Tośkas Bedürfnisse nicht verstehen können. Sie hatte niemanden zum Sprechen gehabt. Sie hatte nicht lange warten können. Sie hatte ein feines Kleid angezogen und war in die Welt hinausgegangen. Sie war dann durch das TV-Programm »Hör meine Stimme« gesucht, aber nie gefunden worden. Niemand hatte ihre Stimme gehört. Wahrscheinlich war Anna die einzige Zeugin ihrer poetischen Kreativität gewesen, die Tośka in diesen paar Minuten ihres gemeinsamen Weges ihr zu vermitteln versucht hatte. So viele verlorene Chancen. Tośka hatte ihre Gedichte ja nicht nur dem lieben Gott vorlesen können. Sie hatte sie Anna zeigen können, das wäre genug gewesen, dass jemand wüsste, dass sie Gedichte geschrieben hatte.

Anna hatte jetzt ein ähnliches Problem. Am Anfang der Emigration ist man ein Niemand, weil niemand über uns Bescheid weiß. Man kann nicht einfach sagen: »Hey, hey, hier bin ich!«. Ich bin hierhergekommen, und jetzt werde ich bei euch sein. Viele Menschen empfinden die Anwesenheit von jemand anderem, der vielleicht etwas erwartet, als Bedrohung. Jetzt hatte Anna das Gesicht einer »Anderen«, die darauf wartet, wahrgenommen und in den Kreis von guten Emotionen aufgenommen zu werden – selbstlos, ohne Motivationen, ohne Rechtfertigung. Aber ist das möglich, wenn jeder nur sein Programm oder nur seinen Tagesplan realisiert?

Ich war auch nicht besser gewesen, dachte Anna. Damals, als Tośka meine Aufmerksamkeit gebraucht hatte, hätte ich aus meiner Schale hinausgehen sollen. Sagen: Also, das ist Tośka, sie wohnt in unserer Straße, und sie schreibt Gedichte. Das hätte die Situation geändert. Tośka wäre eine Person geworden, nicht nur ein Platz in der Nachbarschaft geblieben. Sie hatte extravagante Hüte getragen, weil sie hatte bemerkt werden wollen, und zwar als eine Person, die anders gewesen war als die Anderen, eine Person, die ganz besonders gewesen war. Oder hatte sie vielleicht nur signalisieren wollen, dass sie da gewesen war.

Vielleicht sucht Uwe auch jemanden zum Sprechen, fühlt sich einsam. Er war ein bisschen provokativ, aber das war ja kein Flirt. Ich muss ihn morgen oder übermorgen anrufen.

Ausrutschen

Anna und Uwe gingen, jeder mit einer Bierdose in der Hand, am Kai der Landungsbrücken entlang. Aus der Speicherstadt wehte der Wind einen starken Kaffeeduft herbei, der Geruch vermischte sich mit den orientalischen Aromen aus dem syrischen Restaurant. Ein herumfliegender Helikopter beleuchtete das Wasser. Das Leben begann wieder Farben zu haben, Anna strahlte vor Energie.

Nach dem Spektakel »Hashirigaki«, basiert auf den Texten von Gertrude Stein, unterhielten sie sich noch länger darüber.

»»Hashirigaki« bedeutet ›laufen‹, ›sich beeilen‹, aber auch ›skizzieren‹, ›fließend schreiben‹«, erklärte Uwe. »Das Leben kann tatsächlich so dargestellt werden, wie in diesem Stück«, sagte Uwe.

»Die Japanerinnen und die Amerikanerinnen repräsentieren zwei verschiedene Kulturen, und sie haben unterschiedliche Lebensarten. Während die alte Japanerin ihre Gebete im Klageton aufsagt, in einen Zustand tiefer Meditation versunken, verstehen die Amerikanerinnen all dies nicht, und bewegen irgendwelche Gegenstände hin und her, einfach weil ›Menschen solche Sachen tun, oder Menschen tun so etwas nicht‹. Die beiden Gruppen können sich überhaupt nicht verstehen. Sie haben unterschiedliche Ziele im Leben, und deswegen, auch wenn sie dieselben Worte aussprechen, denken sie etwas unterschiedliches dabei. Ich fühle mich auch so, wenn ich mit den Leuten von hier spreche.«

»Ist es auch so, wenn du jetzt mit mir sprichst?«

»Jetzt sprechen wir über ›Hashirigaki‹. Aber im täglichen Leben habe ich den Eindruck, dass ich ständig ausrutsche«, sagte Anna. »Ich äußere Worte, deren ich mir nicht immer sicher bin. Schon nach meinen ersten Aussagen schauen die Menschen mich aufmerksam an, manchmal auch misstrauisch, und ich weiß schon – ich bin ausgerutscht«, lachte sie. »Ich selbst gebe ihnen ein Zeichen, dass ich nicht von hier bin. Meine Sprache ist unerträglich autothematisch. Ich habe manchmal den Eindruck, dass ich meinen östlichen Ursprung unnötig entblöße.«

»Fühlst du dich auch so, wenn du mit deinem Mann redest?«

»Ja, gelegentlich äußert sich das auch dabei. Manchmal verstehe ich ganz falsch, was er zu mir sagt. Dann fängt er an, ganz laut zu sprechen und ich empfinde das, als würde er mich anschreien und möchte, mir die ›führende Rolle seiner Kultur‹ zeigen. Ich sträube mich dann dagegen und bin zum Angriff bereit. Wir haben unterschiedliche Erfahrungen. Michael möchte zum Beispiel, dass die Dinge immer richtig funktionieren, für mich ist das verrückt. Man weiß ja, dass nur manchmal etwas so ist, wie es sein sollte. Das ist doch klar, dass die Worte und Dinge ihr eigenes Leben haben«, lachte Anna weiter.

»Wir leben in verschiedenen Sprachen und Bedeutungen. Ich verstehe dich, Anna, man sollte positiv denken«, sagte Uwe.

»Ich freue mich, dass ich dich kennen gelernt habe.«

»Es ist schon ein Privileg, in einem anderen Land zu leben, in unserem Land. Du kannst das alles aus der Position dieser und einer anderen Kultur sehen. Alles kann ein Objekt deiner Beobachtung sein: Ladenregale, Veranstaltungen und sonstiges, alltägliches Geschehen.«

»Ja, eine Hafenstadt eignet sich besonders gut, dieses ›Zusammenkleben‹ von dort und hier zu beobachten«, fügte Anna hinzu.

Endlich hatte sie jemanden auf eigene Faust getroffen. Sie ist nicht mehr nur auf Michaels Bekannte und Freunde angewiesen. Es ist schrecklich, immer nur ein Anhängsel von jemand anderem zu sein. Das war ein Lieblingsspruch ihrer Mutter gewesen. Fünf Jahre jünger als ihre Schwester, hatte sie doch mit ihr und ihren Freuden zusammen spazieren gehen wollen.

Die Schwester hatte sie aber nicht mitgenommen. Die Mutter hatte versucht, die heulende Anna zu beruhigen. – »Sie hätten dich nur als ihr Anhängsel mitgenommen!«. So fühlte sie sich manchmal auch mit Michael. Er war mit seinen langjährigen Freunden beisammen, und sie war nur als Zusatz da, fühlte sich lediglich mit akzeptiert. Aber jetzt hatte sie selbst jemanden kennen gelernt.

Sie kam spät nach Hause. Michael machte ihr eine Szene.

»Warum triffst du dich mit diesem Snob, mit diesem aufgeblasenen Trottel?«

»Weil ich verschiedene Leute kennen lernen, etwas über dieses Land erfahren möchte.«

»Du wirst bei dem nichts herausfinden, das ist nur ein in eigene Gedanken versunkener Egozentriker.«

»Vielleicht ist das auch interessant!«

»Das, was interessant ist, findest du nur unter normalen Menschen. Dieser miese Typ möchte nur seine Klischees über Leute aus deinem Land prüfen. Er möchte darüber schreiben, um zu verdienen ... und ...«

»Ach was, du kennst ihn doch überhaupt nicht.«

Der Obdachlose

Am Morgen, zum späten Frühstück, schaltete Anna einen deutschen Fernsehkanal ein. Es gab einen Wettbewerb für den schönsten Damen-Popo. Der Popo zeigt sich in der Klobrille und die Kommission, wegen Gleichberechtigung aus Damen und Herren zusammengestellt, wählt den schönsten davon. Und später kommt hinter der Wand das Mädchen hervor, dessen Po als der schönste gewählt wurde. Sie bedankt sich für den Titel und ist sehr froh, dass sie den schönsten Po hat.

Anna zappt durch die Kanäle – eine »Talkshow« mit der Teilnahme von zwei Männern. Sie sind Zwillinge, jeder ist nur einen Meter groß. Sie haben selbst eine Firma gegründet, weil sie niemand sonst beschäftigen wollte.

»Wir fühlten uns diskriminiert. Unsere Pflegeeltern sagten zu uns: ›Ihr solltet euch als normale Menschen sehen‹. Und wir haben unser Geschäft gegründet. Jetzt sind wir Millionäre. Einer von uns ist verheiratet und hat einen Sohn, der normal entwickelt ist. Als er geboren werden sollte, dachten wir, dass es am besten für ihn wäre, normal groß zu werden, aber im Moment der Geburt dachten wir nur, dass er da sein wird.

»Es ist schön, solchen Papa zu haben. Die, die ihn anstarren, sind einfach doof«, sagte der Sohn.

»Wichtig ist die Stärke des menschlichen Geistes«, sagte der 47-jährige Georg. »Wir sehen uns nicht als klein, wir leben normal.«

Das ist ein guter Spruch, ich fahre zur Michaeliskirche, dachte Anna.

Jeder Gang in diese Kirche war für Anna wie die Ankunft in einer anderen geistigen Dimension. Der Mensch wird dort größer, dem Geheimnis näher. So reagierte sie von ihrer Kindheit an, und das Gefühl konnte sie jederzeit abrufen, wann immer sie nur wollte. Sie bewunderte die Architektur. Im Inneren der Kirche wurde die Illusion des Meeres geschaffen: halbkreisförmige Balkons, wellenförmige Bänke. Sie merkte plötzlich, dass sich im Altar ein figurales Mandala mit einem erleuchteten Himmel in der Mitte befindet. Im Zentrum der auferstandene Christus, leicht unten an der Seite – die Engel und die Wächter. Das war ja das Mandala der Himmelfahrt, der Tunnel, durch den wir in die andere Welt hinübergehen.

Was bedeutet für mich mein Aufenthalt in diesem unbekannten Land? Ständig im Lerneifer, wie auf einer Spirale, dachte Anna.

Noch mit diesen Gedanken im Kopf ging sie zur Toilette, nicht weit weg, unter dem Hügel der Kirche. Auf der Damentoilette lief Musik. Auf einer Decke, direkt auf den Fliesen, lag ausgebreitet ein alter Mann, neben ihm ein Transistorradio und sein ganzer Obdachlosenbesitz.

Ganz ruhig hört er das Pianokonzert, wie soll ich da die Toilette benutzen? Ich sage ihm, dass er verschwinden soll. Das ist ja eine Damen-Toilette, dachte Anna.

Der Mann bemühte sich, sie nicht anschauen, drückte sich in eine Ecke – den einzigen Ort, an dem er in der Kälte Zuflucht finden konnte. Sie schaute ihn aufmerksam an. Er war unrasiert, aber immerhin hätte es ihr alter Freund Richard aus dem Kino sein können. Er schaute nicht zurück, war völlig in sich und seiner Meditation versunken.

Dieser Mensch ist völlig souverän, ihm ist völlig egal, was jemand über ihn denkt, solange er hier bleiben und sich aufwärmen kann. Er sehnt sich nicht mehr nach dem Kontakt mit jemand anderem.

Das könnte ja doch Richard sein, dachte sie noch einmal, aber sie sprach ihn nicht an. Jemand hätte hereinkommen können, und es wäre eine peinliche Situation. Sie ging so schnell wie möglich hinaus. Sie kehrte zurück in die Kirche, um sich die Projekte der Glasmalereiausstellung anzuschauen. In der

Ecke stand ein Behälter für die Opfergaben – »Brot für die Welt«. Die Menschen aus der Dritten Welt waren nicht so abstoßend und so echt, wie dieser Alte, der sich auf der Toilette, direkt am Eingang der Kirche, verkroch.

Eine bunte und vielschichtige Glasmalerei stellte den Baum der Erkenntnis von Gut und Böse dar. Verspritzte, scheinbar ohne Folge zusammengesetzte Bilder, ließen sich mit ihren grünen Flecken der Wiesen, den blauen des Himmels und jenes der Obstdarstellung doch gut lesen. Dazu wurden scheinbar ohne Bedeutung Formen wie Graffiti oder Kinderzeichnungen aufgetragen. Aber die Zeichen sind dazu da, um sie zu lesen. Das ist die Weisheit, die manchmal mit dem Alter kommt. Vieles von dem, was kommt, was uns passiert, sollte man sich merken, es bewusst interpretieren. Das könnte zu unerwarteten Wegen führen.

Warum sprach ich diesen Mann nicht an? Ganz einfach, normal. Als ich die Hände wusch, war ja eine gute Zeit für ein Gespräch. Vielleicht war das Richard, nur ein bisschen älter und unrasiert.

Sie lief schnell zur Toilette. Da stand eine ganze Reihe von Frauen aus einem Touristenbus. Sie waren etwas erheitert darüber, dass Anna sich so besorgt umsah.

»Jeder muss hier ein wenig warten«, sagte eine lachend.

Anna ging hinaus und sah sich aufmerksam um. Es war kein Obdachloser mehr in der Nähe. Sie ging zurück in die Kirche. Auf einem Glasfenster stand geschrieben: »Das Licht fließt durch uns – und es könnte unser Trost sein«. Sie ging daraufhin in Richtung Hafen, sie wollte sich etwas sammeln. Das war ihr Lieblingsplatz, das war ein Sinnbild für eine vorübergehende Stabilität, obwohl das Wasser dort in ständiger Bewegung war.

Zusammennähen

In ihrem Gedächtnis sammelten sich nicht nur reale Ereignisse, sondern auch das, was ihr erzählt wurde, außerdem gehörten auch Träume und Emotionen dazu. So ähnlich ging es auch ihrem Partner. Aber ihre beiden Welten waren früher weit entfernt voneinander gewesen, und es war nicht leicht, sie zusammenzukleben. Langsam wuchsen sie zu einer gemeinsamen Geschichte zusammen. Die große Stadt war ihre gemeinsame Heimat.

Als Michael vier gewesen war, war er mit seiner Aluminiumkanne unterwegs gewesen, um Milch für die Geschwister zu holen, das war sein täglicher Dienst gewesen. Er hatte seine Unabhängigkeit noch stärker erleben wollen, also hatte er die Straße manchmal langsam und mit geschlossenen Augen überquert. Er hatte vorsichtig hingehorcht, und wenn er ein sich näherndes Auto erkannt hatte, war er schon auf dem Bürgersteig gewesen. Es war einfach spannend gewesen, ansonsten hätte ihn ein sich wiederholendes Muster gelangweilt.

Später war er mit dem Fahrrad in die nahe gelegene Schule gefahren, wo er seine Freunde kennen gelernt hatte, mit denen er stets Kontakt hielt. Die Marken des Autos hatten sich geändert, und sie alle saßen in ihren Berufen fest, aber sie hielten immer noch zusammen. Als Anna zu ihm kam, nachdem sie ihr Land verlassen hatte, wurde ihr gemeinsames Leben ein kontinuierlicher Versuch das zusammenzukleben, was plötzlich gemeinsam wurde: ihre in Osteuropa zurückgelassene Welt und seine hier. Ihr Land wird auch noch zu seinem werden. Dort, am Rande einer Großstadt, wussten die Menschen sofort, dass ihr Ehemann ein Deutscher war. Die Alten erinnerten sich noch an die Zeit der Okkupation. Sie beobachteten sie diskret beim Spaziergang. Die Nachbarin – Frau Jadzia – sprach ihn einmal :

»Herr Michał, während des Krieges war ich dort, wo Sie wohnen«, sagte sie auf Deutsch, irgendwie auch stolz deswegen.

»Ich war da bei einem Bauern, es war für uns nicht so schlecht, wir hatten zu essen.«

»Sie sprechen Deutsch? Ist das noch aus dieser Zeit?«, fragte Michael.

»Nun ja, man war jung, lernte schnell«, lächelte sie.

Und immer wieder, wenn Michael mit Anna in ihre Heimat kamen, war Frau Jadzia gerne am Zaun, um mit ihnen zu reden. Sie erzählte von den Äpfeln bei dem Bauern, die sie einmal für sich gepflückt hatte, was sie dann mit dem Stallausmisten hatte büßen müssen. Sie erzählte auch, wie die Zwangsarbeiter nach dem Krieg von den Amerikanern ins Krankenhaus zur Untersuchung gebracht worden waren.

»Damals wollte ich unbedingt zurück, weil ich meine Heimat vermisste, aber später dachte ich manchmal, vielleicht schade, dass ich nicht geblieben war. Damals war ich eine junge hübsche Blondine mit blauen Augen«, fügte sie mit vielsagendem Blick hinzu. »Aber ich hatte Angst vor der Emigration.«

Frau Jadzia, die nächste Nachbarin in Annas Kindheit, war so oft hinter dem Zaun präsent, dass sie manchmal lachen mussten – sie war wie eine Nachrichtenagentur. Und diese Frau Jadzia hatte in ihrer Jugend über eine Auswanderung nachgedacht. Nun, wenn Anna von Zeit zu Zeit im Garten ihrer Eltern auftauchte, stellte sich Frau Jadzia hinter dem Zaun hin und versuchte, den Automarken und dem Aussehen der Kleidung nach zu beurteilen, ob es ihrer Anna gut oder nicht gut ging. Durch ihre Zwangsarbeit bei dem Bauern betrachtete sie sich als ihre – Annas und Michaels - Nachbarin in deren Land – obwohl ein bisschen zeitlich verschoben, aber doch irgendwie real. Schlechte Erinnerungen waren verblasst, und jetzt war es nur wichtig, in der Sprache, die sie damals gelernt und nicht vergessen hatte, wieder zu sprechen. Alle in der Ortschaft wussten somit, dass sie mit Annas Ehemann sprechen konnte.

»Wie ist es mit der Emigration dort?«, hatte sie Anna einmal gefragt. »Wie leben dort die Leute von hier?«

»Immigration bedeutet ein Zusammenwachsen«, hatte Anna geantwortet, und ihr eine Handvoll Johannisbeeren gegeben.

»Und unsere Emigranten?«

»Es kommt auf die Menschen an, wie immer, es gibt solche und solche. Achten Sie darauf, ein bisschen Zucker zu nehmen, weil die Johannisbeeren in diesem Jahr nicht süß sind«, hatte Anna gesagt, und war nach Hause gegangen, um über alles nachzudenken.

Das alles war sehr kompliziert und von der Perspektive abhängig.

Sie hatte viele Bücher über Emigration durchgeblättert. Alles war so trüb und begrenzt auf die Geschichten über die Versuche, Kohle zu machen, über Wodkasaufereien, pompöse Nationalfeiertage mit der Teilnahme von Offiziellen und ein menschliches Sammelsurium aus der ganzen Welt. Aber das waren nur zufällige Gruppen, häufig verband sie nur das, dass sie früher dort gewesen und jetzt hier waren. Gemeinsam konnte man dann über das »Hier« klagen. Einige hatten irgendwelche verkümmerten Aufgaben, organisierten Aktionen, einige davon oft nur für den kurzen Moment des Ruhmes, um einen neuen Titel zu gewinnen. Sie drängten sich vor, präsentierten sich, um andere zu beeindrucken. Es gab auch Personen, die tatsächlich für die Gemeinschaft arbeiteten, aber, mit der Arbeit beschäftigt, keine Zeit hatten, sich nach vorne zu drängeln. Es dominierte die Enttäuschung, dass sie nicht genug geschätzt wurden, dass ihr Status nicht vergleichbar mit dem aus der Zeit in der Heimat war.

»Der Leuchtturmwärter« von Henryk Sienkiewicz, ein obligatorischer Text über Emigration, analysiert das Heimweh bei einem Menschen, der keine Möglichkeit mehr hat, seine Heimat jemals wieder zu sehen. Die heutigen Auswanderer können ihren Heimatort in ein paar Stunden besuchen, sie können auch dasselbe Fernsehprogramm wie ihre Landsleute schauen. Wichtig ist nur, die beiden Wirklichkeiten miteinander zu verbinden, um mit keiner den Kontakt zu verlieren. Man muss sie ständig und bewusst zusammennähen.

Ja, Frau Jadzia, alles hängt von Menschen ab, von jedem einzelnen Menschen, sagte Anna zu ihrer Nachbarin, die imaginär wieder am Zaun stand und überlegte, ob es gut gewesen war, damals nicht im Westen geblieben zu sein.

Besonders hervorzuheben sind die Sprachprobleme. Was für eine Freude, in der eigenen Sprache zu sprechen! Dies weiß man nicht, bevor man nicht lange Zeit außerhalb seines eigenen Landes gewesen ist. Nur in der Muttersprache fließen die Worte ohne Schwierigkeiten, ohne zu stottern, ohne zu zögern. Man denkt nur an den Sinn der Aussage. In einer Fremdsprache bleibt immer noch der zweite Gedankenpfad übrig, der sich auf das Medium selbst bezieht – die Sprache. Sie wird ständig von der Überlegung begleitet, wie man etwas ausdrücken soll, von dieser sofortigen Überprüfung der Grammatik, der Stilistik, von der schnellen Kontrolle, die Regeln wie ein Computer abzurufen. Dadurch wird jede Äußerung verlangsamt, schleppt sich träge dahin. Diese Art zu sprechen stellt uns als Persönlichkeit anders dar, als wir sind.

»Du wirkst sehr ausgewogen«, sagte ihre deutsche Cousine, »weil du langsam sprichst, sorgfältig passende Worte wählst, nie in Eile bist.«

»In meiner Sprache rase ich durch die Gedanken, Worte. Ich bilde schnell riskante Metaphern, Bilder, die das formulieren, was schwierig ist, in Worten zum Ausdruck zu bringen. In eurer Sprache irre ich in den Regionen von Stereotypen, von allgemein erkannten Wahrheiten umher. Ich spreche langsam, weil ich mit der Grammatik nicht mithalten kann«, antwortete Anna zögernd. »Auch meine natürlichen Gesten haben sich verändert, begleiten die Sprache nur langsam, stocken manchmal im Gang, unvollendet, weil die ganze Energie draufgeht, Worte zu artikulieren.«

Es gibt verschiedene Grade, in eine Sprache hineinzuwachsen. Zuerst – kommunizieren, dann die Gedanken von anderen weitergeben, und schließlich sich selbst möglichst genau ausdrücken. Wenn wir nicht nur die Worte, sondern auch die Absichten unseres Dialogpartners verstehen, beginnen wir, uns in der Sprache zu bewegen.

»Wie wird Ihr Name ausgesprochen?«, fragte sie die Helferin in der Arztpraxis, »ich kann das nicht verstehen, Sie sprechen das falsch aus!«

»Sie schreiben es falsch auf! Ich weiß schon, wie meinen Name zu buchstabieren ist«, antwortete sie schnell und dachte an Ayten, deren kurdischer Name im Ausweis für immer falsch eingetragen wurde.

Ach, ich kann mich schon verteidigen, dachte Anna mit Freude, weil in alltäglichen Situationen durch zufällige Menschen wie Verkäuferinnen, Schneider oder Kellner beleidigt zu werden, ihr besonders peinlich war.

Aber auch in ihrer eigenen Sprache tauchten plötzlich fremde Strukturen auf, bevor sie sie korrigieren konnte. Es musste manchmal ein bisschen dauern, bis sie in ihre Muttersprache umschalten konnte. Also, welche Sprache ist nun mehr meine eigene?

Der Keller

Anna schrieb Notizen in ihr Tagebuch, als Uwe anrief. Er lud sie zu sich nach Hause ein. Anna zögerte, aber schließlich sagte sie – ja, gerne, weil sie nicht alleine zu Hause sein wollte.

Es war ein schönes Jugendstilgebäude an der Alster, in dem er wohnte. Eine weiße, hohe Eingangstür war mit pflanzlichen Motiven verziert. Uwe begrüßte sie herzlich und führte sie ins Wohnzimmer, wo sich überall auf dem Fußboden, Arbeitstisch, Teppich irgendwelche Notizen, Zeitungsausschnitte und Reproduktionen stapelten, doch trotzdem machte das Zimmer einen gemütlichen Eindruck.

Uwe merkte, dass Anna sich irgendwie unbehaglich fühlte, so dass er witzelte:

»Oh komm, sei nicht so ernst! Wie sagt der Humorist? ›Manchmal ist der Mann bereits in diesem Alter, dass er dankbar ist, wenn die Frau zu ihm ›nein‹ sagt.«

»Ich weiß nicht, ob das ein guter Anfang ist …«

»Ihr geltet als hübsche Frauen …«

»Lass das, ich möchte das nicht hören.«

»Sag mal, hast du zuletzt etwas Schönes gefunden?«

»In Hamburg?«

»Nicht unbedingt … Gut, was denkst du über Literatur, Anna?«

»Neuerdings sind dokumentarische Texte sehr beliebt, Tagebücher, Memoiren, und Ryszard Kapuściński gilt als der beste Experte für Afrika. Zunehmend wächst das Interesse am Essay, obwohl es eine launische Gattung ist, weil er neben den ernsthaften Äußerungen auch Paradoxe und lyrisch-reflektierende Fragmente beinhaltet, alles vermischt. Die Idee entstammt oft einem Detail, und die Details sind manchmal zeitversetzt. Eine Kleinigkeit, eine Absplitterung von unbekannter Realität zum Text verarbeitet, und schon verschiebt sich alles Richtung Literatur. Es können verschiedene Texte zusammengestellt sein – literarische, philosophische, so wie ein Kaleidoskop, wie ein Glasfenster«, redete Anna, glücklich, dass sie mit Uwe ihre Gedanken teilen konnte.

»Nun ja«, sagte Uwe, und starrte sie eine Weile an. »Entspann dich. Spielst du dich als jemand auf? Sei locker. Ich erzähle dir etwas, was zu deinen Glasfenstern passt, okay?«

»Gerne.«

Uwe erzählte mit einer schönen, tiefen Stimme, man konnte sein Alter dabei ruhig vergessen. Ab und zu machte er eine Pause und schaute sie an.

»Ich erzähle dir von einem Mädchen aus dem Keller, aus dem Weinkeller.

Während des Krieges in einer Großstadt in deinem Land gab es ein Weindepot. Dort arbeiteten polnische Mädchen. Ihr Chef war ein Mann namens Kloser. Er mochte diese aus den umliegenden Städtchen gesammelten Mädchen und dachte immer an sie, wenn ein neuer Weintransport für das Offizierscasino angekommen war. Sie kannten keinen guten Wein und sahen den Rebensaft im Allgemeinen als etwas Böses an. Ein anständiges Mädchen sollte besser keinen Wein trinken.

Es gab gute Mosel- und Rhein-Weine, auch französische. Die Mädchen sorgten für die Ordnung im Lager, schrieben Transportbriefe, sortierten die Kartons und packten sie entsprechend sorgfältig ein. Kloser war ein bedächtiger Vierzigjähriger, und alles musste bei ihm wie ein Schweizer Uhrwerk funktionieren. Er hatte auch ein gutes Herz und wollte ein wenig westliche Kultur in das Leben der Mädchen einbringen. Er schenkte ihnen einmal einen guten Burgunder. Die fünf Mädchen wollten eine kleine Party organisieren, normalerweise war außer Kloser niemand im Keller. Es war ziemlich kühl da unten, also sagte das freudigste Mädchen: –‚Hey, Mädels, warum sollten wir kalten Wein trinken, gießen wir ihn in den Topf und wärmen ihn auf dem Ofen‹.

In dieser Zeit kam ein neuer Weintransport an und sie mussten die Pakete in den Keller tragen. Der Wein kochte über. Der Geruch war in der ganzen Umgebung deutlich bemerkbar. Kloser war zum ersten Mal richtig wütend. Er versammelte alle Mädchen im Keller und mit einer Pistole in der Hand befahl er ihnen zu gestehen, welche von ihnen diese dumme Idee gehabt hatte.

Wala war nicht nur die fröhlichste, sondern auch sehr mutig. Sie gestand die Tat. Kloser ließ sie zur Strafe am Sonntag in den Keller gehen, um alles ›mit eigenen Krallen‹ auszukratzen. Er selbst kam auch – festlich angezogen. Im Keller befahl er ihr, sich auszuziehen. Er schnallte ihre Hände an einer Stange fest und berührte mit einer kalten Flasche zuerst ihre Brust, dann den Bauch, die Hüften und zwischen den Beinen. Wala zischte leise, aber schrie nicht, weil sie Angst hatte, dass sie erschossen würde … Als er von diesen Berührungen schon genug hatte, brachte er einen Becher Wein und goss den Wein langsam in ihren Mund hinein. Der Wein lief über ihre Brust, den Bauch, schmierte rot ihre Beine …«

»Uwe, ich möchte deine Erzählung nicht mehr hören!«, schrie Anna.

»Warum möchtest du sie nicht hören? Das ist die Wahrheit in Form einer Erzählung.«

»Das ist alles so pervers. Ich habe keine Lust, auf diese Gewalt aus deinem Munde«, sagte sie wütend.

»Ich bin ein alter Opa, warum hast du Angst?«. Er nahm ihre Hand und wollte sich näher setzen. Sie stand auf und sagte:

»Es ist schon spät. Ich muss nach Hause.«

Er lachte, schaute sie aufmerksam an und sagte:

»Ich merke, dass meine Erzählung dich beeindruckt hat. Könntest du mir bitte den Apfel vom Tisch herüberreichen?«

Sie beugte sich über den Tisch, und er lehnte sich mit seinem ganzen Gewicht auf sie und drückte sie gegen die Tischplatte. Anna stieß ihn mit ganzer Kraft zurück.

»Entschuldige, das war nur ein Scherz, wo ist dein Sinn für Humor«, sagte Uwe. »Weißt du, ich denke, du hast in mir einen alten Nazi gesehen. Bei euch ist es schon ein automatischer Reflex. Wir stehen bei euch weiter am Pranger, obwohl der Totalitarismus nicht nur unsere Spezialität war.«

»Wen hast du in mir gesehen? Jemanden, der minderwertig ist? Wie manche eine Mulattin sehen würden?«, fragte Anna. Sie schloss langsam die Tür hinter sich, Beethovens »Mondscheinsonate« war noch hörbar. Sie musste lächeln, dass er so schwach gewesen war und sie ihn so leicht hatte wegstoßen können.

Sie kehrte zurück nach Hause.

Die Wanderung

Anna hielt in der Hand eine kleine Kristallpyramide. Die Glaswände reflektierten und spalteten das Licht. Bei jedem Positionswechsel der Pyramide formten sich neue Konstruktionen und Schichten. Es war ein Spiel aus Formen und Farben. Es schien, als wäre bei diesen farbigen Konstellationen kein Ende in Sicht. Die besondere Wirklichkeit öffnete und schloss sich wieder in ihrer Hand, wenn sie die Pyramide zum Fenster hin richtete. Und dann schluckte die Glaspyramide nicht nur die Lichtstrahlen, sondern auch den gesamten Sonnenuntergang. Die untergehende Sonne hing an der Spitze der Pyramide in ihrer Landschaft, wie die Sonne an ihrem Höhepunkt.

Anna war nicht sicher, woher alle Bilder gekommen waren, über die sie schrieb. Sie waren wie ein Ausflug ins Ungewisse, manchmal sogar gefährlich, weil plötzlich Dinge entdeckt wurden, deren heimlichen Sinn sie lieber nicht kennen lernen wollte, denn sie zeigten die Wirklichkeit von einer anderen, nicht bewussten Seite.

Die geheime Seite der Wirklichkeit öffnete sich manchmal nur für eine Weile und erschreckte sie vor allem nachts. Deshalb ging sie mit den Bildern sorgfältig um, auch in Bezug auf Menschen. Lieber schloss sie die Beschreibungen nicht ab. Das war ihr Weg zu dem verborgenen Sinn, zu diesem Teil, dessen Ursprung ihr unbekannt blieb.

In der Kindheit hatte Anna häufig vor den großen Spiegeln eines Frisiertisches gestanden. Er hatte zwei Flügel gehabt, die man hatte öffnen und bewegen können. Sie hatte sie um sich geschlossen und in den Spiegel so tief wie möglich hineingeblickt. Vor ihren Augen hatten sich gebrochene Räume geöffnet, in denen sie sich selbst in vielen gespiegelten Bruchteilen gesehen hatte, und der Raum im Schlafzimmer ihrer Eltern hatte sich um sie herum geschlossen. Anna war in der Mitte des

Labyrinths gewesen. Sie hatte den Raum im Labyrinth steuern können, wenn sie die Spiegelflügel bewegt hatte. Sie hatte aufgepasst, um sie nicht zu weit zu öffnen, weil die Illusion damit vorbei gewesen wäre.

Anna wählte eine von diesen Glasstraßen und ging weiter zu dem Kreuzgang, versank in seiner kühlen, klösterlichen Stille. Es war eine ähnliche Atmosphäre, wie in der Sakristei der Kirche, in die sie einmal an einem Sommernachmittag unbemerkt geraten war.

Sie war die Steintreppen hinuntergegangen. Umgeben von dicken Mauern, hatte sich durch die winzigen Fenster orange-grünes Licht hereingezwängt. Die Stille hatte mit der Feuchtigkeit von überall her mitgetropft. Sie war weitergegangen, um eine Rose zu suchen, die an einem Ort gewachsen war, wo früher ein ummauerter Brunnen gewesen war. Dort hatten sich einige eingeweihte Pilger mit dem kristallklaren Wasser erfrischt. Nach vielen Tagen beschwerlicher Wanderung, hatten die Pilger ihre geschwollenen Füße inmitten der Klosterstille verbunden. Sie hatten die Wahrheit über sich selbst nun gekannt. Es hatte keine Furcht mehr gegeben, sie hatten auch keine gesegneten Bildchen mehr gebraucht.

Es war zwar noch am Anfang des Frühlings, aber im Garten sprossen schon die Blumen, aus der Erde ragten die Köpfchen von Tulpen und Krokussen. Es duftete nach Lagerfeuer oder nach Kaminrauch. Anna suchte Spuren von jüngstem Pflanzenwuchs. Sie suchte nach denen, die sie im Herbst in den Boden unter den Büschen überall hineingeworfen hatte, neugierig, ob sie den neuen Ort akzeptiert hatten und schon ausgeschlagen waren.

Sie wollte die Erde im Garten erforschen, um zu wissen, in welchen Regionen des Gartens die weißen und blauen Glockenblumen oder die Rosen treiben werden, und wo dagegen nur Unkraut wucherte. Sie versuchte, die neuen Stellen kennen zu lernen.

In der Ecke des Gartens sollte der Erdboden am besten sein, da sammelten sie früher auf dem Kompost alle grünen Reste. Dort hatte sie ihren winzig kleinen Gemüsegarten eingerichtet und beobachtete jeden Tag den Wachstum von Salat und Dill, Petersilie und kleinen Zwiebeln für den Schnittlauch, bis sich eines Tages dort die Schnecken eingenistet und alles gefressen hatten.

In einem anderen sonnigen Teil des Gartens war die Erde sandig. Sie versuchte, dort verschiedene Pflanzen einzubuddeln, aber sie lebten nur kurz, und nach einiger Zeit blieb keine Spur mehr von ihnen. Anders war es mit dem Heidekraut, es kroch auch unter die Bäume. Und aus nur einigen wenigen kleinen Sprossen entstanden, wucherte eine ganze duftende Maiglöckchen-Rabatte.

Die spät in die Erde gesetzten Dahlien verbargen in der Dunkelheit der Nacht ihre eilige Ausbreitung und dehnten sich schnell zur Sonne hin aus. Auch die Veilchen hatten ihr Wachstumsgeheimnis, nachts krallten sie sich an Sandklümpchen fest und rankten sich um jede freie Stelle.

Es gab auch Orte, wo nur Moos wuchs– stets feucht, tief in jede Pore der Erde eingedrungen. Das Moos war anderen Pflanzen gegenüber unerbittlich, saugte Wasser in seinen schwammigen Körper auf und hielt es in seinen Tiefen.

Während ihrer Meditationsgänge überwachte Anna das Wachsen dieser Pflanzen, sie fühlte sich wie die Herrin der Schöpfung, die das Drama aus Wurzelschlag, Wachstum und Tod beobachtet.

In der Mitte des Gartens gab es eine von Bäumen und Büschen umrahmte Wiese. Anna und Michael konnten dort manchmal unbeobachtet in der Sonne bleiben.

»Ich mag deine Finger, sie sind zart und geschmeidig.«

Er war wie eine Katze, die froh und friedlich vor sich hin ruht, aber gleichzeitig aufmerksam beobachtet. Dann erwartete er die Berührung ihrer Finger, und beide hatten diese Hoffnung zugleich. Wenn er sich um sie herum wickelte, war sie wie unter einem sonnigen Überhang, auf grüner Wiese. Sie lagen träge da, in ihrer Wärme halbschlafend versunken. Der Rhythmus der Atemzüge erinnerte daran, dass sie zusammen waren. Es gab keine reale Zeit, der Raum der Wiese verband sich mit ihren Körpern, die dem Rasen begegneten.

»Gestern habe ich mit meinem Chef gesprochen, unsere Firma zieht in die USA.«

»Was passiert dann mit uns?«

»Anna, in meinem Alter ist es schwierig, nach neuer Arbeit zu suchen. Mein Chef will, dass ich das Büro in Seattle leite. Ich habe keine Wahl. Ich sollte froh sein, dass sie mich überhaupt behalten wollen.«

»Für wie lange? Was bedeutet das für uns?«

»Es bedeutet Wanderung. Wir werden das Haus verkaufen und in die Vereinigten Staaten ziehen müssen. Kannst du dich erinnern, wie dein Vater sagte: ›ein Zuhause ist, wo die Arbeit ist‹?«

»Alles verkaufen? Ich habe gerade angefangen, mich an die Stadt, an die Leute zu gewöhnen … Für wie lange?«

»Du fragst wie ein Kind. Ich weiß nicht, für wie lange. Wenn es gut läuft – für lange, wenn es schlecht läuft, könnte ich nach ein paar Jahren arbeitslos werden.«

»Wie wird dort unser Leben aussehen?«

»Nächsten Monat könnten wir hinfliegen. Dann wirst du sehen – auch dort leben Menschen.«

Sie erinnerte sich an ein Bild aus Amerika:

Einmal stand eine Menge Leute an einer Bushaltestelle in San Francisco, der Bus war schon mehr als voll. Der Fahrer, ein Schwarzer, erblickte in der Menge der Wartenden eine Chinesin mit einem Korb, in dem sie eine lebende Gans hielt. Er stellte sich in die Tür des Busses und rief:

«Die Frau mit der lebenden Gans darf nicht herein!»

Die Chinesin zögerte keine Sekunde, packte die Gans und drehte ihr den Hals um, dann setzte sie sich in den Bus, und keiner konnte mehr protestieren.

Die Nacht war nicht leer, erschreckte nicht mit Monstern, die im Dunkeln durch das Haus wandern und die Tür zum Keller knarzen lassen. Die Nacht war still. Ihr Bett war ein Boot auf der ruhigen, samtenen Oberfläche eines Sees. Er war ihr so nahe, dass die Wellen der Wärme sie berührten, die von ihm ausstrahlten – von ihm, der tief schlummerte und im Schlaf schnaufte. Seine Hand berührte zufällig ihren Arm, und die Wärmestrahlen streichelten sie wie die sanften Wellen. Sie waren in das Unbewusste eingetaucht, doch ihre Körper lauschten der Anwesenheit des Anderen.

Diesmal war die Fahrt zum Flughafen beinahe ein Abschied von ihrer neuen Heimat. Aus den Fenstern des Taxis betrachtete sie noch einmal die Straßen, durch die sie so oft gefahren war, wenn sie Michael zum Flughafen gebracht hatte, wenn er zu einer Geschäftsreise musste.

Durch die riesige Außenwand aus Glas sah man Rolltreppen mit Passagieren, die aufwärts und abwärts hinauf und hinunter fuhren. Es war eine ununterbrochene, endlose Bewegung, und diese Wahrnehmung wurde durch das von überall herkommende Leuchten der Anzeigetafeln verstärkt, die über die ankommenden und abfliegenden Maschinen informierten. Es gab keine festen Plätze, außer dem in sich selbst. Deswegen sollte man nur eine Weile innehalten, die Augen schließen, sich in sich selbst hinein begeben und dort bleiben, es war die einzige Alternative zu dieser unentwegten Bewegung – nur das konnte einen Moment der Ruhe und der Verwurzelung entstehen lassen.

Sie stiegen in das Flugzeug. In wenigen Augenblicken wird unsere Boeing auf der Startbahn rollen, dann in den Himmel steigen und im Blau verschwinden.

Für Anna bedeutete es eine neue Reise, in eine neue, fremde Welt, ein neues Bewirtschaften dieser Welt, erneutes Erschaffen einer inneren Welt an einem Ort, an dem andere Menschen bei sich zu Hause waren – und sie noch nicht. Michaels Vorteil war sein fester Job. Sie musste das annehmen, was sie noch nicht kannte.

Ich bin wie Jakob, der auf einer steten Wanderung ist, dachte Anna. Heißt mich an eurem Tisch willkommen, ist die Parole der Wanderer von heute. Sie schaute auf die Wolken, die unter den Tragflächen vorbeizogen, und das außergewöhnliche Blau des von der Sonne erleuchteten Himmels.

In Wirklichkeit sind wir immer zu Hause, an jedem Platz auf Erden. Manchmal kann es vorkommen, dass uns bestimmte Dinge stören, die für einen bestimmten Ort charakteristisch sind. Wenn wir jedoch im Stande sind, an jedem neuen Ort ruhig in unserer Mitte zu bleiben, bei sich zu sein – sind wir zu Hause.

Und nun dachte sie ohne Angst daran, was sie erwartete.

Wie William Blake schrieb: »Wenn die Pforten der Erkenntnis geläutert würden, würde alles dem Menschen erscheinen, wie es ist: grenzenlos und unbeschränkt.«

Zitate

1. Lewis Carroll, Die Alice Romane, Stuttgart, 2010, S. 164
2. dito, S. 289
3. dito, S. 244
4. dito, S. 211-212
5. dito, S. 193-194
6. dito, S. 230-231